Nicola Förg
Hüttengaudi

Zu diesem Buch

Eigentlich hat Kommissarin Irmi Mangold es ja vorher schon gewusst, die Schrothkur in Oberstaufen mit ihrer Nachbarin war eine selten dämliche Idee. Und Erholung bietet sie auch nicht gerade, denn bei einer Kuranwendung hört Irmi aus der Nachbarkabine einen Schrei und steht wenig später vor einem Toten, den sie nur allzu gut kennt – ihrem Exmann Martin Maurer ... Zwei Tage später in Garmisch: Irmis Kollegin Kathi Reindl wird ins Hausberggebiet gerufen, zur Leiche des Landwirts, Waldbesitzers und Liftmanns Xaver Fischer. Der hat in jedem Verein mitgemischt, war Skiclub-Mitglied und hatte vor allem ein Feindbild: die moderne und erfolgreiche Skihütte, deren Betrieb er durch hinterfotzige Aktionen so sabotierte, dass die Hüttenwirte sogar über den Verkauf nachdachten. Interessenten gibt es jede Menge – von schwerreichen Russen bis zu Münchner Großgastronomen. Nur dummerweise liegt der damit beauftragte Immobilienhändler Martin Maurer tot im Schrothkurwickel. Und was hat das alles bloß mit dem toten Xaver Fischer zu tun?

Nicola Förg wuchs im Allgäu auf. Sie arbeitet als freie Reisejournalistin für namhafte Tageszeitungen und Magazine und hat Reiseführer verfasst. Außerdem veröffentlichte sie mehrere sehr erfolgreiche Kriminalromane, deren Tatorte unter anderem im Allgäu und in Oberbayern liegen. Die engagierte Tierfreundin lebt mit ihren Katzen, Kaninchen und Pferden auf einem vierhundert Jahre alten Bauernhof in Bad Bayersoien im Ammertal. Nach »Tod auf der Piste« und »Mord im Bergwald« ist »Hüttengaudi« der dritte Krimi mit den Ermittlerinnen Irmi Mangold und Kathi Reindl.

Nicola Förg

Hüttengaudi

Ein Alpen-Krimi

Piper München Zürich

Mehr über unsere Autoren und Bücher:
www.piper.de

Von Nicola Förg liegen bei Piper vor:
Tod auf der Piste
Mord im Bergwald
Hüttengaudi

Für Lutz, der achtsam mit dem Menschen umgeht

Originalausgabe
1. Auflage April 2011
5. Auflage April 2011
© 2011 Piper Verlag GmbH, München
Umschlaggestaltung: semper smile, München
Umschlagmotiv: plainpicture / bildhaft
Karten: cartomedia, Karlsruhe
Autorenfoto: Andreas Baar
Satz: Kösel, Krugzell
Papier: Munken Print von Arctic Paper Munkedals AB, Schweden
Druck und Bindung: CPI – Clausen & Bosse, Leck
Printed in Germany   ISBN 978-3-492-26496-9

»I … I'm a roamer in time
I travel alone
Throughout an endless journey
Home … Where is my home
Fragments of a love life
I won't surrender.

Misen, Soundtrack zu »Der Adler«

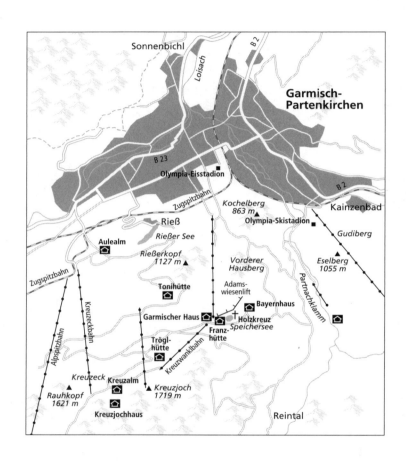

Prolog

Was hatte ihre Mutter ihr zum Dreißigsten grinsend auf den weiteren Lebensweg mitgegeben? Als Frau musst du dich irgendwann entscheiden, ob du eine Kuh oder eine Ziege werden willst. Irmi hatte das schrecklich zynisch gefunden – und über die letzten zwanzig Jahre zugenommen. Damit gehörte sie eindeutig in die Kategorie Kuh, dabei hatte sie sich für diese Statur gar nicht bewusst entschieden. Die Pfunde waren einfach über sie gekommen – mäßig, aber gleichmäßig.

Sie war nicht eitel, höchstens ein ganz kleines bisschen. Sie war kein Fashion Victim, wirkte aber auch nicht ungepflegt. Kleidung kaufte sie meist im Vorübergehen an Sonderpreisständern – weniger wegen des reduzierten Preises, sondern weil sie sich ihr quasi in den Weg stellte. Sie wäre nie auf die Idee gekommen, freiwillig einen Modeladen zu betreten. Shopping stand auf ihrer Liste überhaupt nirgendwo.

Außerdem gab es Kataloge, in denen man die Ecken umknicken konnte von all den Seiten, auf denen Verlockendes zu sehen war. Sie nahm die Kataloge bisweilen mit in die Badewanne, wo sie regelmäßig abstürzten, woraufhin die bereits ausgefüllten Bestellkarten bis zur Unkenntlichkeit verwischten und sich die Eselsohren mitsamt des Katalogs auflösten.

Eigentlich empfand sie es jedes Mal als Affront, wenn so ein Moppelfrauenkatalog eintraf: von Größe vierzig bis Größe sechzig. Woher wussten die, dass sie keine Größe sechsunddreißig war? Vermutlich durch den Verkauf von Adressen, was Datenschutz betraf, gab sie sich als Polizistin erst recht keinen Illusionen hin. Es kamen auch Werbeblättchen mit Wunderpillen – und ja, sie war gefährdet. Verschämt dachte sie immer wieder mal darüber nach, sich so etwas zu bestellen. Klang einfach zu gut und zu einfach: essen wie sonst und dabei abnehmen. Fressen wie beim römischen Gelage und dann die Ich-setz-nicht-an-Pille hinterher. Auch die Bauchmuskeltrainer aus dem Shopping-Fernsehen ließen sie immer mal zusammenzucken. Sollte sie sich so was mal bestellen? Nein, natürlich würde sie das nicht tun. Das wäre ja peinlich.

Und dann war Lissi gekommen, ihre Nachbarin. Lissi, das Energiewunder. Lissi, der Kugelblitz. Einsfünfundfünfzig groß und rund. Dabei war sie beileibe nicht fett oder unförmig, nur eben rund mit dem besten Dirndldekolleté, das man sich vorstellen konnte. Von Figurfragen war sie meist unbeeindruckt, umso mehr hatte sich Irmi gewundert, als Lissi ihr die kühne Frage gestellt hatte, ob sie mit ihr nach Oberstaufen fahren wolle.

Irmi hatte erst einige Sekunden überlegt: Oberstaufen? Lag das nicht irgendwo kurz vor Vorarlberg, wo die Menschen so einen drolligen Dialekt hatten? Und was sollten sie dort?

»Wir machen eine Schrothkur«, hatte Lissi erklärt.

Leicht befremdet hatte Irmi das »wir« registriert, aber in ihrer flammenden Rede für das Schrothwesen hatte ihre Nachbarin am »wir« festgehalten. »Was glaubst du, wie gut uns das tut! Es geht uns ja nicht ums Abnehmen. Es geht ums Entgiften. Ohne Verzicht kein Genuss, ohne Kampf kein Sieg, ohne Reinigung keine Heilung«, schmetterte sie.

Irmi fragte sich, aus welcher Broschüre sie das wohl hatte. Ihre Einwände, sie müsse weder kämpfen, noch bedürfe sie irgendeiner Heilung, wurden geflissentlich übergehört.

»Wir brauchen das. Mal raus aus dem Alltag. Und Oberstaufen passt viel besser zu uns als die Karibik oder so.« Schwungvoll hatte Lissi ein Unterkunftsverzeichnis auf den

Tisch geworfen. »Ich hab auch schon was ausgesucht für uns. Was Kleines, Kuscheliges.«

Hinterher hatte Irmi nicht den blassesten Schimmer, warum sie schließlich zugestimmt hatte.

Wie hatte ihre Mutter das gestern formuliert? »Wenn du weiter so abnimmst, wirst du in zehn Jahren aussehen wie eine alte Ziege. Mager und faltig – zickig bist ja eh schon.« Sie hatte das »mager« besonders tirolerisch betont: »mooger«. Ihre Tochter Sophia war herumgehüpft wie ein Derwisch und hatte laut gerufen: »Mama ist 'ne Zicke, Mama ist 'ne Zicke!«

Kathi hatte beide mit einem »Leckts mi« gestoppt, die Tür zugeknallt und war die Treppe hinaufgerannt mit einem Geräuschpegel, der auch auf eine Herde Flusspferde hätte deuten können. Vorausgesetzt, Flusspferde würden durch Tiroler Häuser trampeln.

Kathi war vor den Spiegel getreten, hatte ihr bauchfreies T-Shirt noch weiter hochgezogen und nüchtern konstatiert: Rippen statt Wölbung nach außen. Die Brüste noch kleiner als früher, und da hatte sie auch nicht gerade in der Dolly-Buster-Liga gespielt. Das knochige Dekolleté gefiel ihr wirklich nicht. Sie drehte sich um und blickte über die Schulter. Kein Arsch in der viel zu weiten Jeanshose. Man konnte es nicht mal auf den Modetrend der »Boyfriend-Jeans« schieben. Das war eine ganz normale Damenhose, die ihr früher mal richtig gut gepasst hatte.

Dann schob sie das Kinn näher an den Spiegel heran und betrachtete ihr Gesicht. Sie war hübsch, das war sie immer schon gewesen. Auf der Stirn traten erste schmale Falten zum Vorschein, in den Augenwinkeln auch. Sie würde in ein paar Tagen dreißig werden und dabei ziemlich »mooger« daherkommen.

Dabei aß sie genug, mehr als Irmi und ihre Kollegin Andrea, die schon zunahmen, wenn sie das Wort Fleischsalat nur dachten oder die Torte bloß durch die Scheibe beim Konditor ansahen. Richtig neidisch waren die beiden auf sie.

Jetzt allerdings war sie zugegebenermaßen arg schmal geworden. Das lag auch an ihrem Neuen. Sven studierte Architektur in München und war erst fünfundzwanzig. Außerdem war er Veganer. Und weil Kathi dieses ganze Grün- und Körnerzeug nicht mochte, ihn aber nicht durch den Verzehr toter Tiere provozieren wollte, aß sie lieber gar nichts.

Sie und Sven hatten sowieso wenig Zeit zum Essen. Schließlich gab es auch Wichtigeres, wenn der eine nächtelang über Modellen in München saß und die andere mit unmöglichen Dienstzeiten in Garmisch. So oft trafen sie sich nicht, aber wenn sie sich trafen … Kathi war jedes Mal ein wenig überrascht, dass ein eher anämischer Kulturmensch es im Bett so krachen lassen konnte.

1

Da saß sie nun in dem eher puristisch eingerichteten Hotel-
zimmer. An den Wänden hingen Bilder von Allgäuer Landschaften. Der Hochgrat, der Alpsee, eine üppig geschmückte
Kuh beim Almabtrieb. Oder nein, hier hieß das ja Viehscheid.

Eine Einführungsveranstaltung hatte es gegeben mit Erklärungen, die Irmi auch nicht gerade beruhigt hatten. Sie
wurden aufgeklärt, dass der Name Schrothkur nichts mit
Schrot und Korn zu tun hatte, sondern von einem schlesischen
Fuhrmann namens Johann Schroth stammte. Der Mann hatte
irgendwann um 1820 nach einem Pferdetritt ein steifes Knie
bekommen, sich erfolgreich mit feuchtkalten Wickeln behan-
delt und daraus dann die Therapie mit einem Ganzkörperwickel abgeleitet. Seine Beobachtung, dass krankes Vieh die
Nahrung verweigerte und wenig trank, übertrug er als Diät
mit sogenannten Trockentagen auf den Menschen. Er musste
ein echter Marketingprofi gewesen sein, denn schon bald hatte
er sich einen Ruf als »Wunderdoktor« erarbeitet und eine
Kurklinik in Niederlindewiese im heutigen Tschechien er-
öffnet.

Hermann Brosig, einer der dortigen Kurärzte, war nach
englischer Kriegsgefangenschaft nach Oberstaufen gelangt
und hatte dort die Schrothsche Heilkur eingeführt.

Nicht, dass Irmi dem Mann seine Karriere nicht gegönnt
hätte und sein Überleben im Krieg. Aber hätte der nicht durch
Kriegstraumatisierung den ganzen Blödsinn vergessen und
mit irgendwas anderem sein Geld verdienen können? Und
Oberstaufen – und damit ihr – den Schrothwahnsinn erspa-
ren?

Irmi verfluchte Schroth, Brosig und Lissi, sich selbst aber am allermeisten. Sie hätte ja nur nein sagen müssen. Nun aber saß sie hier neben ihrem Koffer auf dem Bett und wusste, dass sie in wenigen Minuten zum Abendessen antreten sollte.

Abendessen war ein großes Wort. Sie sollte hier zwei Wochen lang cholesterinfreie Nahrung zu sich nehmen, ohne tierisches Eiweiß und Fette. Kein Salz, nur Kohlenhydrate und das im Umfang von fünfhundert Kalorien am Tag. Wussten diese Wahnsinnigen denn nicht, was allein eine einzige Leberkas-Semmel an Kalorien hatte? Von fünfhundert Kalorien konnte doch kein bayerischer Mensch leben!

Ihre schlimmsten Befürchtungen wurden wahr. Das dreigängige Menü bestand aus einem Süppchen, das wenig mehr war als gewürztes Wasser, gekochtem Gemüse als Hauptgang und Kompott als Hauch eines Nachtisches. Himmel, ihre Zähne hatte sie doch noch! Schon jetzt sehnte sie sich danach, einfach mal herzhaft in etwas hineinzubeißen.

Lissi war sehr still geworden, das Gespräch verlief eher schleppend. Klar, Lissi fühlte sich schuldig! Gut so, fand Irmi. Ihre Nachbarin murmelte, dass sie gleich ins Bett gehe, weil sie doch gestern noch eine Problemgeburt im Stall gehabt habe und die ganze Nacht wach gewesen sei.

Nun, Irmi war nicht böse um die frühe Schlafenszeit und ruhte trotz ihres Grants gut und traumlos. Plötzlich ertönte von irgendwoher ein schauerliches Geräusch. Felswände schienen einzustürzen, und eine Sirene heulte grauenvoller als alles, was je an ihr Ohr gedrungen war.

Sie brauchte einen Moment, um sich zu orientieren. Das Geräusch kam von einem Radiowecker und war so laut, dass es die gesamte Unterwelt geweckt hätte. Hektisch hieb Irmi auf einige Tasten ein, doch das Gerät dröhnte weiter. Mit einem jähen Sprung aus dem Bett erreichte sie die Stromzufuhr und entriss dem Ding den Saft. Leider hing nun auch die halbe Steckdose aus der Wand.

Irmis Herz raste. Dass es nun auch noch klopfte und jemand etwas von Tee flötete, der draußen stehe, gab ihr den Rest. Sie hatte, bevor sie den Wecker so rüde vom Strom getrennt hatte, einen Blick darauf geworfen. Es war halb vier Uhr in der Früh, da stand nicht mal ein Landwirt auf!

Gestern bei der Einführung hatten sie das nun folgende Horrorszenario bereits durchgesprochen: Irmis schlafwarme Haut wurde in feuchte Tücher gewickelt, damit der Körper gegen die Kälte mit einer gesteigerten Durchblutung anheizte. Wärmflaschen im Rücken, an den Füßen und auf dem Bauch trieben den Schweiß zusätzlich aus allen Poren. Die anschließende Schnürung war am schlimmsten. Da durfte man wirklich nicht klaustrophobisch sein. Und von wegen wohlig warme Hülle. Irmis Tüchergefängnis heizte sich nicht auf. Sie fror. Ziemlich lange. Bis sie um Hilfe rief und ihr erklärt wurde, dass ihr Körper eben noch ganz falsch reagiere. Einen bedauernden Blick hatte ihr die Packerin zugeworfen und versichert, dass sie mit zunehmender Entgiftung auch normaler reagieren werde. Normaler?

Immerhin schlief Irmi im Wickel wieder ein und zog sich, nachdem sie entwickelt worden war, nochmals in ihr Bett zurück. Gut, das Frühstück war ja auch nicht der Rede wert, ebenso wenig wie das Mittagessen. Nachdem sie und Lissi sich wirklich nicht für Nordic Walking hatten erwärmen können, hatte man ihnen den Ponyhof empfohlen. Zum Fünf-Uhr-Tee.

Das Lokal entdeckten sie in Weidach. Mit Ponys hatte es wenig zu tun – die Pferdchen hier waren von anderem Kaliber. Vorbei schwebten mit kostbaren Ketten und Armreifen behängte Damen weit jenseits des Alters, das man gerne zugab.

Auf der Terrasse lag ein Flor aus Rosenblättern, offenbar anlässlich einer Hochzeit. Der Mann, der sich verehelicht hatte, war ein berühmter Doppelprofessor an der Uni Tübingen – das entnahmen Irmi und Lissi der Unterhaltung zweier Damen am Nebentisch, deren altersgemäße Taubheit dazu führte, dass sie extrem laut redeten.

Irmi blickte zum Hochzeitspaar hinüber: Das neue Weibchen war eine bildschöne orientalisch aussehende Frau, Irmi vermutete, eine Iranerin. Sie war etwa so alt wie die erwachsenen Kinder des Herrn Professor, denen anzusehen war, wie sehr sie die neue Stiefmama schätzten. Die eine Tochter blickte unentwegt auf das sanft gerundete Bäuchlein der Iranerin. Ein Hauch eines Bauchs – im engen Partykleid aber sichtbar. Die Tochter schien ihre Erbpfründe schwinden zu sehen.

An einem zweiten Tisch saßen weitere geldige Gäste, ebenfalls behängt mit allerlei schwerem Schmuck. Eine Frau redete ohne Punkt und Komma, und Irmi fragte sich, ob diese Dame denn nie Luft holte.

Irgendwann kamen Riesenplatten mit Backhendl, Leberkäse und Obatzda – in den Himmel wachsende Gestelle, die üppig mit Brezen behängt waren. Irmi warf einen Seitenblick auf Lissi, die hektisch an ihrem Wasser sog.

»Ungesundes Zeug«, sagte Lissi. »Ich glaub, wir zahlen mal.«

Wenig später trollten sie sich. Draußen kamen sie an Porsche Cabrios vorbei, einem Maybach, zwei Bentleys, diversen Benzen und ein paar Z3s, die neben den Riesenkutschen so wirkten, als gehörten sie der Putzfrau.

Sie stapften bergwärts, und Irmi war wirklich verwundert,

wie frisch sie ausschreiten konnte, obwohl sie nichts gegessen hatte. Schweigend gingen sie voran, bis Lissi schließlich sagte: »Prominent sein ist vielleicht a Soach.«

Irmi musste lachen. Lissi war wirklich eine Philosophin.

Am nächsten Morgen hatte Irmi den Eindruck, dass sie sich schon etwas schneller erwärmte in ihrem Wickel. Das Problem an dieser Kur war natürlich, dass man zu viel Zeit hatte. Ein normaler Menschentag wurde in angemessenen Abständen von Essen unterbrochen. Man überlegte, was man kochen würde. Oder aber man studierte Speisekarten, man saß, wartete, aß. Man räumte Geschirr weg. Essen teilte den Tag in vernünftige Abschnitte. Essen war Belohnung.

Zumindest eins hatte Irmi am dritten Tag ihres Aufenthalts schon begriffen: Ihre Einstellung zum Essen würde sie ändern. Nicht mehr schnell im Stehen irgendwas in sich hineinschlingen, sondern sich Zeit nehmen. Essen war doch so schön.

Weil die Tage so viel Leere boten, nahmen Irmi und Lissi natürlich die Freizeitangebote gerne an, beispielsweise eine Wanderung zur Alpe Mohr.

»Wie weit ist es denn zu der Alm?«, fragte Irmi den Wanderführer.

»Gnädige Frau, ich sehe, Sie stammen aus dem Oberbayerischen. Bei uns im Allgäu heißt das Alp oder Alpe.«

Zweierlei verdarb Irmi den Tag: die Anrede »Gnädige Frau« und dieses »bei uns«, das in tiefstem Sächsisch vorgetragen wurde. Sehr ungnädig schlurfte Irmi deshalb dahin, zumal der Großteil des Weges auf Asphalt verlief.

Die Lage der Alm, pardon Alpe, war wunderschön, so wie dieses ganze Allgäu überhaupt sehr schön war. Die Berge waren weniger erdrückend als bei ihr daheim. Das Auge konnte sich immer wieder an Fixpunkten festhalten: Höfen, Wiesenhängen, Waldstücken, Tümpeln und Seen. Die Landschaft stieg gefällig stufenförmig an: Sanfte Hügel gingen über in Vorberge, und am Horizont standen die Gipfel Spalier. Dieses Allgäu ist wie ein Aquarell, dachte Irmi. Kein schweres Ölgemälde wie das Karwendel.

Oben angekommen, suchten sie sich einen Tisch, jemand trug einen Riesenberg Kaiserschmarrn vorbei, was Irmis Laune nicht gerade steigerte, und dann trat auch noch ein allein unterhaltender Ziehharmonikaspieler auf. Immerhin hatte sie ja schon gelernt, »dass ma im Allgäu isch, wenn d Schumpa scheener wia d Föhla sind«. Dabei standen Schumpa für Jungkühe und Föhla für junge Mädchen. Und außerdem sagten die hier »i bi gsi« für »ich bin gewesen« – und das klang in Irmis Ohr doch sehr Schwyzerdütsch.

Der Kaiserschmarrnduft wehte herüber, der Mann sang von den »Blauen Bergen« – ein Albtraum. Irmi bestellte sich einen trockenen Wein. Kurwein war schließlich erlaubt. Gut, »das Viertele« hatte sie schon zu Mittag genossen, aber sei's drum. Als hätte Lissi auf einen Startschuss gewartet, rief sie: »Dann bringen S' doch gleich einen halben Liter.«

Der Wein, der die Kehle in den leeren Magen hinunterrann, tat seine Wirkung. Und ja, sie nahmen noch einen halben Liter. »Mezzo litro für die Damen«, blökte der Sachse, bestimmte Tage erforderten einfach Drogen.

Eigentlich war er ganz nett, der Sachse. Man konnte ja nichts für seinen Geburtsort. Sie tranken. Ein Leben ohne Alkohol war zwar möglich, aber an Tagen wie diesen eben keine Lösung. Also schunkelten sie und sangen mit, Lissi legte ein flottes Tänzchen mit dem Sachsen aufs Parkett. Der Tag schritt fort, das Licht wurde weicher.

Auf der Wiese neben dem Haus baute sich eine Alphorngruppe auf und begann, diesem seltsamen Instrument nachgerade magische Töne zu entlocken. Irmi setzte sich auf die Brüstung und hörte zu. Ein Gänsehauterlebnis. Ein Instrument, das die Seele berührte. Vielleicht machte sie der Wein so sentimental. Oder diese bucklige Region. Oder der leere Magen. Der Sachse hielt gerade einen Vortrag über das Alphorn.

»Alphörner waren immer Sache von Landschaften, wo es Hirten und Herden gab – egal ob im Allgäu, in Südamerika oder in Tibet. Hirten haben auf die Signalwirkung solcher Hörner gesetzt, um sich über die Täler hinweg zu verständigen. Sie lockten damit ihre Tiere an. Das Alphorn ist ein kultisch-mystisches Instrument.«

Inzwischen fand Irmi ihn wirklich sympathisch. Er sah eigentlich auch recht gut aus. Sie schätzte ihn auf Ende dreißig. Netter Hintern. Gut, der Schnäuzer war natürlich ein Minuspunkt, der Dialekt auch, aber wahrscheinlich war sein Job, hungernde Menschen bei Laune zu halten, auch nicht gerade prickelnd.

Lissi jedenfalls schien ihn ganz besonders ansprechend zu finden, was Irmi mit Verwunderung registrierte. Warum eigentlich? Sie kannte Lissi nur als Alfreds Frau. Immer schon. Sie hatten geheiratet, als Lissi achtzehn und schwanger gewesen war. Sie kannte Lissi als perfekte Köchin, perfekte Bäuerin, Mutter von drei Söhnen, die alle eine gute Ausbildung machten. Der Älteste studierte sogar in Weihenstephan Agrarwissenschaft. Lissi war kürzlich vierzig geworden und hatte sich immer nur um ihre vier Männer gekümmert.

Irmi schlenderte auf die Wiese hinaus, wo ein älterer Mann an sein Alphorn gelehnt stand.

»Stimmt es, dass so ein Alphorn nur aus einem Baum stammen darf, der über zwölfhundert Metern gewachsen ist?«, erkundigte sich Irmi.

»Na, des isch a Mythos. Es gaoht au mit Fichta, dia weiter dunda wachset.« Er lachte sie an. »I bi dr Sepp.« Reichte ihr die Hand und fuhr dann in bestem Hochdeutsch fort: »Wenn man ein Alphorn aus einem Stamm schaffen will, sollte der Baum eine Krümmung aufweisen. Die erhält er zum Beispiel, wenn der junge Setzling durch den Schnee zu Boden gedrückt wird und später dann dem Licht zustrebt. Eng gewachsenes Holz ist für den Musikinstrumentenbau, gerade bei Geigen, sehr wichtig. Und in Hochlagen wachsen die Bäume sehr langsam, die Jahresringe liegen viel dichter beisammen als beim Talholz. Deshalb die Zwölfhundert-Meter-Regel, aber zwingend ist das nicht.«

Irmi lächelte den Mann an. »Du kennst dich aus?«

»Ja, i bau dia Trümmer au.«

Es war großartig, wie er zwischen seinem Heimatdialekt und dem gepflegten Deutsch für die Touristen hin und her springen konnte. Der Mann war eindeutig zweisprachig.

»Mei, heutzutage gibt's Alphörner auch zwei- oder dreiteilig, aus Transportgründen. Es isch ja au bled, wenn ma so a Trumm auf em Dach transportiera muas oder es aus'm Fenschtar vom Auto naus hängt.«

Sie plauderten eine Weile. Sepp, der sicher weit über siebzig war, setzte sich zu Irmi ins Gras und erzählte weiter. Er war ein Alphornbauer der ersten Stunde gewesen.

»Als Buaba hond mir scho auf em Gartaschlauch gschpielt«, berichtete er lachend.

Und Irmi erfuhr, dass der Heimatbund das Alphorn im Allgäu 1958 wiederbelebt hatte und das erste Alphorn damals in Marktoberdorf erklungen war – »also fascht im Unterland«.

Der Tag hatte sich zum Guten gewendet. Sepp hatte sie

noch eingeladen, ihn bei Gelegenheit zu besuchen, und es war dunkel, als sie zu Tale marschierten. Lissi ging neben dem Sachsen, sie lachten und scherzten, Irmi versuchte ab und zu, Lissis Blick zu erhaschen, aber die sah weg. So what, Lissi war schließlich erwachsen.

2

Irmi ging ins Bett. Diesmal ohne Hungergefühl. Sie hatte an ihrem Handy einen etwas freundlicheren Weckton eingestellt und fügte sich in die frühmorgendliche Packung. Es war der vierte Tag, sie war allmählich drin im Kurrhythmus und entschlief sanft in ihrem Ganzkörperwickel. Bis ein gellender Schrei sie weckte.

Es war ein Schrei in einer ohrenbetäubenden Frequenz. Darauf folgte ein herzhaftes: »Scheiße, das darf doch nicht wahr sein!« Sie hörte Getrappel zur Tür und Rufe nach irgendwem. Wer das sein sollte, blieb Irmi ein Rätsel. Es war halb fünf, wer sollte schon da sein außer der Packerin? Das Getrappel kam zurück, es war mehr ein Flapp-Schlapp, das Geräusch, das schlecht am Fuß vertäute Crocs erzeugen. Die Packerin trug solche Dinger.

Vergeblich versuchte Irmi, sich zu befreien, aber das gelang ihr nicht, also rief sie: »Was ist los? Hallo?«

Keine Antwort.

»Hallo? Ich bin von der Polizei!«

Das Flapp-Schlapp erreichte ihre Tür. Die Packerin öffnete und starrte sie mit großen Augen an.

»Frau Mangold, Sie sind von der Polizei?«

»Ja, sogar Hauptkommissarin. Bei der Kripo. Also, was ist los?«

»Da drüben! Oh Gott, das ist mir noch nie passiert!«

»Holen Sie mich da mal raus!« Irmi hasste es, wenn Menschen keine präzisen Angaben machten. Und ein »Oh Gott!« half nie weiter. Der war im entscheidenden Moment nicht zuständig, das hatte Irmi in ihrem Leben gelernt.

Die Packerin tat wie ihr geheißen, und anstatt sich abzuduschen, wickelte sich Irmi in den Bademantel, der ungut an ihrer schwitzigen Haut klebte. Sie fummelte ihre Zehen in die Flip-Flops und unter zweistimmigem Flapp-Schlapp gingen sie in die Nachbarkabine.

Da lag ein Mann. Im Wickel. Sein Kopf war zur Seite gesunken. Ein erbärmliches Bild, das diese Schroth-Mumie abgab! Aber elend sahen sie doch alle aus bei dieser Kur.

Die Augen der Packerin waren weit aufgerissen. Sie wiederholte leise flüsternd: »Das ist mir noch nie passiert.«

Irmi trat näher. Sie fühlte mit geübtem Griff die Halsschlagader. Da war Stille. Der Mann war tot, keine Frage.

Irmi drehte sich zu der Frau um. »Was haben Sie gemacht?«

»Ich? Nichts!«

Das war vielleicht genau das Problem. Ein Zertifikat im Schwitzfolterkeller besagte, dass die Packerinnen die erforderlichen Weiterbildungsmaßnahmen wie regelmäßige Erste-Hilfe-Kurse absolviert hätten. Der Ausweis als anerkannte Schrothkurpackerin musste alle zwei Jahre bestätigt werden. Doch es schien an der Praxis zu hapern.

Irmi atmete tief durch. »Haben Sie reanimiert?«

Die Dame schüttelte den Kopf. Es folgte ein gebetsmühlenartig wiederholtes »So was ist mir noch nie passiert«.

Die Frage, ob sie einen Arzt informiert hätte, konnte sich Irmi schenken. Der trat übrigens in diesem Moment auf den Plan. Es war der Kurarzt, der die Eingangsuntersuchung gemacht und bei der Gelegenheit ihren BMI bemängelt hatte. Er hatte außerdem behauptet, dass ein bisschen Fettreserve ab einem bestimmten Alter nicht schade, allein das Bauchfett sei das gefährliche, denn es fördere sogar Demenz.

Der Mann trat an das Packbett, untersuchte den Mann und drückte ihm am Ende die Augen zu.

»Tot.«

»Ach was!«, entfuhr es Irmi.

»Und was machen Sie hier, Frau Mangold?«

Gerne hätte Irmi schwungvoll ihre Polizeimarke präsentiert, aber sie war im Bademantel und darunter nackt, mit zu viel Fettreserve.

»Ich bin von der Polizei. Maria«, sie nickte der Packerin zu, »hat um Hilfe gerufen.«

»Aha«, sagte er, »aber das ist ja kaum eine Sache der Polizei. Sind Sie hier überhaupt zuständig?«

Wie sie so was hasste! Neunmalkluge Schwätzer, und das vor fünf in der Früh. »Durchaus, wir sprechen von einer örtlichen und einer sachlichen Zuständigkeit. Zweitere betrifft alle Polizeiorgane, also auch mich. Und was die Behörde vor Ort betrifft, werden wir die gleich mal anrufen.« Polizeiorgane, was redete sie, sie war im Hungerwahn, eindeutig. Und genervt!

»Ja, aber ...«

»Lieber Herr Doktor. Sie wollen mir doch nicht allen Ernstes erzählen, dass Sie hier ›natürlicher Tod‹ ankreuzen werden? Ein vorher noch putzmunterer Mann mittleren Alters liegt eine Stunde später tot im Wickel?«

Irmi wandte sich an die Packerin. »Wann haben Sie ihn eingewickelt? Hat er da irgendwie komisch auf Sie gewirkt? Oder sogar krank?«

»Um halb vier ist er runtergekommen. Er war gut drauf. Besser als ... besser als Sie ... äh ... die meisten so früh morgens. Der wirkte auf mich sowieso recht fit.«

»Wann haben Sie ihn gefunden?«

»Um halb fünf.«

»Wieso sind Sie eigentlich noch mal zu ihm reingegangen?«

»Das mach ich immer«, erklärte die Packerin. »Zur Kontrolle. Die meisten schlafen eh.«

»Woher wussten Sie denn, dass er nicht nur schläft?«

»Sein Wickel war nicht mehr korrekt gewickelt. Da bin ich hin. Hab ihn angesprochen, ob was nicht stimmt. Da war er …« Sie brach ab.

Irmi trat wieder näher an den Mann heran. In der Tat war der nicht richtig gewickelt. Und dann traf es sie wie ein Blitz. Sie schwankte kurz.

Der Arzt griff nach ihrem Arm. »Alles in Ordnung?«

»Ich kenne den Mann.« Wie schwer fiel ihr dieser Satz. »Können Sie bitte die Kollegen von der zuständigen Polizei informieren? Dieser Todesfall kommt mir merkwürdig vor. Da muss eine Spurensicherung her. Dieser zerstörte Wickel – Sie werden mir zustimmen, dass man die Sache nicht einfach so unter den Tisch kehren kann. Selbst wenn das am Ende ein gewöhnlicher Herzinfarkt war.«

Irmi versuchte sachlich und souverän zu wirken, doch in ihrem Inneren raste ein Feuer, das sich schnell ausbreitete. Vom Magen die Kehle hinauf. Und wieder hinunter zu den Knien, die ihr nicht gehorchten. Sie sank auf den Stuhl, den der Arzt ihr hingestellt hatte.

Er nickte, schrieb irgendwas in den Totenschein.

Irmi erhob sich. »Wir sollten den Raum verlassen, und es sollte auch niemand mehr hineingehen.« Immer noch kamen klare Sätze aus ihrem Munde. Komisch, dass das Gehirn dazu in der Lage war mitten im Seelenfeuer.

Gegen halb sechs saßen sie übermüdet im Restaurant. Inzwischen war die Besitzerin des Hauses eingetroffen, und ein paar Gäste und Angestellte hatten wohl etwas mitbekommen, darunter auch Lissi.

»Was ist denn los?«, wollte sie wissen.

»Im Keller liegt ein Toter. Und der ist ganz sicher nicht auf natürlichem Weg gestorben.«

Lissi lachte auf. »Na, du bist lustig! Selbst hier im Urlaub stolpert die Frau Kommissarin über Leichen.«

Lissi hatte so laut gesprochen, dass es jeder mitbekommen hatte. Im Raum wurde getuschelt. Ein Toter war schließlich eine echte Sensation im eintönigen Schrothgekure. Und diese Frau da drüben, die war von der Polizei? Sah gar nicht so aus.

»Himmel, Lissi!«

»Tschuldigung.« Lissi senkte die Stimme. »Ein echter Toter?«

»Kennst du unechte Tote?«

»Blöde Nuss! Nein, im Ernst. Was ist denn passiert? Ist er entstellt? Erschossen? Erwürgt? Lila im Gesicht, weil sie ihn vergiftet haben? So richtig widerlich?«

»Lissi, du schaust zu viel Fernsehen.«

»Irmgard!« Lissi nannte sie nur sehr selten bei ihrem Taufnamen. »Irmgard, meine beste Nachbarin von allen: Du siehst öfter Leichen. Da bist du aber nicht so durch den Wind. Also doch ein besonders widerliches Exemplar?«

»Du hast bloß eine Nachbarin.«

»Wurscht. Aber sag mal, was ist los?«

Irmi blies die Luft aus. »Der Tote ist Martin.«

»Wer?«

»Martin. Martin Maurer.«

»Was für ein Martin Maurer?«

Irmi stöhnte. »Lissi, bitte!«

Es dauerte ein paar Sekunden, bis Lissi schaltete. »Martin, dein Exmann? *Der* Martin?«

Ja, genau *der* Martin. Den sie mit dreißig geheiratet und mit fünfunddreißig aus ihrem Leben verbannt hatte. Der sie Jahre ihres Lebens gekostet hatte. Dessen Namen sie bis heute nicht aussprechen wollte. Martin Maurer, der nun tot im Keller lag.

Bevor Lissi noch etwas sagen konnte, wurde ein Mann an Irmis Tisch geführt, der sich als »Riedele, Riedele Anderl« vorstellte. Irmi hatte zwar kurz geduscht und trug nun eine Jeans und T-Shirt, aber ihre widerspenstigen Haare gaben sicher ein wildes Bild ab. Sie war müde und überdreht zugleich. Der Allgäuer Kommissar seinerseits schien aber auch nicht gerade ein Modekenner zu sein und wirkte ein bisschen wie eine Allgäuer Ausgabe von Kottan. Und sein BMI war sicher auch nicht in Ordnung.

»Frau Mangold?«

Irmi nickte.

»Freut mich. Man hört ja so einiges von Ihnen.«

Ob das gut oder schlecht war, blieb offen. Wer »man« war, ebenfalls. Der Mann sprach diesen schwäbischen Dialekt, halt, nein, sie hatte als Erstes in Oberstaufen gelernt, dass Allgäuer alles waren, bloß keine Schwaben. Nun ja, Werdenfelser waren auch keine Tiroler und Loisachtaler keine Garmischer. Sie konnte problemlos den Dialekt von Farchant und Eschenlohe unterscheiden, doch diese Schwaben oder eben Nichtschwaben klangen in ihren Ohren alle gleich.

Irmi sagte erst mal nichts, ihr Gegenüber schien auch nicht gerade eine Plaudertasche zu sein, und so schwiegen sie sekundenlang und maßen sich mit Blicken. Dann kam vom Allgäuer: »Ganget mer num ins Stüble. Do isch es ruhiger.«

Im Stüble hing dann auch noch ein Poster, das besagte, dass das Büble wieder da sei. Dass es sich dabei um eine Bierspezialität handeln musste, kapierte Irmi gerade noch. Ihr kam das alles komplett surreal vor. Sie hatte ein Bild vor Augen: Martin mit seinen braunen Augen, wovon das eine kaum merkbar schielte. Eine ihrer Freundinnen hatte nach der

25

Scheidung gesagt, sie sei froh, den los zu sein. Man habe ja nie gewusst, wo der hinsehe. Als ob so was zählte.

Irmi versuchte die Bilder abzuschütteln und sich auf den Allgäuer Kollegen zu konzentrieren.

»Bringt des eabbas?«

»Was?«

»Die Schrothkur?« Anderl Riedele schaute sie zweifelnd an.

»Na ja, wir sind erst vier Tage hier.«

»Frau Kollegin, Sie sind ganz recht, wie Sie sind. Nix essa isch ganz schlecht für die Psyche. Kässpatza, Kraut-wickel und Schupfnudla sind guat.« Der Allgäuer klopfte sich auf den Bauch. Demnach war seine Psyche absolut in Ordnung.

Irmi lächelte schief. Riedele hatte recht. Nix essen machte einen ganz kirre, tote Exmänner im Keller übrigens auch.

Anscheinend war der private Teil nun um, denn der Allgäuer konnte auf einmal Hochdeutsch: »Schildern Sie mir bitte mal das Ereignis aus Ihrer Sicht.«

Irmi blickte ihn überrascht an. Anderl Riedele gab vordergründig den Trottelinspektor, in Wirklichkeit aber steckte da ein waches Köpfchen hinter dem Allgäuer Gebrumme. Sie musste lächeln. Eigentlich war der wie sie. Ein bisschen trampelig nach außen, aber tief drinnen hellwach. Irmi begann zu erzählen.

Als sie geendet hatte, fragte der Allgäuer bedächtig: »Sie kennen den Mann?«

Irmi schluckte. »Ja, ich kenn ihn. Das Ganze ist mehr als bizarr. Der Mann heißt Martin Maurer und ist ...« Irmi rechnete nach. Sie hatte ihn mit dreißig geheiratet, da war er siebenundzwanzig gewesen. »... neunundvierzig Jahre alt. Ich habe keine Ahnung, wo er jetzt lebt oder was er macht.«

Anderl Riedele schaute sie prüfend an. »Sie kannten den Mann mal besser?«

Was für eine Frage! Sie war versucht herauszuschreien: Nein, genau das war ja das Problem. Ich habe geglaubt, ihn zu kennen. Stattdessen sagte sie mit beherrschter Stimme: »Er ist mein Exmann.« Sie horchte dem Satz hinterher. Vier Worte, vier lächerliche Worte für so viel Hoffnung und Scheitern.

Der Allgäuer sagte nichts. Lange. »Frau Mangold, Sie sind eine Kollegin. Ich muss Ihnen nicht sagen, dass das Ganze mehr als merkwürdig wirkt. Ihr Ex, von dem Sie sich wahrscheinlich nicht in Frieden und Wohlgefallen getrennt haben …« Er sah sie an und lächelte. »Nach meiner Erfahrung trennen sich Menschen nie in Wohlgefallen. Also, da liegt ihr Ex tot im Nebenwickel …«

Irmi war angeschlagen, und es kostete sie wieder einige Sekunden, zu begreifen, was ihr Kollege ihr damit sagen wollte. Unterstellte er ihr etwa, ihren Exmann gemeuchelt zu haben? »Ich wusste gar nicht, dass Martin in derselben Klinik war«, sagte sie nach einer Weile. »Ich hatte seit fast zwei Jahrzehnten keinen Kontakt mehr zu ihm. Ich war völlig konsterniert, ihn zu sehen.« Irmi fand es extrem unerfreulich, auf der anderen Seite zu stehen. Wie schal solche Sätze klangen.

Anderl Riedele nickte behäbig. »Ich habe gehört, Sie hätten den Doktor vorhin etwas aufgerüttelt?«

»Der Wickel war doch gelöst. Ich gehe davon aus, dass jemand im Raum gewesen sein muss.« Sie machte eine kurze Pause. »Ich war es nicht. Oder glauben Sie, ich hätte mich auswickeln können und dann wieder so akkurat einwickeln?«

»Sie hätten einen Komplizen oder eine Komplizin haben können.« Riedele lachte gutmütig.

»Das glauben Sie aber selber nicht, oder?«

»Nein. Aber natürlich warten wir die Ergebnisse ab.« Er zückte ein Stäbchen. »Darf ich?«

Der Mann wollte allen Ernstes eine DNA-Probe von ihr! Irmi nickte und gab ihm das Stäbchen wenig später mit Speichelprobe retour.

»Nur wenn's grad wär ...« Er lächelte.

»Ich weiß. Just in case.« Auf Englisch klang das lässiger. Zufälliger.

»Sie bleiben ja noch ein bisschen, oder?«, fragte Anderl Riedele.

»Ja, schon, ich muss das noch mit meiner Freundin besprechen.«

»Sicher, ich halt Sie auf dem Laufenden, Frau Mangold.« Er machte eine kurze Pause. »Und essen Sie was. Das Leben ist kürzer als dieser Löffel.« Er wedelte mit einem Kaffeelöffel. »Das sagt Janosch. Oder der kleine Tiger.« Er lächelte wieder. »Das Blaue Haus kann ich empfehlen. Machet's guat.«

Dann ging er, während Irmi im leeren Stüble unter dem skurrilen Büble-Poster sitzen blieb. Sie sah auf die Uhr. Es war noch nicht mal acht. Andere hatten den Tag noch gar nicht begonnen, ihrer hatte jetzt schon viel zu viele Stunden.

Langsam erhob sie sich, und noch langsamer ging sie zurück in den Speisesaal. Die meisten saßen nun beim Frühstück oder wie man diese Ansammlung von nichts nennen wollte. Lissi hatte den Blick gehoben. Erwartung lag in ihren Augen, auch etwas Gehetztes.

Irmi sank auf die Bank. »Kaffee mit viel Milch«, bestellte sie bei der Servicekraft.

»Aber Ihre Kur, Frau Mangold, viele haben mal so einen Durchhänger, also ...«

»Ich habe keinen Durchhänger. Ich will und brauche Kaffee. Sofort!« Wieder schaute der halbe Speisesaal herüber.

Dann stand Irmi auf und holte sich am Büfett eine Breze und ein Stück Butter – es gab hier ja auch »normale« Gäste. Irmi stoppte die Besitzerin, die nun auch etwas sagen wollte, mit einem scharfen Blick. Setzte sich wieder und strich Butter auf das gekringelte Backwerk. Es kam ihr fast vor wie eine kultische Handlung. Dann biss sie in die Breze. Herrlich!

Lissi hatte sie die ganze Zeit angestarrt. Wie ein Schulkind, das im Chemieunterricht einen besonders gefährlichen Versuch verfolgt. Irmi konnte sich an ihre eigene mäßig erfolgreiche Schulkarriere erinnern. Da hatte es diesen völlig verwirrten Chemielehrer gegeben, der einen gewaltigen Versuch angekündigt hatte, zu dem sie sich sogar Schutzkleidung mitbringen sollten. Die Klasse hatte natürlich eine Show draus gemacht und sich mit Wolldecken und Mützen ausgerüstet. Der Versuchsaufbau hatte fast die ganze Stunde gedauert. Dann war der große Moment gekommen. Doch es hatte grad mal »pffft« gemacht – und das war es dann gewesen. Darüber war der Lehrer noch verwirrter geworden und hatte ein Jahr später den Dienst quittiert. Heute nannte man das Burn-out. Aber wieso musste Martin wieder auftauchen? Und gleich so. Sie war wütend auf ihn, als könne er etwas dafür. Was legte sich dieser Idiot auch tot in den Nebenwickel?

Lissi starrte sie immer noch an.

»Lissi, hol dir auch eine Breze, iss was. Nach dem zweiten Kaffee bin ich eventuell wieder ein Mensch und beantworte deine Fragen. Falls es da was zu fragen gibt.«

Ihre Nachbarin stand auf, ging tatsächlich zum Büfett und kam mit einer Käsesemmel wieder. Sie aßen schweigend. Nach der Breze war Irmi pappsatt. Nach der dritten Tasse Kaffee begann ihr Hirn wieder im Takt zu laufen. Sie atmete tief durch und lehnte sich nach hinten.

»War es wirklich Martin?«, fragte Lissi flüsternd.

»Ja, wie …« Ach nein, der Spruch »wie er leibt und lebt«
passte hier nicht so recht.

»Weiß man schon was?«

»Nein, aber die Kollegen sind dran. Mehr ist momentan
nicht zu sagen.« Irmi hoffte, dass Lissi diesen Wink mit der
Litfaßsäule verstanden hatte. Sie wollte und konnte nicht über
Martin reden.

Lissi nagte an ihrer Käsesemmel und sah furchtbar unglücklich aus.

»Madl, mir geht es gut. Jetzt schau doch nicht so!«

Lissi sah Irmi direkt in die Augen. Flehentlich. »Ja, aber mir
geht's nicht gut.«

»Wegen Martin, also ich …« Irmi brach ab. Wie blöd war
sie? Wie egozentriert. Natürlich ging es Lissi gar nicht um
Martin, sondern um den Sachsen. »Hast du …?« Irmi sah ver-
legen in ihre Tasse.

»Ja.«

Sie hätte jetzt »ja und?« sagen wollen, aber das ging natürlich nicht. Lissi war eine brave Bauersfrau, die ihren Mann
ganz sicher noch nie betrogen hatte. Nun hing ihre Weltkugel
in arger Schieflage.

»Lissi-Madl, so was passiert schon mal. Mei …« Das war
auch nicht gerade psychologisch wertvoll.

»Aber Irmi, ich hab …«

»Was hast du? Du hast zu viel getrunken. Du hast mit
einem netten Mann geflirtet. Es ist mehr draus geworden. So
was passiert.«

»Aber …«

»War's denn nicht nett?«

»Mensch, Irmi, was ist das für eine Frage!«

Nein, ihr war heute nicht nach Schonung und Samthand-
schuhen. »Lissi, jetzt schau mal: Du hast mit einem Mann ge-

schlafen, der ganz nett ist. Entweder es war schön, dann freu dich drüber. Oder aber es war nicht so toll, dann schieb es auf den Alkohol und hak es ab. Mach dir bitte keine Vorwürfe, es geht doch nicht um Schuld.«

»Aber ich hab Alfred betrogen.«

»Willst du es ihm sagen?«

»Nein!« Lissi hatte zu ihrem Organ zurückgefunden. Die Leute schauten wieder her.

»Eben. Es war ein Ausrutscher. Du hast doch nicht vor, die nächsten Wochen mit ihm eine Affäre zu haben, oder?«

»Nein!«

»Eben! Hast du dich in ihn verliebt? Das wäre natürlich blöd.«

»Nein, er ist nett. Er war …«

»Er war eben da. Genau. Und das genügt oft. Dass jemand da ist.«

Ja, das genügte. Wenn man einsam war. Oder sentimental. Oder melancholisch. Was hätte sie Lissi von Nebenwelten erzählen sollen? Davon, dass man die Ebenen wechseln konnte, ja, sogar musste, um zu überleben? Dass so eine Kur ein Zauberberg war, der mit der Realität nichts zu tun hatte. Wie schwer es war, dann wieder in das profane und wahre Leben abzusteigen. Wie oft sie selbst diese Bergtour gemacht hatte. Wenn sie *ihn* traf, war das für beide ein ganz persönlicher Schonraum. Aber wenige Tage Zauber wurden schal gegen die Einsamkeit in der Realität.

Lissi kannte so was nicht. Sie hatte jung geheiratet, hatte ihre Kinder, den Hof, die klaren Abläufe. Sie würde das mit sich selbst ausmachen müssen, auch wenn das schwer sein würde, weil so ein Ausrutscher weit außerhalb ihres Weltbildes lag. Eigentlich beneidenswert. Auch wenn sie nun Höllenqualen litt.

»Was mach ich denn jetzt nur?« Sie klang wie ein kleines Mädchen. Vierzig Jahre alt mit dem Gemüt einer Zwölfjährigen.

»Gar nichts. Wenn du den Sachsen triffst, sagst du ›servus‹, benimmst dich normal, und gut ist's.«

»Aber das kann ich nicht!«

»Doch, das kannst du!«

»Nein, ich fahr heim!«

»Madl, wenn du jetzt heimfährst, merkt Alfred sofort, dass was nicht stimmt. Komm, wir machen einen Ausflug. Irgendwohin. In der Rezeption hängen jede Menge Vorschläge. Wir suchen uns was aus. Wandern hilft immer. Ab jetzt, wir treffen uns in zwanzig Minuten!«

Als Lissi endlich kam, verheult, aber gefasst, hatte Irmi schon eine Tour ausgewählt. »Hochprozentiger Hochgenuss in Hörmoos: Allgäus höchste Schnapsbrennerei auf 1300 Metern« hieß das Angebot. Schnaps war sicher das, was Lissi jetzt brauchte, und das Ganze wurde nicht vom Sachsenlümmel geführt. Der war schon weg, zu einer Sonnenaufgangswanderung. Der muss Kondition haben, dachte Irmi.

Ein Bus sammelte noch die anderen Hotelgäste ein, und Irmi kam sich vor wie auf einer Kaffeefahrt, wo es Schafwolldecken zu erwerben gab und fünfhundert Gramm deutscher Landbutter. Wie erfreulich, dass sie in ihrem hohen Alter den Schnitt im Bus ausnahmsweise mal senkte!

Man kurvte hinüber nach Österreich und hinauf zu einem Liftparkplatz am Almhotel Hochhäderich, von wo aus gewandert werden sollte. Schon nach den ersten Metern blieben die restlichen Businsassen zurück. Irmi rannte mehr, als dass sie ging, und begrüßte den Schweiß, der ihr unter dem Rucksack den Rücken hinunterlief, mit Freude. Lissi stolperte wortlos hinterher. Der Reiseleiter hatte ihnen erklärt, wo der

Weg verlief: durch Alpweiden, wo das Allgäuer Braunvieh mit stoischem Blick wiederkäute. Es versetzte Irmi einen Stich. Sie vermisste ihre Kühe. War es nicht extrem dämlich, Kühe zu vermissen?

In diesem Moment sagte Lissi: »Endlich Kühe. Die fehlen mir schon.«

Irmi lächelte. Ihre Nachbarin sah besser aus als noch vor einer Stunde. Und sie war eine ebenso Infizierte wie sie selbst. Nutztiere waren Freunde und Teil ihrer beider Leben, die sich sonst so sehr voneinander unterschieden. Ein paar Goaßn und Schafe standen ebenfalls am Wegesrand.

»Das sind Thüringer Waldziegen«, sagte Irmi.

»Und die Schafe sind Alpine Steinschafe«, meinte Lissi.

»Sind beides vom Aussterben bedrohte Haustierrassen«, ergänzte Irmi. Ohne Bernhard, der die Idee dämlich fand, hätte Irmi aus dem Hof längst einen Archehof gemacht. Auf Archehöfen wurden alte bedrohte Haustierrassen wie das Schwäbisch-Hällische Schwein, Bergschafe, das Murnau-Werdenfelser Rind, die Thüringer Waldziege, die Bayerische Landgans, das Augsburger Huhn gezüchtet. In Deutschland standen fast hundert Nutztierrassen auf der Roten Liste. Sie waren zu Auslaufmodellen geworden, als die Landwirtschaft sich immer mehr in Richtung Effizienz und Massenerzeugung bewegte: Fleischberge und Milchmaschinen waren gefragt, und es waren die Zuchtverbände gewesen, die den Bauern den Umstieg auf die effizienteren Rassen empfohlen hatten. Das Murnau-Werdenfelser Rind war so ein Modernisierungsopfer, ein schönes Tier und dazu genügsam, mit starken Beinen und harter Klaue. Ihre Kuh Irmi Zwo war eine Werdenfelserin und für eine Kuh längst uralt. Irmi Zwo war Irmis persönlicher Archebeitrag.

Durch ihren Stechschritt waren sie den anderen weit

voraus. Außer ihnen war niemand unterwegs. Der Himmel war verhangen. Immer wieder trieb der Wind Regenschauer vor sich her, dann riss es für Minuten auf. Es war noch immer vergleichsweise warm, aber das Wetter kündete schon den Winter an. Dabei hatte es heuer gar keinen Sommer gegeben.

Vor ihnen lag ein großes Gebäude, der Alpengasthof Hörmoos. Davor tummelte sich eine Wandergruppe von älteren Semestern, die ausgerüstet waren, als wollten sie den Himalaya bezwingen, dabei sollte es nur hinunter nach Steibis gehen.

Irmi grinste und sah an sich hinunter: uralte Bergstiefel und Jeans – die Outdoormoderne war definitiv an ihr vorübergegangen. Nebenan lag ihr Ziel, die Alpe inmitten eines herrlichen Kräutergartens. Hundert verschiedene Sorten waren dort angepflanzt, und bei jeder Sorte waren kleine Infotafeln aufgestellt, die alles über die Wirkung der Kräuter und Alpenblumen verrieten. So erfuhr Irmi, dass Johanniskraut gegen Nervenschmerzen und bei Sonnenbrand hilft, Vogelbeere gegen Rheuma, der Wurmfarn bei einem Hexenschuss und Meisterwurz bei Arterienverkalkung.

Lissi war entzückt. Anscheinend half allein die Anwesenheit dieser Kräuter gegen ihren Liebeskummer. Im Gegensatz zu Irmi war sie ja auch eine gute Hausfrau mit grünem Daumen. Das hier war Lissis Welt.

Mittlerweile war die Wandergruppe laut schwadronierend abgezogen, und die Stimmen wurden leiser. Gerade erhellte wieder ein Sonnenstrahl den Almboden, so müsste das Leben immer sein. Während Lissi Bekanntschaft mit der Herrin des Kräutergartens machte, stand Irmi einfach nur da und genoss zum ersten Mal seit Ewigkeiten das Dasein.

Irgendwann kamen die anderen und mit ihnen der Chef Michel Schneider, der zu einer Besichtigung seiner Schnapsbrennerei einlud. Mit dem gelben Enzian, der am Berghang klebte, hatte es begonnen. Schneider hatte sich das Brennen selbst beigebracht, sich beim zuständigen Stuttgarter Hauptzollamt eine Lizenz besorgt – und schon war es losgegangen. Er lächelte. Stolz stand er vor den blanken Kupferkesseln seiner Destille.

»Ich schwör auf den gelben Enzian«, verriet er. »Aber der ist bitter. Der Trick: Ich mische ein Drittel sorgfältig gewaschene Enzianwurzeln mit zwei Drittel Äpfeln. Dadurch wird das Produkt milder.«

Er schenkte ein »Probiererle« aus, das runterging wie Öl, fand Irmi. Die entschlackten Körper der Schrothkurler nahmen ihn begierig auf.

»Und jetzt probiert ihr mal das Hörmooser Lebenselixier. Milde 30,8 Prozent verteilen sich auf ausgesuchte Kräuter. Da bindest du dir noch mit fünfundneunzig Jahren die Schuhbändel selbst. Schon die Alchimisten haben so was dereinst gebrannt!« Schneider grinste.

Nach drei »Probiererle« war jede Beherrschung beim Teufel, und man beschloss, drüben im Gasthaus eine ordentliche Brotzeit einzunehmen. Das Fleisch war so schwach. Lissi war ebenfalls enziangedopt und gab Geschichten von nächtlichen Kälbergeburten zum Besten. Einer der anwesenden Herren schien mächtig interessiert, ja, Lissi war die Fleisch gewordene Charmeoffensive, und im Prinzip war es völlig egal, ob sie zehn Kilo mehr oder weniger wog.

Bei Irmi war das ganz anders. Ihre Nachfolgerin Sabine war zaunrackendürr gewesen. Verdammt, da war er wieder: Martin Maurer – gegen den halfen weder Enzian noch Lebenselixier.

3

Auf dem Rückweg im Bus hatte sie dennoch das Gefühl, dass der Ausflug ihr gutgetan hatte. Allein deshalb, weil er Lissi geholfen hatte. Und plötzlich bäumte sich etwas in ihr auf. Sie war Polizistin, der Tote war ihr Exmann. Da war es doch geradezu ihre Pflicht, etwas zu tun! Spontan bat sie in Weidach den Busfahrer, sie aussteigen zu lassen.

»Ich komm bald nach«, rief sie der verblüfften Lissi zu, deren Antwort durch das zischende Schließen der Bustüren verschluckt wurde.

Irmi suchte nur kurz. Sepp saß auf einer Bank vor dem uralten Haus, in dem er wohnte, neben sich eine Katze, die Irmi mit riesengroßen Kulleraugen ansah. Keine Katzenaugen, sie sahen eher aus wie die eines Bären aus der Spielzeugabteilung.

»Griaß di, des isch a Freid!«

»Ganz meinerseits. Sepp, ich, also …«

Er nickte. »Passt scho.« Er verschwand im Haus und kam mit einer braunen Flasche und zwei Gläsern wieder. »Mir hend an Penninger Schopp im Ort. I sauf doch nix aus dem Bayerwald, wenn mir des Zuig selber brennet.«

»Ich war grad auf der Kräuteralpe. Ich glaub, ich sollt langsam tun.«

»An Schmarrn, dann hoscht den Vergleich.« Er lachte.

Das Zuig war ein Vogelbeer. Und was für einer.

»Lecker!«, sagte Irmi, und ihr kam der Gedanke, dass das ein sehr preußisches Wort war. Dann sah sie sich um. »Schön hast du es hier.«

Er machte eine weite Handbewegung. »Mei, das Allgäu

war eine arme Gegend, die Häuser waren stets praktisch, aber nie prunkvoll. Mensch und Vieh lebten unter einem Dach. Der Hauseingang geht nach Süden, die Stube ist immer in der östlichen Giebelseite, auf der Westseite des Hauses gibt es keine Fenster, sie ist dicht verschalt – Tribut an die harten Winter.« Nun sprach er wieder Hochdeutsch, dieser nette Zweisprachler, und Irmi war sich sicher, dass er alles über seine Heimat wusste. Dass er jeden kannte. Deshalb war sie auch hier.

»Schön«, sagte Irmi und deutete auf die Schindeln.

»Ich mach sie noch selbst. Die Schindeln sind ein guter Schutz gegen das Wetter.«

Er machte eine einladende Handbewegung, und Irmi folgte ihm in die Stube. Sie fühlte sich gleich zu Hause. Früher war die Stube in einem Bauernhaus der einzige heizbare Raum gewesen, und selbst Irmi konnte sich erinnern, dass in ihrer Kindheit oft Reif die Bettdecke überzogen hatte.

Sie blickte aus dem Fenster. Nichts als Weite. Berge am Horizont.

»Schön, eure Einzelhöfe.« Sie war immer noch ziemlich wortkarg und abwartend. Aber so ganz klar war ihr ja selbst nicht, was sie hier wollte.

»Weißt du, dass man das Vereinödung nennt?«, fragte er.

Irmi schüttelte den Kopf.

»Entstanden sind die Einzelhöfe ab 1550. Die Idee kam von den Bauern selbst, deren Grundstücke oft sehr kleinteilig waren und weit auseinander lagen. Dass die Initiative von den Fürstäbten ausgegangen sei, ist Geschichtsklitterung. Die Äbte haben nur freudig zugestimmt, weil sie sich von effektiverer Bewirtschaftung eben auch mehr Abgaben erhofften. Damals wie heute – die Großkopferten tun immer so, als seien die guten Ideen ihre gewesen.« Er lachte.

Irmi nickte und schwieg. Sah aus dem Fenster. »Dabei ist es in diesen idyllischen Gegenden …«

»… gar nicht so idyllisch, willst du sagen«, ergänzte er.

»Ja genau. Und ich hab so einen blöden Beruf, dass ich immer in der … der …«

»… Scheiße stochern musst. Sag es ruhig.«

»Ja, eben. Und jetzt …« Irmi stockte wieder. Es war eine feine Gesprächsführung, Sepp einen Brocken hinzuwerfen, den er ergänzen und weiterdenken konnte und wollte. Sepp erinnerte sie ein wenig an Vitus, den sie vor einiger Zeit im Karwendel kennengelernt hatte. Klare Männer, schnörkellose Manieren. Diese beiden würden sich bestimmt gut verstehen.

Es funktionierte auch diesmal. Sepp sprang ein. »Und jetzt liegt ein Toter im Keller, du hast Urlaub und findsch den Kerla. Herrgott Sakrament!«

»Woher weißt du das denn?«, fragte Irmi überrascht.

»Mir sind in Staufa, Föhl …«

Wie nett, dass er sie als Mädchen bezeichnete, dachte Irmi. In Oberstaufen schien jeder jeden zu kennen. Die wenigen Einheimischen mussten auch Schulterschluss zeigen inmitten von Kurgästen, Tagesgästen, Wandergästen, Angehörigen der Menschen, die in der Schlossbergklinik auf Leben hofften.

»Und dann schafft mei Nichte im Service. Du hosch Kaffee b'stellt, du Schrothbrecherin!« Er lachte.

Die Welt war klein, keine Frage.

»Diese kleine Denunziantin!«, meinte Irmi im Scherz, aber so richtig zum Lachen war ihr nicht zumute, noch immer hatte sie das Bild von Martin vor Augen. Als sei es eingebrannt in ihre Netzhaut.

»Dann weiß deine Nichte ja sicher auch, wer er war.«

»Martin Maurer hatte nebenan eine Ferienwohnung und

kam zu den Anwendungen rüber. Ist schon seit Längerem da und steht ganz schön unter Beobachtung.«

Irmi runzelte die Stirn. »Beobachtung?«

»Der Maurer isch Immobilienmakler oder so was. Er will a alt's Hotel kaufen, verzehlt ma sich allat.«

»Wer ist man?«

»Mei, viele Staufner. Wo ma halt so verzehlt. Beim Bäcker, in der Apotheke. Mir wend des it.«

»Was wollt ihr nicht?«

»Dass der des kauft. Oder der Kunde von ihm allat.«

»Und warum nicht?« Die sollten doch froh sein, wenn einer einen alten Schuppen kaufte und wiederbeleben wollte. So ähnlich formulierte sie das auch und sah Sepp fragend an.

»Aber it der Russ!«

Oje, der Russe als touristischer Supergau. Schon ihre Großväter und Väter hatte man vor »dem Russen« gewarnt. Während des Kalten Krieges hatte die Sowjetunion ganzen Generationen von Schauspielern als James Bond ihre Daseinsberechtigung verliehen. Und dann: Mauerfall, Osterweiterung, Annäherung, kein Feindbild mehr.

Gottlob begannen sie dann zu reisen und konnten als Schreckgespenst die geldigen Araber auf Platz zwei verdrängen. Seit Jahren fielen die Russen nun schon in den teuren Orten der Alpen ein und machten sich als Gäste meist höchst unbeliebt – wegen ihres neuen Geldes und ihres schlechten Benehmens. Wenn kaum achtzehnjährige Russenpüppis in Garmischs guten Geschäften die Sau rausließen, das Personal beleidigten und dann großspurig die Fünfhunderter auf die Verkaufstresen flattern ließen, war das mehr als unschön.

Irmi war mit *ihm* einmal in St. Moritz gewesen. Im neuen Kempinski hatten sie residiert, weil er das von der Firma bezahlt bekommen hatte. Und sie hatten sich beim Diner um sieben im großen Saal unter den Lüstern gefragt, wie so junge Frauen schon drei Kinder zwischen zehn und vierzehn Jahren haben konnten. Am zweiten Tag hatten sie es begriffen: Am Tisch saßen die Sprösslinge mit Nanny und Bodyguard, die Eltern aßen erst gegen elf in der Nacht.

Der Bodyguard hatte dann neben ihr an der Bar gestanden und hatte ausgesehen wie ein dritter Klitschko-Bruder. Sehr höflich hatte er Eis für die Kinder bestellt, und als er bezahlte, blitzte eine Riesenwaffe aus seinem Pistolengurt unter dem Sakko. Irmi hatte keine Illusionen: Menschen wie er hatten eine andere Reizschwelle, und ihr Lebensmotto »wie gewonnen, so zerronnen« machte sie gefährlich. Das wussten wohl auch die Staufner.

Sepp hatte das Gesicht verzogen. »Mir hend jetzt scho gnug Russa. Do braucht's kui Hotel allat.«

»Ein Russe ist der Investor?«, hakte Irmi nach.

»Verzehlt ma, ja, und dass der abreißt und des dann a Kjubb werden soll.«

»Ein was?«

»Kjubb Hotel, so a neimodischer Kaschta für junge Schnowboarder. Nix als Party.«

Ein Kjubb? Es dauerte etwas, bis Irmi geschaltet hatte. Ein Cube Hotel, klar! In Biberwier stand so ein Kasten mitten auf der grünen Wiese neben der Talstation der Marienbergbahn. Kathis Mama hatte damals zu den Befürwortern gehört, doch viele Einheimische im Tiroler Zugspitzgebiet waren gegen den »potthässlichen Bauhof« gewesen.

Nun ja, das Ding war relativ schnörkellos. Verglichen mit den verschnörkelten, von Erkern zugepappten Architekturfurunkeln in Schweinchenrosa, wie man sie all überall in Tirol fand, war der Cube aber durchaus ein Gewinn, dachte Irmi. Außerdem musste man junge Leute in die Berge ziehen, bevor die Wadlstrumpf-Bundhosen-Generation weggestorben war.

Sepp reichte ihr einen Flyer, in dem das »Cube Concept« angepriesen wurde.

Gehören Sie zur Generation Next?

Sind also 16–29 Jahre alt? Nein?
Macht nichts – auch Vierziger sind willkommen.

Jugend findet im Kopf statt. Ästhetik ist alterslos:
Sichtbeton, Glas, bunte Farben, puristische Möbellinien. Sportgeräte nimmt man mit ins Zimmer – egal ob Board, Ski, Schlitten, Bike. Mit in den Showroom, **denn Sie wollen Ihre Lieblinge bei sich haben.** Keine Treppen oder Aufzüge, sondern unsere Gateway-Rampen.

In der Lounge laufen Filme von Extremsportlern, im Restaurantbereich gibt's Fusion Kitchen. In der Sportsbar servieren wir Kombucha, Red Bull und Bionade.

In der Disco können bis zu 1500 Leute abtanzen.

»Tschill Aut und 's Rad hosch bei dir im Bett!« Sepp schüttelte den Kopf.

Irmi lachte. »So schlecht ist die Idee doch gar nicht. Das Ganze kann man später zur Seniorenresidenz umfunktionieren, die Rampen sind doch perfekt für Rollstühle.«

»Gateways. Kuine Rampen.« Nun musste auch Sepp lachen.

»Und wo soll der Cube hin?«

»Na, eben aufs Areal eines alten Hotels. Ortslage. Überleg mal. Fünfzehnhundert Discobesucher, die kommen dann bis aus dem Wald rauf. Und von Immenstadt. Und Kempten. Von sonschtwo! Autos, G'schrei allat. Des will doch kuiner.«

Das stimmte wohl. Inwieweit das, was man erzählte, mit der Realität konform ging, war eine andere Frage. Aber eines war sonnenklar: Martin Maurer hatte als Makler sicher nicht viele Freunde gewonnen. Nun war er tot, und sie hätte ihre historischen Bergschuhe, die sie mehr liebte als jedes andere Kleidungsstück, darauf verwettet, dass es kein natürlicher Tod gewesen war.

4

Kathi saß in ihrem Büro in Garmisch-Partenkirchen und gähnte. Sie war erst um fünf Uhr aus München gekommen, hatte drei Stunden geschlafen und war dann wie in Trance losgefahren. Auch zwei Dosen Red Bull von der Tanke im Niemandsland hinter Ehrwald hatten wenig Wirkung gezeigt.

Es war Montag. Ein typischer Montag. Sie hätte die ganze Welt über den Haufen schießen mögen, vor allem die Kollegin Andrea, die irgendwas von ihr gewollt hatte. Die hatte sie erst mal mit einem »nicht ansprechen« angeranzt und war hinter ihrem Schreibtisch verschwunden.

Bloß gut, dass Irmi nicht da war. Von der hätte sie sich wieder eine Standpauke anhören müssen. Irmi, ihr Zuverlässigkeitsgewissen. Kathi reichte schon die eigene Mutter, die ihr Vorhaltungen machte: »Du bist doch kein Teenie mehr! Du bist Mutter. Und du hast eine schöne Arbeit.«

Schöne Arbeit, pah! Ein Teenie war sie natürlich nicht mehr, aber sie war knapp dreißig, da war man doch noch jung.

Ihre Tochter Sophia stieß ins gleiche Horn wie die Oma: »Ich muss auch früh ins Bett, wenn ich am anderen Tag Schule hab. Warum du nicht?«, hatte das Soferl gemault.

»Das ist eben der Vorteil der Erwachsenen!«, hatte sie zurückgegeben und postwendend eine Antwort ihrer Mutter kassiert: »Dann benimm dich auch so.«

Sie war eingeklemmt zwischen den Generationen, sie wurde attackiert von ihrer Mutter und ihrer Tochter, die miteinander paktierten. Kathi schaute aus dem Fenster. Dreißig war ein Scheißalter. Alle ihre Freunde hatten geheiratet, bauten im Einheimischenmodell kleine Hutzelhäuschen auf noch kleineren Hutzelgrundstückchen und bekamen Kinder. Sie hatten Babys und Kleinkinder in dem Alter, wo sie noch süß waren – und unschuldig. Ihr Kind hingegen war präpubertär, eine richtige kleine Hexe konnte sie sein. Und blitzgescheit, was den Umgang mit ihr noch schwieriger machte.

Nichts war bei Kathi auch nur ansatzweise wie bei den anderen. Nicht, dass sie das gewollt hätte – nur manchmal, insgeheim. Seit einiger Zeit gab es Sven. Der war auch eher ungewöhnlich. Sie hatte ihn auf einem Fest in der WG ihrer alten Schulfreundin Yvonne kennengelernt, die in München bei einem Verlag arbeitete. Er war ein blasser Typ mit braunen Locken, der einen uralten Wollpulli mit Löchern und eine Jeans aus der Mottenkiste trug. Als er erzählte, dass es nie ein besseres Lied als »Entre Dos Tierras« von Héroes Del Silencio gegeben habe, war sie hellhörig geworden. Das war auch ihr Lieblingslied. Die Helden der Stille, die Band aus Saragossa, das war ihre Musik. Wenig gewalttätig, Texte voller Weltschmerz und Aggression. 1992 war Kathi zwölf gewesen und sie hatte ein Helden-Poster gehabt, zum Entsetzen ihrer Mutter. Wo doch andere Mädels Pferdeposter aufgehängt hatten. Oder Katzen. Oder Hundebabys. Aus Tieren hatte sich Kathi nie etwas gemacht.

Sie hatte sich neben ihn gestellt, ihm ihre Bierflasche entgegengehalten. »Darauf trinken wir.«

Sie hatten sich unterhalten, ziemlich lange. Er wollte Priester werden, studierte Theologie. Das fand Kathi extrem schräg. Als sie sich in sein Zimmer der riesigen Altbauwohnung zurückzogen, empfand sie ein gewisses Schaudern. Nervenkitzel. Sie schlief mit einem Priester. Sie, Kathi Reindl, die Verruchte, hatte einen Priester vom rechten Weg abgebracht. Und der Priester schien da Übung zu haben …

Gut, am nächsten Morgen hatte sie die Architekturmodelle in seinem WG-Zimmer gesehen. Sven, der Priester, war Sven, der Architekturstudent. Voller Wut war Kathi abgehauen. Was dachte sich dieser Idiot eigentlich? Sie hatte sich betrogen gefühlt, nur wusste sie nicht so genau, worum eigentlich.

Ein paar Tage später hatte er ihr eine Mail geschickt. Vermutlich hatte er sich von ihrer Freundin Yvonne, dieser Verräterin, die Adresse besorgt.

Du kannst Dich verkaufen.
Wenn Du Macht willst, ist jedes Angebot recht.
Ständig die Klappe aufreißen und dauernd seinen Senf
dazu geben, das ist einfach.
Aber wenn Du dann irgendwas rückgängig machen willst,
dann musst Du erst mal Deine Spuren verwischen.
Also lass mich in Ruhe. Ich bin nicht schuld, wenn Du auf die
Schnauze fällst.
Ich habe Dich nicht um Hilfe gebeten.
Und Du stehst trotzdem schon wieder bei mir auf der Matte.
Du schwebst zwischen zwei Welten. Da ist wenig Luft zum
Atmen.
Also reiß Dich endlich am Riemen.

Sie hatte auf den Bildschirm gestarrt und dann erst überrissen, dass das eine Übersetzung von »Entre Dos Tierras« war. Was wollte der Typ ihr damit sagen? Dass sie die Klappe aufriss? Dass sie bei ihm auf der Matte stehen würde? Da konnte er aber lange warten.

Allzu lange wartete er nicht. Sie mailte zurück:

Auch wenn die Luft nicht weiß, was passiert,
trägt der Wind Dich weg, trägt er Dich weg.

Ich kann Deine immer entferntere Stimme nicht hören,
oh nein, so entfernt.
Ich kann nicht schlafen,
wenn diese Tränen auf mich tropfen.

Die Antwort kam umgehend. »No Más Lágrimas? Keine Tränen mehr? Du doch nicht. Du bist ein großes starkes Mädchen und die erste, die ich kenne, die Héroes-Texte verschickt. Ich lad dich morgen zum Essen ein. Spanisch.«

Sie wollte seiner Einladung eigentlich nicht folgen, und doch ging sie zu ihm. Er war seltsam und irgendwie nicht greifbar. Er sagte kryptische Sätze, die sie nicht verstand. Das lag wahrscheinlich an ihr. Sie war eine ungebildete Tirolerin und Polizistin, keine Kulturfrau. Nach dem spanischen Essen hatte er sie in sein Zimmer gezogen und Gitarre gespielt. Die Helden der Stille. Außerdem ein Lied, das sie nicht kannte. »Hab ich für dich komponiert«, hatte er gesagt, und sie war dahingeschmolzen. »Es gibt diese Sprache nicht, ich hab sie erfunden.« Dabei hatte er sehr ernst ausgesehen. Noch nie hatte jemand ein Lied für sie geschrieben, und das in einer Sprache, die gar nicht existierte. Er war so anders, so schräg und immer mit einem Teil seines Geistes und seiner Seele abwesend. Kathi schaffte es nie, sich bei ihm wirklich zu entspannen. Sie war in Lauerstellung. »Ihr traut euch gegenseitig nicht«, meinte Yvonne. »Sven hat schwer einen an der Mütze. Letztes Jahr hat er nackt am Nordkap übernachtet und lag dann mit einer Lungenentzündung irgendwo in einem Hospital am Arsch der Welt in Norwegen. Er ist stolz darauf. Er nennt das Grenzerfahrung. Der hat sie nicht alle, wirklich! Als WG-Kumpel ist er prima. Er unterhält alle unserer Gäste, weil er so strange ist. Aber als Freund? Kathi, lass die Finger davon!«

Das hatte Kathi nur angestachelt. Klar, diese Germanistinnen und Kommunikationswissenschaftlerinnen, die hier ein und aus gingen. Oder diese verhuschten angehenden Lehrerinnen oder die BWL-Tussis mit Schwerpunkt Tourismus, diese Modepüppchen. Es war ja klar, dass diese Sven nicht gewachsen waren. Aber sie, Kathi Reindl aus Lähn, war das sehr wohl!

Sie genoss es, wenn sie sich am Wochenende sahen. Und doch hatte sie immer wieder das Gefühl, an ihn nicht so recht heranzukommen. Obwohl sie ja ein Paar waren. Auf eine bestimmte Art zumindest. Kathi dachte viel an ihn. Auch jetzt verlor sie sich in Gedanken an Sven.

Plötzlich fuhr sie zusammen. Andrea stand vor ihrem Schreibtisch. »Musst du mich so erschrecken?«, knurrte sie.

»Ja, muss ich.« Die Kollegin schaute sie provozierend an. Kathi war von ihr mehr als genervt. Dieses Pferdemädel. Diese bauerngesunde Optik. Ohne Irmi und deren mildernde Wirkung wäre zwischen ihr und Andrea der offene Krieg ausgebrochen.

Nun kam auch noch Sailer und schnappte nach Luft. »Fräulein Kathi, die Wanderer, die Wanderer, mei, immer bei uns.«

Sailer, wie er leibte und lebte.

»Sailer, es hat gerne mal Wanderer bei uns. Davon leben wir hier unter anderem«, bemerkte Kathi.

»Aber de ham de Leich gfunden.«

»Welche Leich?«

»Die am Speichersee liegt«, sagte Andrea ungerührt. »Die Meldung kam gerade von der Hausbergbahn durch.«

»Mir müssen die Frau Irmgard anrufen!«, rief Sailer.

Kathi starrte ihn an. »Irmi ist im Urlaub! Bis die da ist, ist die Leich verwest, Sailer. Oder trauen Sie mir den Fall nicht zu?«

»Doch, schon, Fräulein Kathi.«

Wegen des Fräuleins hätte sie ihm am liebsten eine aufgelegt, aber das war ihm nun mal nicht auszutreiben.

»Also wo genau?«

»Es hieß, hinter dem Speichersee. Keine Ahnung, wo das genau ist. Aber an der Hausbergbahn warten die Finder«, sagte Andrea.

»Wollen die etwa einen Finderlohn, Andrea?«, raunzte Kathi sie an. Irmi konnte zwar manchmal eine Nervensäge sein, aber sie wünschte sich Irmi her. Mit Andrea konnte und wollte sie nicht zusammenarbeiten.

Andrea war aber gar nicht so leicht einzuschüchtern. Sie hatte sich zu Kathis Bedauern im letzten Jahr ziemlich herausgemacht, war selbstbewusster geworden. »Nein, einen Finderlohn wollen die nicht. Aber die erwarten die Polizei, den Freund und Helfer bei Mord und Totschlag.«

Kathi riss sich zusammen. Es würde andere Gelegenheiten geben, diese vorwitzige Andrea in ihre Schranken zu weisen.

»Ja, dann auf!« Sie griff nach ihrer Jeansjacke, Andrea und Sailer folgten ihr auf den Fersen.

An der Hausbergbahn wurden sie bereits erwartet – von einer ziemlich aufgelösten Kassenkraft, die erklärte, dass der Betriebsleiter nicht da sei, und irgendwas von einer Revision faselte, und eigentlich sei sie auch nur zufällig da, weil sie doch …

Kathi unterbrach sie: »Das tut nichts zur Sache. Was ist mit der Leiche?«

Die Frau war erst wie erstarrt und begann dann heftig zu schluchzen.

Wieder stahl Andrea Kathi die Schau. Ruhig wandte sie

sich an die Kassenkraft und legte ihr leutselig den Arm um die Schulter. »Ganz ruhig«, sagte sie. »Alles wird gut. Jetzt sind wir ja da. Was genau ist passiert?«.

»Ja, was ist denn nun passiert?«, echote Kathi.

Die Kassenkraft schaute sie unsicher an. Das passierte oft. Kathi sah vergleichsweise jung aus und war in Zivil. Also zog sie ihre Dienstmarke und wiederholte, innerlich bebend vor Wut: »Was ist passiert?«

»Am Speichersee liegt ein Mann. Die sagen, er sei tot«, flüsterte die Frau.

»Wer ist die?«

»Wanderer. Schwammerlsucher. Einer von ihnen wartet da drüben.«

»Einer der Zeugen?«

»Ja.« Sie wies auf einen Mann, der gerade über den Parkplatz lief. Er schien von seinem Auto zu kommen.

»Grüß Gott, hab mir bloß ein trockenes Hemd geholt«, sagte er völlig ungerührt. »Bin ziemlich gerannt.«

Kathi war schon versucht zu sagen, dass er wegen eines Toten ja nicht mehr hätte rennen müssen, aber diesmal bewahrte sie die Contenance.

»Sie haben also einen Toten gefunden, Herr …?«

Der Mann stellte sich als Wolfgang Wieser vor. »Wir sind übers Bayernhaus aufgestiegen. Oberhalb gibt's ein paar gute Ecken zum Schwammerlsuchen. Mein Schwager hat ihn zuerst gesehen. Er und meine Frau sind oben geblieben. Wir hatten kein Handy mit, da bin ich erst mal zum Bayernhaus. Keiner da, Ruhetag. Dann bin ich halt runtergelaufen.«

Wieser sah so aus, als meinte er tatsächlich laufen und nicht gehen. Vermutlich war er ein echter Bergfex, der sein Rentnerdasein mit Wandern und Bergsteigen ausfüllte und wahrscheinlich bei bester Gesundheit hundert werden würde, ehe er über ein letztes Schwammerl gebückt tot umfiele. Sein Dialekt war ganz leicht schwäbisch angehaucht, vielleicht stammte er aus dem Augsburger Raum.

»Sehr umsichtig von Ihnen«, lobte Andrea. »Ihrer Frau geht es hoffentlich gut? Und Ihnen auch?«

Er lächelte. »Ich war bei der Berufsfeuerwehr, meine Frau war OP-Schwester und mein Schwager Metzger.«

Was für ein Trio infernale! Solche Menschen brachte ein Toter im Pilzwald nicht aus der Fassung, das war klar. Kathi hätte diese Andrea erwürgen können, wie sie sich in den Vordergrund spielte. Die Frage, ob der Mann auch wirklich tot sei, verkniff sie sich. Ein alt gedienter Feuerwehrmann und eine OP-Schwester würden ein treffliches Urteil abgeben können.

Inzwischen war auch Spurenleser Hasibärchen mit seinen Mannen eingetroffen. Hasi hatte noch weiter abgenommen, die schwarzen Ringe unter den Augen und seine gespenstische Blässe hätten ihn für die Hauptrolle eines Vampirfilms qualifiziert. Wie immer zeigte er sich nur wenig begeistert, als ihm sein neues Betätigungsfeld erklärt wurde.

»Dann robben wir wieder stundenlang im Batz rum. Da finden wir eh nix.«

»Nicht so negativ, ihr findet doch immer was. Und wenn's in dem Fall nur Schwammerl sind!«, rief Kathi.

Dabei hatte ihr Kollege natürlich recht. Es hatte den ganzen Sonntag geschüttet, darum war sie mit Sven ja auch den ganzen Tag im Bett gewesen ... Nein, jetzt musste sie sich wirklich zusammenreißen. Momentan nieselte es, Wolken zogen über den Himmel, ab und zu zeigte sich die Alpspitze, verhüllte aber ihr Haupt gleich wieder.

»Wie kommen wir hinauf?«, fragte Kathi. »Die Bahn läuft ja nicht, oder? Was ist mit den anderen Bahnen?«

Die Dame von der Kasse mischte sich schüchtern ein. »Laufen auch nicht, wegen der Revision.«

»Na, dann werden die wohl mal die Motoren anwerfen müssen«, meinte Kathi.

Die Frau starrte sie mit geweiteten Augen an. »Wegen Ihnen schalten die doch die Bahn nicht an. Die lassen wegen ganz anderen die Bahn nicht laufen. Und wenn, dann kostet das mindestens dreitausend Euro, jawohl!«

Kathi war kurz davor, eine Schimpftirade über die Bahnbetreiber abzulassen, als sich der Hase einschaltete. »Wir fahren mit den Bussen hoch. Du glaubst doch nicht im Ernst, dass wir unsere ganzen Utensilien in Rucksäcke verpacken?«

»Kommen wir da mit zwei Bussen hoch?«, erkundigte sich Kathi.

»Sicher, auf dera Stroß ist doch ein Verkehr wie am Stachus«, brummte Sailer.

Kathi war unklar, von welcher »Stroß« der Kollege sprach. Aber bitte, dann sollte Sailer eben fahren.

»Sie haben aber keine Erlaubnis«, bemerkte die Kassenkraft. »Ein Erlaubnisschein kostet ...«

»Gute Frau, es kostet Sie gleich Ihren Job, wenn Sie weiter das Maul so weit aufreißen.«

Auweh, da hatte sie natürlich wieder mal übers Ziel hinausgeschossen. Kathi spürte Irmis Blick im Rücken, obgleich diese im fernen Oberstaufen weilte.

Und so fuhr der Konvoi aus zwei Bussen los, hinauf zur Aulealm und weiter zur Tonihütte. Bis dahin waren ihnen bereits drei Jeeps entgegengekommen, sie hatten zwei Mountainbiker überholt, und Kathi fragte sich, wie man so bescheuert sein konnte, sich bei so einem Wetter einen schlammigen Weg hochzukämpfen.

»Die Tonihüttn hoaßt jetzt Hüttenresort. Lauter Jugend-

51

liche springen da umeinand. Des g'hört so einem Allgäuer, der hot auch andre Gruppenhotels im Allgäu draußen.« Sailer klang angewidert. Offen blieb, was schlimmer war: die Jugendlichen oder das Eindringen von Allgäuer Konzepten ins Werdenfelser Land.

In weiten Serpentinen stieg die Straße an. Sie fuhren unter der Kreuzjochbahn durch, querten die Kandahar. Hier hatten Irmi und Kathi einst den toten Ernst Buchwieser mit seinem neckischen Loch im Kopf am Pistenrand besuchen dürfen. Was war bloß los auf diesem Berg? Kathi hoffte inständig, dass sich der Tote nicht wieder als Naturschützer oder womöglich als Olympiagegner oder gar beides entpuppen würde. Speichersee klang gar nicht gut. Wenn das mal nicht so ein Beschneiungs- und Skisportverhinderer war!

Die Fahrt zog sich hin, zumal sich ihnen irgendwann ein Grader und zwei Bagger in den Weg stellten. Angetreten, die Straße zu befestigen, richteten die im Matsch eher noch mehr Schaden an – große Brocken lagen im Weg. In Sailer schienen unerkannte Talente zu schlummern: Elegant umschiffte er die Brocken. Schließlich landeten sie auf einem Almboden vor zwei Hütten und der Talstation des Kreuzwankllifts.

»Da unten ist der See«, sagte Sailer und wies nach rechts. Sie stiegen wenige Meter auf, links lag die Hausbergstation und vor ihnen der Speichersee. Am anderen Ende stand ein Mann neben einem Kreuz und winkte ihnen zu.

»Der Schwager«, erklärte Wieser.

Er nieselte noch immer. Sie eilten einen Hang hinunter und am See entlang. Das große Holzkreuz kam immer näher und verlieh der Szenerie etwas Bizarres. In dem Moment, als sie den Schwager erreicht hatten, riss der Himmel auf. Die Sonne schickte ihre Strahlen mitten in den See und bohrte sich regelrecht ins Wasser. Wenig später wurde sie wieder von einer Wolke verschluckt.

Es war definitiv bestes Schwammerlwetter. Farne wuchsen mannshoch, der Boden war moosig und das Grün so unwirklich, dass man spontan an eine Filmkulisse dachte. Für ein Fantasy-Spektakel oder einen Räuberfilm wäre das eine perfekte Location, dachte Kathi.

Die Gattin des Exfeuerwehrmanns hockte im Nieselregen auf einem der Baumstümpfe, einen Korb mit Pilzen neben sich. Sie grüßte freundlich und wirkte gefasst. Die drei älteren Leute schienen das Leben so zu nehmen, wie es eben kam.

Der Grund des Auflaufs lag in einer Kuhle, umgeben von Reisig. Kathi fluchte. Sie hatte bereits patschnasse Füße in ihren Leinenturnschuhen, und Irmi hätte sie nun sicher missbilligend angesehen. Denn natürlich hatte Kathi Bergschuhe im Büro. Und Tante Irmi hätte sie bestimmt darauf hingewiesen.

Irmi fehlte ihr. Weniger als Schuhberaterin, aber just in diesem Moment. Irmi hatte einen untrüglichen Instinkt, sie sog diese ersten Bilder in sich auf. Sie erspürte Schwingungen, merkte sich Details. Sie war intuitiv und genau. Kathi wusste, dass ihr diese Gabe fehlte ebenso wie Irmis jahrelange Erfahrung. Als sie sich nun zum Toten hinunterbückte, fühlte sie sich allein. Trotz der kleinen Invasion hier im Wald.

Auf den ersten Blick fehlte dem Mann nichts. Es gab keine Anzeichen von Fremdeinwirkung: kein Blut, keine Spuren von Schusswaffengebrauch, keine entstellten Gesichtszüge. Der Mann war um die sechzig, schätzte Kathi. Ein schmales Männchen, nicht sonderlich groß. Er trug eine kurze Lederhose, graue Strümpfe, Bergschuhe, Hemd und Janker. Eigentlich recht gepflegt für einen Waldausflug. Sein grüner Hut war zur Seite gerollt. Die Farbe biss sich unangenehm mit dem Grün des Waldbodens. Auch der Hut sah aus, als wäre er für festlichere Anlässe gedacht.

Kathi wandte sich an die Schwammerlsammler: »Sie haben unterwegs sonst nichts gesehen? Kein Fahrzeug? Oder Werkzeuge, die darauf hindeuten würden, dass der Mann auch beim Schwammerlsuchen war?«

»Nein, gar nichts«, sagte der Schwager. Die anderen beiden schüttelten ebenfalls den Kopf.

Kathi blickte sich ratlos um. »Kennen Sie den Mann?«

Nun blickten die drei Herrschaften doch etwas irritiert aus der Wanderwäsche.

»Warum sollten wir ihn kennen? Er lag hier einfach so rum. Sieht einheimisch aus«, meinte der Schwager.

»Kann auch ein Touri sein, der sich als Einheimischer verkleidet hat. Davon leben die Trachtengeschäfte«, brummte Kathi.

Ein Trachtler lag im Walde, ganz still und stumm. Wahrscheinlich ein Herzinfarkt. Kam schon mal vor bei Männern dieses Alters. Kathi beschloss, das Terrain der Spurensicherung zu überlassen, und schickte Andrea mit den drei Wanderern zurück zum Bus, wo sie im mobilen Büro die Protokolle aufnehmen würde.

Während Kathi auf den Arzt wartete, kletterte sie das kleine Stück zum See hinauf. Das überdimensionale Kreuz ragte in den Himmel. Es war ein Kreuz wie das im Passionsspieltheater in Oberammergau. Ein Kreuzigungskreuz. Kathi fühlte sich unwohl, ohne recht zu wissen, warum. Neben dem Kreuz stand ein Schild mit der Aufschrift *Meditationsweg* »*Gedanken bergauf!*«. Kathi begann zu lesen.

Es ging ums Unterwegssein. Zitate aus dem Lukasevangelium. Die Jünger auf dem Weg nach Emmaus. Emmaus? Kathi glaubte sich zu erinnern, dass einer der Jünger dorther stammte. Sie hatte dem Soferl kürzlich mal bei den Religionshausaufgaben geholfen.

Die Gedanken des Toten gingen nun nicht mehr bergauf. Irmi musste kommen, das spürte Kathi. Irmi musste diesen seltsamen Ort sehen. Kathi glaubte zwar nicht an Gespenster, aber ihre innere Unruhe wuchs. Sie schoss einige Fotos von dem Kreuz, an dessen Fuß ein paar Blumen lagen und ein Plüschpferdchen, das ziemlich nass und zerrupft aussah. Soferl hätte es sicher mit nach Hause genommen. Um es zu trocknen.

Als der penetrant sportliche Arzt mit Notfallrucksack auf einem Mountainbike eintraf, waren Kathis Füße endgültig durchweicht und ihre Laune auf dem Tiefpunkt. Sie war wütend auf sich selbst, weil sie die unbestimmten Gefühle nicht einordnen, ihre Gedanken nicht kanalisieren konnte.

Der Arzt war mittlerweile zu dem Toten hinübergegangen. Schon nach einem kurzen Blick rief er: »Frau Reindl, kommen Sie grad mal?«

Kathi trat näher.

»Ich kenn den Mann«, sagte er.

»Bitte?«

»Das ist ein Lifterer«, erklärte er. »Ich bin auch bei der Bergwacht. Ich seh ihn im Winter ab und zu am Adamswiesenlift. Auf den Namen komm ich jetzt nicht.«

Ein Lifterer. Plötzlich hatte Kathi eine Eingebung und brüllte: »Sailer!«

»Ja«, schallte es retour. Sailer hatte sich bisher um eine Absperrung bemüht. Kathi hatte ihn gewähren lassen, obgleich mit allzu vielen Passanten an diesem regnerischen Montag eigentlich nicht zu rechnen war.

»Hierher, Sailer!«

Sailer schlappte den Hang hinunter.

»Kennen Sie den? Sie kennen doch jeden!« Kathi sah ihn erwartungsvoll an.

»Ja.«

»Was ja?«

»Ich kenn jeden. Also viele.«

»Sailer, jetzt kriegen Sie mal die Zähne auseinander. Kennen Sie den da? Der da liegt.« Kathi beherrschte sich nur mühsam.

»Ja.«

Der Arzt gab ein unterdrücktes Glucksen von sich, Kathi war kurz vor der Explosion.

»Wie heißt er?«

»Xaver Fischer.«

»Und weiter?«

»Weiter heißt er nicht. Nur Fischer.«

»Sailer! Was macht er? Woher kennen Sie den?«, brüllte Kathi.

Sailer atmete tief durch. »Der Fischer kimmt aus einer alten Dynastie in Garmisch. Denen g'hört a großer Hof. Er wohnt aber in Ohlstadt draußen, auf dem Hof von der Frau.«

Kathis wandte sich an den Arzt. »Sie sagten aber doch, der sei beim Lift?«

Sailer lief zur Hochform auf und mischte sich ungefragt ein: »Is er auch. Im Winter.«

Kathi überlegte. »Garmischer Dynastie. Zwei Höfe. Warum arbeitet der beim Lift?«

Von Sailer kam so eine Art Grunzen. »Fräulein Kathi, des is oiwei so. Grund und Boden ham s' zum Saufuadern, aber mit so einem winterlichen Beschäftigungsverhältnis bei der Bahn hot ma a Sozialversicherung.«

Die Frage nach dem Todeszeitpunkt konnte ihr der Arzt

nicht beantworten, er spekulierte aber, dass der gute Xaver hier schon zwei, drei Tage lag.

Ehe Kathi sich auf den Rückweg machte, veranlasste sie den Abtransport der Leiche.

5

Als sie wieder im Büro war, fror sie so, dass sie fast schlotterte. Sie musste niesen. Na toll, jetzt hatte sie sich auch noch erkältet. Sie griff zum Telefon und hoffte inständig, dass Irmi rangehen würde. Es war früher Nachmittag, was tat man denn bei so einer Schrothkur den ganzen Tag?

Irmi saß im Blauen Haus. Eine alte Villa mitten in Oberstaufen, die jemand mit viel Geschmack und Gespür in einen skandinavischen Traum vom Landleben verwandelt hatte. Eine Kombination aus Café und Laden für skandinavisches Interieur, weiß, hell, schwebend, gemütlich.

Wenn es so was in Garmisch gäbe, wäre das die Lizenz zum Gelddrucken, dachte Irmi. Vor ihr stand ein Salat mit warmem Schafskäse. Sie genoss das Essen und die Ruhe.

Lissi hatte sich hingelegt. Irmi wusste, dass sie haderte und innere Kämpfe ausfocht. Sie wusste auch, dass man sie in solchen Situationen am besten in Ruhe ließ. Sie würde kommen, wenn sie Rat brauchte.

Es war still, auch in ihr selbst. Irmi hatte sich ein bisschen beruhigt und die Gedanken an Martin verdrängen können. Plötzlich läutete ihr Handy. Warum hatte sie das dumme Ding eigentlich mitgenommen?

»Servas, ich will dich ja eigentlich nicht stören, oder«, sagte eine bekannte Stimme.

»Kathi, hier freut man sich über jede Störung. Die Tage ohne Essen sind lang«, meinte Irmi lachend. Nur der tote Martin war vielleicht ein bisschen zu viel der Abwechslung gewesen.

»Ja, äh, also ... wir haben einen Toten und ...«

»Was, ihr habt einen Toten? Ermordet?«

»Das wissen wir noch nicht, oder.« Langsam begann Kathi zu berichten. Und sie schloss mit den Worten: »Mir kommt das alles so komisch vor. Dieses Kreuz. Also ich … ich … ich wär saufroh, wenn du bitte kommen könntest, oder.«

Es musste Kathi ziemliche Überwindung gekostet haben, sie zu bitten, nach Garmisch zu kommen. Allein das Wort »bitte« aus ihrem Munde! Irmi fiel auf, dass Kathi ihr tirolerisches Unsicherheits-Oder besonders häufig verwendet hatte.

Irmi stieß einen inneren Jubelschrei aus: Sie durfte heim!

»Kathi, ja klar, ich komm. Hier gab es auch einen … äh … Zwischenfall. Ach was, das erzähl ich dir heute Abend.«

»Kommst du gleich?«, fragte Kathi.

»Ja klar, ich pack zusammen. Wir sehen uns gegen fünf in Garmisch. Oder noch besser: um halb sechs im Taj Mahal. Ich muss mal was essen, das scharf gewürzt ist. Wart ihr schon bei der Familie? Wo war das? Ohlstadt?« Irmi war schlagartig mittendrin. Und sie genoss es.

»Ja, aber wir haben niemanden angetroffen. Die Frau ist verstorben. Dieser Fischer lebt mit seiner Tochter zusammen. Das muss eine ganz Wilde sein, fährt Lkw im Fernverkehr und ist immer mal länger weg. Ich hab ihr eine Nachricht an die Tür gepint.«

»Aber nicht, dass der Vater tot ist?«, vergewisserte sich Irmi erschrocken. So was war Kathi zuzutrauen.

»Nein, natürlich nicht. Nur dass sie in einer eiligen Polizeisache anrufen soll.«

»Hast du keine Handynummer von ihr?«

»Die Nachbarin hatte keine.«

Gut, natürlich hätte man die Nummer ermitteln können, aber Irmi wollte nicht neunmalklug rüberkommen. »Und hat die Nachbarin den Fischer nicht vermisst?«

»Na ja, ich glaub, die hatten wenig Berührungspunkte.«

»Keine Viecher?«

»Sie haben nach dem Tod der Mutter die Milchlandwirtschaft aufgegeben. Er besitzt aber wohl ziemlich viel Wald. Die Tochter geht auch zum Stroafn.« Kathi klang so, als könne sie sich nur schwer vorstellen, wie man freiwillig hinter einem dicken Pferdehintern durch den Wald stolpern und mit dem Vierbeiner lange Bäume aus dem Gehölz ziehen konnte.

»Dann haben die ja auch Pferde?«

»Zwei Hengste. Stehen auf einer Sommerweide. Sagt die Nachbarin.«

Gut, dann brauchten die auch keine tägliche Pflege, zumal sich Irmi sowieso fragte, ob so mancher Kaltbluthalter überhaupt wusste, wo er welche Anzahl von Pferden auf entlegenen Wiesen verteilt hatte. Wahrscheinlich zählten die jetzt erst im Herbst wieder durch, wenn aufgestallt wurde. Kurz vor den Leonhardifahrten, wenn die alljährliche Panik ausbrach und die Hufschmiede im Akkord arbeiten mussten. Monatelang waren die Pferde ohne Hufpflege auf der Weide versumpft, und nun mussten ihnen die zu Schnabelschuhen verwachsenen Hufe erst mal wieder in Façon gebracht werden.

»Andere Verwandte?«, hakte Irmi nach.

»Ja, ein Bruder in Garmisch. Eine Schwester in Kanada. Aber da dacht ich …«

»Was?«

»Ehrlich gesagt: Ich hab gedacht, ich wart lieber auf dich. Ich mein, vermisst hat ihn ja keiner, dann wird's auch nicht so pressiern. «

Typisch Kathi! Aber natürlich hatte sie in gewisser Weise recht. Trotzdem packte Irmi in Hochgeschwindigkeit. Lissi auch. Die war natürlich nicht zu überzeugen, alleine dazubleiben.

»Kriegst du das zu Hause hin?«, fragte Irmi und sah Lissi prüfend an. »Ich lass dich nur mitfahren, wenn du gelobst, feierlich gelobst, bloß keine Beichte abzulegen.«

»Ich gelobe«, sagte Lissi. »Ehrlich, Irml, ich will mein Leben nicht zerstören. Ich hab es begriffen. Ehrlich. Und so was mach ich nie wieder. Ich hab da nicht die Nerven dazu. Rein gar nicht.«

Der Himmel war wolkenverhangen, als sie losfuhren. Es war kühl, die Luft klar und rein. Irgendwo hatte Irmi gelesen, dass Oberstaufen der einzig nebelfreie Ort im Allgäu sei. Aber es gab ja auch Werdenfelser, die behaupteten, dass es in Garmisch keine Stechmücken gebe. Bloß draußen bei ihr im Murnauer Moos.

Irmi hatte Heimweh: nach dem Weitblick übers Moos, nach den Kühen, nach Wally und Kater und auch nach ihrem Bruder. Bernhard und sie waren schlimmer als ein altes Ehepaar. Zwischen ihnen hatte es eine vorsichtige Annäherung gegeben, seit ihr eigener Bruder im letzten Jahr zum Verdächtigen in einem Mordfall geworden war. Ihre Welt war so verzahnt, Beruf und Privatleben ließen sich gerade in letzter Zeit so schwer trennen. Und nun das Gespenst Martin.

Irmi hatte vor ihrer Abreise den Allgäuer Kollegen angerufen und ihn informiert, dass sie nach Hause müsse. Er hatte ihr versprochen, sie in jedem Fall auf dem Laufenden zu halten. »Mir hond den Bericht von de Pathologen no it. Wenn er do isch, meld i mi.« Irmi gab ihm alle ihre Telefonnummern, und er bemerkte scherzhaft: »Falls ich doch noch zur Überzeugung gelange, dass Sie das selber gewesen sind mit dem Herrn Maurer.«

Nein, sie war es nicht gewesen, sie hätte sowieso viel drum gegeben, dass Martin nicht wieder jählings in ihr Leben getreten wäre.

Irmi hatte bei ihrem kurzen Aufenthalt den Eindruck gewonnen, dass die Allgäuer rühriger waren – und offener. Nicht so ein brotneidiges Volk wie die Werdenfelser. Weniger Kirchturmpolitik, weniger Missgunst, mehr an einem Strang ziehend. Während sie am Alpsee entlangfuhren, beschloss sie wiederzukommen, ganz ohne Schrothkur, vielleicht mal mit *ihm*.

Er war momentan in Asien. Hatte eine SMS geschickt, dass er merkwürdige Sachen essen müsse und viel lieber mit ihr zusammen in einem bayerischen Biergarten vor einem Obatzdn säße. Er, der Saupreiß, war wahrscheinlich der größte Obatzdn-Fan im Orbit. Er bestellte die Camembertcreme immer und überall. Wenn er mal da war. Meistens war er weit weg, heute besonders weit.

Lissi hat wohl doch der Mut verlassen, denn sie bat Irmi, über Reutte nach Garmisch zu fahren, damit sie in Grainau ihre Cousine besuchen könne. Lissi wollte ihr Heimkommen hinauszögern, keine Frage. Irmi hatte bloß die Stirn gerunzelt. Und Lissi schließlich bei der Cousine abgesetzt.

Es war kurz nach halb sechs, als sie im Taj Mahal eintraf und sich erst mal ein Mango-Lassi bestellte. Kathi würde wie immer zu spät kommen. Irmi grinste. Es war gut, dass es Dinge im Leben gab, die sich nie änderten.

Um kurz vor sechs traf Kathi ein. Sie wirbelte ins Lokal und riss dabei mit ihrem Rucksack einen Stuhl um, den der Kellner mit einem nachsichtigen Lächeln wieder aufhob. Diese Hinduisten konnten ja wenigstens drauf bauen, im nächsten Leben auf einer höheren Ebene zu reinkarnieren. Vom Kellner in Partenkirchen zum Maharadscha.

»Servas. Entschuldige. Ich bin zu spät.« Kathi nieste und knuffte Irmi leicht in die Schulter. »So richtig erholt schaugst du nicht aus.«

»Danke, du auch nicht.« Sie war keine Woche weg gewesen, da erholte man sich nicht. Und man nahm auch nicht ab, vielmehr hatte Irmi das Gefühl, eher zugelegt zu haben. Konnte aber auch an dem Dauerschmerz liegen, der sich in ihrer Magengegend eingenistet hatte.

»Ich hab mich da am Hausberg erkältet und war den ganzen Tag unterwegs wegen diesem Fischer. Da schaut man eben so aus. Jetzt bestellen wir was, und dann erzähl ich.«

Was sie taten. Eine Platte voller Pakoras und Samosas. Papad mit Dips. Und Kathi orderte noch ein Hauptgericht.

»Also, was ich bisher über diesen Fischer weiß, ist, dass er mit seiner Tochter in Ohlstadt gewohnt hat. Sauberer Hof, ein Mordsding. Muss Millionär sein, der Mann. Der alte Fischer, also sein Vater, hat in Garmisch Grund verkauft und den Erlös auf die drei Kinder verteilt. Die Schwester hat sich in Kanada eine Guest Ranch aufgebaut. Hab ich im Internet angesehen, das ist ein mondänes Ding, sag ich dir. Der Bruder hat sich in Burgrain den heimischen Hof ausgebaut und selber noch jede Menge Grund verkauft, und der Xaver ist zur Frau nach Ohlstadt. Die müssen echt Kohle haben, oder. Keine Ahnung, warum die noch arbeiten.«

Tja, das war einer wie Kathi natürlich schwer zu vermitteln. Ein Landwirt blieb immer Landwirt. Bernhard hatte Kollegen, die waren wirklich reich. Diese Millionenbauern wären aber nie auf die Idee gekommen, zu privatisieren. Nichts zu tun, den Herrgott einen guten Mann sein zu lassen, das gab es nicht. Nein, man arbeitete weiter und lamentierte übers harte Landleben und die Subventionspolitik, wo sich auf der Bank die Schließfächer unter den Goldbarren bogen. Bei ihnen war das leider nicht der Fall, in Schwaigen gab es keinen Millionengrund.

»Okay. Und weiter?«, fragte Irmi unter Kauen.

»Ist so ein richtiger Kampftrachtler, der gute Xaver Fischer. Trachtenverein, Schützenverein, und beim Skiclub ist er seit Jahr und Tag, oder. Wie gesagt, beim Bruder war ich noch nicht.«

»War«, sagte Irmi.

»Hä?«

»Na, er *war* ein Kampftrachtler, wenn er da oben rumgelegen hat, und das womöglich schon länger.«

»Stimmt. Wurde auf jeden Fall nicht als vermisst gemeldet. Ich hoffe, dass wir morgen den Todeszeitpunkt wissen.«

»Sonst noch was?«

»Da oben ist so ein komisches Kreuz. Warte, ich hab ein paar Bilder gemacht.« Kathi holte ihre Digitalkamera heraus und zeigte Irmi die Schnappschüsse.

Ein hohes Kreuz. Sphärisches Licht. Am Fuß lagen ein paar Blumen und ein Pferdchen. Wirklich seltsam. Beklemmend. Irmi schwieg dazu.

»Ja, der Todeszeitpunkt wäre wirklich hilfreich«, sagte sie dann und musste an den toten Martin denken. Da wusste man den Zeitpunkt immerhin relativ genau.

»Du schaust so komisch«, meinte Kathi und biss herzhaft in einen frittierten Blumenkohl.

Irmi zögerte. »In Oberstaufen gab es auch einen Toten.«

»Was?« Kathi verschluckte sich und begann wüst zu husten. Irmi hieb ihr ein paar Mal auf den Rücken. Dann begann sie zu erzählen.

»Na, das ist ja mal ein Ding!«, meinte Kathi hinterher. »Auch ein Herzinfarkt, oder.«

»Glaub ich weniger. Er war nicht mehr richtig gewickelt.«

Kathi lachte. »Ja, viele sind nicht ganz richtig gewickelt. Du g'fallst mir: im Urlaub eine Kellerleiche. Was schaugst denn so? Uns geht das ja nichts an.«

Irmi schluckte. »Doch, mich schon.«

»Wieso? Bloß weil der in der Nebenkabine lag?«

»Nein, weil es sich um meinen Exmann handelt.« So, nun war es raus. Irmi zuzelte an ihrem Strohhalm, der mittlerweile im zweiten Mango-Lassi steckte. Es kam nur selten vor, dass Kathi schwieg. Eigentlich hätte Irmi den Moment genießen und sich den Tag mit Rotstift im Kalender vermerken sollen.

»Du warst mal verheiratet?« Kathi war fassungslos und flüsterte fast. Vor Ehrfurcht, Unglauben oder Entsetzen.

»Ja, vor langer Zeit.«

»Wieso weiß das keiner?«, rief Kathi viel zu laut.

»Schrei nicht so rum, das muss ja nicht das ganze Lokal hören! Weil es kein Ruhmesblatt war. Weil Martin Maurer, so hieß mein Ex, für mich gestorben war.« Blöder Satz, weil er nun wirklich tot war.

Bevor Kathi noch etwas sagen konnte, läutete ihr Handy. Kathi meldete sich, hörte zu und deckte die Muschel kurz ab. »Die Fischer-Tochter«, sagte sie leise. »Sie hat meine Nachricht gefunden. Was soll ich sagen?«

»Dass wir gleich kommen.«

Sie schlangen ihr restliches Essen hinunter. Vorbei war es mit den Vorsätzen vom lustvollen und bewussten Essen. So schnell torpedierte die Berufsrealität den guten Willen.

Wenig später saßen sie im Auto.

»Und du warst echt verheiratet?«, vergewisserte sich Kathi ungläubig.

»Ja, wieso auch nicht? Ein Großteil der Menschheit war mal verheiratet. Bei den meisten liegt die Betonung auf *war*. Die wenigsten Ehen halten. Oder glaubst du, mich hätte keiner genommen?« Das kam schärfer rüber als nötig.

Kathi sagte nichts. Stattdessen nieste und trötete sie wie

Dumbo, der kleine Elefant. Und schwieg weiter eisern, bis sie den Hof erreicht hatten.

Wirklich ein schönes Anwesen mit umlaufenden Holzbalkonen und einem weiten Dachüberstand. Auf dem Hofplatz stand ein Lkw mit Plane und Anhänger, auf der Hausbank saß eine junge Frau. Ein Mordsweib, groß, massig, die blonden langen Haare nachlässig zu einem Zopf geflochten. Eine freie hohe Stirn, hellblaue, verwaschene Augen. Sie trug unförmige Jeans und ein dreckiges T-Shirt. Neben ihr kam sich Irmi fast schlank vor. Dennoch wirkte die Frau nicht ungepflegt, nur desinteressiert an ihrem Äußeren.

»Brischitt Fischer«, sagte sie und streckte Irmi die Hand hin. Irmi registrierte, dass im Führerhaus des Lkw eines dieser typischen Trucker-Namensschilder hing – mit der Aufschrift *Brischitt.*

»Brischitt?«, fragte Irmi mit einem Lächeln.

»Eigentlich Brigitte. Aber alle nennen mich Brischitt. Wollen Sie reinkommen?«

Irmi und Kathi folgten ihr in einen breiten Gang und weiter in die Stube mit Kassettendecke und Kachelofen.

»Schön!«, sagte Irmi.

»Ist was mit meinem Vater?«, fragte Brischitt.

»Wie kommen Sie darauf?«

»Er ist nicht da, und ich hab einen Anruf von einem seiner Freunde bekommen, dass er schon seit zwei Tagen nicht am Stammtisch war. Ob er krank sei? Also, was ist los? Sie müssen mich nicht ansehen wie ein waidwundes Reh. Hatte er einen Unfall? Ist er wieder besoffen Auto gefahren?«

»Frau Fischer, wir müssen Ihnen leider sagen, dass Ihr Vater tot ist.«

Brischitt Fischer saß eine Weile schweigend da. Dann fragte sie ungläubig: »Tot? Wieso tot?«

»Er wurde am Hausberg in der Nähe des Speichersees gefunden. Sagt Ihnen das was?«

Wie in Trance antwortete sie: »Wir haben ein paar Hektar Holz da oben.«

»Er sah aber nicht so aus, als wollte er ins Holz«, sagte Kathi vorsichtig.

»Was dann?«

»Das wissen wir nicht. Haben Sie eine Idee, was er zwischen Bayernhaus und Speichersee gewollt haben könnte?«

»Nein, keine Ahnung. Woran ist er gestorben?«

»Das wissen wir auch nicht. Womöglich Herzinfarkt? War Ihr Vater krank?«

»Krank? Der war sein Leben lang pumperlg'sund. Der hatte ein Herz wie ein Achtzehnjähriger. Kein Übergewicht. Sportlich. Ist Ski g'fahrn und Touren gangen. G'soffn hat er am Stammtisch, wie alle halt. Gehört zum Lebensstil, hat er immer gesagt, und dass er sonst ja hundertfünfzig werden würde vor lauter Gesundheit.« Nun liefen ihr doch einige Tränen über die Backen. Kathi reichte ihr ein Tempo.

Tja, und nun war Xaver Fischer nur neunundfünfzig geworden. Und gesund gestorben.

»Wo ist er jetzt?«, wollte Brischitt wissen.

»In der Rechtsmedizin. Bei so einem unklaren Todesfall …« Kathi brach ab – nicht nur, weil sie einen Hustenanfall bekam.

»… ist das Usus«, ergänzte Irmi. »Frau Fischer, haben Sie jemanden, wo sie hinkönnten? Oder eine Freundin, die Sie anrufen könnten? Familie?«

»Papa war meine Familie.« Es klang komisch, wenn ein so großes Mädchen, das sicher Mitte oder Ende zwanzig war, »Papa« sagte. »Ich bin doch gerade erst zurückgekommen, und er war nicht da. Der Zettel an der Türe … und dann

67

noch der Anruf von seinen Kumpels.« Sie begann stärker zu weinen.

»Frau Fischer, es tut mir sehr leid«, sagte Irmi einfühlsam. »Das muss ein großer Schock für Sie sein. Wann sind Sie denn zurückgekommen?«

»Ja, gerade eben. Ich war in der Nähe von Rom.« Sie unterdrückte ihr Schluchzen.

Irmi sah sie genau an. »Kommen Sie allein zurecht? Wir würden morgen noch mal wiederkommen, wenn Ihnen das recht ist, um alle weiteren Fragen zu klären.«

»Ja, ich komm zurecht. Ich wäre froh, wenn Sie mich allein lassen könnten.« Sie hatte sich erhoben, in ihrer ganzen imposanten Größe. Ihr Gesicht wirkte klein, jung und verletzlich.

Irmi und Kathi gingen hinaus. Es war dunkel geworden und kalt.

»Und nun?«, wollte Kathi wissen.

»Gehen wir heim. Was willst du momentan tun? Außerdem solltest du ein Erkältungsbad nehmen. Und dann ab ins Bett. Wir sehen uns morgen.«

Als Irmi zu Hause vorfuhr, brannte nur das Hoflicht. Bernhard war sicher ins Wirtshaus zum Essen gegangen. Er wusste ja auch nicht, dass sie zurück war.

Sie ging ins Haus. Im Korb richtete sich Wally mühsam auf und versuchte, mit dem Schwanz zu wedeln, doch das fiel ihr schwer. Sie schwankte ein wenig.

»Wally, altes Haus.« Irmi bückte sich zu ihr hinunter und kraulte sie. Wally magerte immer mehr ab, sie war nun einmal uralt. Auch der Kater kam und strich um ihre Beine.

Irmi machte sich ein Bier auf und saß einfach nur so da. Verdrängte alle Gedanken an Martin. Dachte an Lissi und hoffte inständig, dass die durchhalten würde.

68

Um neun kam Bernhard.

»Schwesterchen, wolltest du nicht länger schrothen?«, fragte er lachend.

»Ach, nicht unbedingt. Kathi hat mich abgerufen, es gab einen Toten am Hausberg.«

»Echt?«

»Ja, echt, mehr weiß ich momentan auch nicht.« Wie viel mehr sie wusste, verschwieg sie. Vor allem den toten Martin.

6

Sie hatte gut geschlafen in ihrem eigenen Bett. Gerade trank sie einen Kaffee, als das Handy läutete.

Es war Kathi. Oder besser: Irmi nahm an, es könne sich um Kathi handeln. Das kehlige Geräusch musste eine menschliche Stimme sein. Nach einer Hustenattacke konnte man mit viel Mühe den Satz »Ich krieg fast keinen Ton mehr raus. Ich geh zum Arzt« extrahieren.

»Gute Besserung, du hörst dich grauenvoll an. Bleib lieber daheim. Ich fahre zu Brigitte Fischer und meld mich dann bei dir.«

Das erneute Krächzen konnte Zustimmung sein.

Es war neun Uhr morgens und still rundum. Irmis Bergstiefel knirschten im Hof. Sie klopfte an die Tür. Nichts. Der Lkw stand noch im Hof, ein alter Golf ebenfalls. Brigitte war nirgends zu sehen. Sie öffnete die Stalltür und wurde von einem zweistimmigen Begrüßungskomitee empfangen. Im Dunkel entdeckte sie einen gewaltigen Kaltbluthengst und eine Goaß, die artistisch auf der Boxenwand herumturnte. Der zweite Hengst fehlte.

Hinter ihr ertönte eine Stimme: »Die Brischitt ist mit dem Bubi im Holz. Sie hat gestern Nacht die Ros noch reingeholt.«

In ihren Worten lag Missachtung. Man holte nicht mitten in der Nacht Pferde von irgendwelchen Koppeln und klapperte dann durchs Dorf. Die Stimme gehörte der Nachbarin – die natürlich auch vor Neugier platzte.

»Was ist hier los? Stimmt es, dass der Xaver tot ist?«, erkundigte sie sich.

»Woher nehmen Sie denn Ihr Wissen?«, erwiderte Irmi. Sie hatten Brischitt schließlich erst am Vorabend informiert.

»Mein Mann hat einen Kollegen, und der ist in Garmisch bei der Zugspitzbahn, und der sagt des.«

»Soso, ja, wenn der das sagt.« Irmi lächelte. »Und wo genau ist die Brischitt nun hin?«

»Ich denk, bei der Ruine. Die tun Käferbäume aussi. Heuer san die Borkenkäfer ja wieder eine Plag.«

»Vergelt's Gott«, meinte Irmi, ging zu ihrem Auto, fuhr vom Hof und ließ eine völlig konsternierte Nachbarin zurück.

Mit der Ruine musste die Veste Schaumburg gemeint sein. Als Irmi auf dem Wanderparkplatz ankam, stand da lediglich ein Auto mit Münchner Kennzeichen. Ein früher Wanderer wahrscheinlich. Auf der Kaseralm war sie auch schon lange nicht mehr gewesen, fiel ihr ein, aber momentan wollte sie Brigitte und Bubi finden.

Sie folgte auf gut Glück einem Forstweg, der Reifenspuren aufwies. Nach etwa zehn Minuten erreichte sie einen alten, ramponiert aussehenden Pferdehänger mit offener Klappe. Wenn Bubi so groß war wie sein Kumpel zu Hause, dann hatte er sicher neunhundert Kilo und Hufe so groß wie Bratpfannen.

Irmi schaute sich etwas ratlos um. Plötzlich knirschte es im Holz, Kettengerassel, eine Stimme. Die Manövrierbefehle »wiest« und »hott« für »rechtsherum« und »linksherum« ertönten, dann wieder ein Knirschen. Ein gewaltiger Kopf mit weißer üppiger Mähne erschien, gespitzte Ohren, dann rumpelte das gewaltige Pferd hinaus ins Helle. Ein Fuchs, der vor Schweiß glänzte. Ihm folgte ein Baumstamm, der sicher sechs Meter lang war. Hinter dem Tier manövrierte Brischitt, überraschend leichtfüßig überwanden beide die hohe Kante zwischen Waldebene und Holzplatz. »Hott!« Das Pferd wandte sich nach rechts, der Stamm lag in Position. Akkurat neben den anderen, die bereits dort lagerten.

Brischitt würdigte Irmi keines Blickes. Sie zog die Stahlseile vom Stamm, dann erst sah sie Irmi an. »Und?«

»Ich würde gerne nochmals mit Ihnen reden. Wie geht es Ihnen denn?«

»Prächtig!« Und schon setzten sich Brigitte und Bubi wieder in Bewegung.

Irmi hatte ihre liebe Not, den beiden zu folgen. Ihr war sonnenklar, dass das nichts für Zauderer oder Hobbylandwirte war. Sie hatte mal mit einem Freund und dessen Pferd gearbeitet. Verdammt, schon wieder eine Erinnerung an einen abgelegten Lover. Erneut die Erinnerung an das Versagen – zumindest im privaten Bereich.

Das Pferd hatte einen flotten Schritt, und das Gelände stieg stetig. Brischitt hängte einen weiteren Stamm an und eilte mit Bubi davon. Sollte Irmi wirklich weiter hinterherstolpern? Sie sah sich um. Am Boden lagen weitere Stämme, die noch nicht entastet waren. Eine Stihl lag am Boden.

Ein leises Lächeln glitt über Irmis Gesicht. Sie hantierte ein wenig, verstellte die Schalter. Nun galt es. Die Stihl klang gequält, und dann kam sie. Tuckernd erst, dann laut und gleichmäßig. Irmi begann, die Äste abzusägen, schnell und gezielt. Sie hatte Brischitt fast vergessen, als die sich vor ihr aufbaute und ihren Stiefel auf den Stamm stellte. Irmi richtete sich auf und schaltete die Motorsäge aus.

»Wie haben Sie die denn anbekommen? Die war total abgesoffen«, brummte Brischitt.

»Meine hat die gleichen Zicken. Ich hab da so einen Trick.«

»Sie haben 'ne Motorsäge?«

»Sogar zwei. Kann mich gar nicht entscheiden, welche mir

die liebere ist. Die Stihl oder die Husqui. Wir, also der Bruder vor allem, haben eine kleine Landwirtschaft. In Schwaigen.«

Nun lächelte Brischitt ein sehr kleines feines Lächeln, zog einen Rucksack heran, hockte sich auf den Stamm und drückte Irmi ein Messer und einen Ranken Speck und Brot in die Hand.

»Schon gefrühstückt?«, fragte sie.

»Nein, Sie aber sicher auch nicht. Wie lange arbeiten Sie denn schon?«

»Seit der Dämmerung, aber ich hab eh nicht geschlafen.«

Nein, bestimmt nicht. Sie hatte mitten in der Nacht ihre Pferde geholt. Irmi verstand sie nur zu gut. Tiere trösteten. Und nun arbeitete sie. Auch das konnte trösten.

Irmi kaute am Speck und fragte schließlich: »Und Bubi, der steht einfach so da?«

»Klar. Ein Pferd soll auf klare Befehle reagieren, und konsequent musst sein. Natürlich bleibt der stehen. Gefällt ihm. Frisst Tannenzweige, der dicke Trottel.« Das klang liebevoll. »Zwei Jahre hab ich mit ihm geübt, er ist erst sechs, aber er hat ein Kämpferherz. Es gibt doch nichts Schöneres, als mit einem Pferd zusammen zu sein.« Und so, als könne Irmi das als Nicht-Rosserer vielleicht nicht verstehen, schickte sie hinterher: »Es ist ja auch viel kommoder mit Pferd, anstatt ständig den Bulldog umzusetzen. Du bist viel flexibler.«

Irmi nickte. »Ich hab einen Kumpel, der stroaft auch.« Von wegen Kumpel, genau genommen ein Mann, der kein Wort mehr mit ihr sprach.

»Na ja, schwierig wird's aber erst, wenn's steil bergab geht oder das Gelände hängt. Dann musst du immer wieder links-rechts lenken, damit der Stamm nicht zu schnell wird oder wegdriftet.«

»Eine ganz schöne Arbeit!«

»Idealismus ist schon dabei. Auf lange Sicht und im Sinne des nachhaltigen Wirtschaftens ist ein Pferd aber auch billiger. Maschinen quetschen den Waldboden zusammen. Die Bodenporen werden verschlossen, die Wasserzuführung ist unterbrochen. Außerdem fügen Schlepper den Stämmen und Wurzeln Wunden zu, Fäulnisbakterien können eindringen, und der Baum stirbt. Das sind langfristig gesehen auch finanzielle Verluste.« Das war Brischitts Welt, ganz klar.

»Stroafn mit dem Pferd und Lkw-Fahren, passt das zusammen?«, fragte Irmi mit einem Lächeln.

»Alles zu seiner Zeit und da, wo's passt. Aber mein Vater fand auch, das passt nicht.«

Ihr Blick hatte sich verdunkelt. Dann starrte sie auf ihre Fußspitzen.

»Wie war er denn, der Papa?«, fragte Irmi leise.

»Stur, wie alle. Saustur. Im Prinzip a guade Haut. Mei, ohne die Mama hat die mildernde Hand g'fehlt. Er gibt nicht nach. Er ist ein Dogmatiker. War …«

Was Irmi beachtlich an dieser Brischitt fand, war ihr klarer reger Geist. Auch die Wortwahl. Eine merkwürdige Truckerin war das.

»Brischitt, wenn wir mal annehmen würden, Ihr Vater wäre auf seltsame Art zu Tode gekommen, hätte er denn Feinde gehabt?«

Sie hatte den Kopf wieder gehoben. »Mord, meinen Sie?«

»Wir wissen ja noch nichts. Nur mal angenommen. Hatte er Feinde?«

Brigitte überlegte ernsthaft und lange. »Ich bin froh, dass Sie einen Hof haben«, sagte sie dann. »Und dass Sie von hier sind. Ihnen muss ich nix erzählen über Neid und Missgunst. Sie wissen, wie das ist mit den Vereinsmeiern, mit der Zugehörigkeit zu den richtigen Familien. Auch wie schnell sich ein

74

Blatt wenden kann. Wie schnell man auf der falschen Seite steht. Sie wissen, wie das ist an den Stammtischen. Die einzige Chance, nicht mit Häme überzogen zu werden, ist es doch, als Letzter zu gehen. Nur so sind Sie sicher, dass keiner über Sie lästert.« Sie klang neutral, nicht zynisch. Irmi lächelte und wartete.

»Außer den üblichen Querelen gibt es eigentlich nur die Hütte, über die sich Papa tierisch aufgeregt hat.«

»Die Hütte?«

»Papa arbeitet im Winter bei der Zugspitzbahn. Am Hausberg, meistens oben am Adamswiesenlift. Und da starrt er den ganzen Tag auf diese Skihütte.«

»Welche?«

»Na, die Franzhütte, die moderne, schicke, trendige Hütte, die so viel cooler ist als das Garmischer Haus. Mein Papa und so eine unbelehrbare Altherrenriege vom Skiclub bekriegen die Hüttenwirte seit Anbeginn. Ich hab es aufgegeben, mit ihm darüber zu streiten.«

»Was ist denn so schlimm an der Hütte?«, fragte Irmi mit gerunzelter Stirn.

»Sie sind erfolgreich. Anders. Jünger. Verlangen ein paar Zehnerl mehr.« Brischitt zuckte mit den Schultern.

»Würden diese Hüttenwirte morden?«

»Das kann ich echt nicht beantworten. Das Problem ist momentan, dass Papa ein paar Mal die Zufahrtsstraße blockiert hat.«

»Wie? Ich denk, das ist eine Skihütte?«

»Schon, aber die machen im Sommer sehr erfolgreich Events und Hochzeiten, und wenn da so ein Holzfahrzeug oder Stämme die Straße verstellen? Verstehen Sie? Ich mein, da stöckelt dann die Braut im weißen Kleid aus dem Bus und müsst theoretisch noch vier Kilometer laufen. Also ich würde mir den schönsten Tag des Lebens anders vorstellen – gut, ich tät auch nicht in so einem weißen Gewalle heiraten.«

Irmi ließ das Bild einer Braut samt Hochzeitsgästen vor ihrem inneren Auge aufsteigen. Die dann über Stämme stiegen und hurtig zu Berge wanderten. Die Braut mit wehendem Schleier im Schnee, der ja auch gerne mal im Bergsommer niederrieselte. Das war eine Spur, eindeutig. Eine richtige Spur. Sofern Kathi Ergebnisse aus der Pathologie zu präsentieren hätte, die einen gewaltsamen Tod bedeuteten.

»Und Sie konnten ihm das nicht ausreden?«

»Nein, er hatte sich verrannt. Und dann bin ich ja auch nicht so oft da. Jeder lebt halt sein Leben.« Brischitt zuckte mit den Schultern.

»Ich entschuldige mich jetzt schon mal im Vorfeld für die dumme Frage, aber ich komm da nicht mit. Sie sind begütert, Sie sind klug. Sie …«

Brischitt unterbrach sie: »Ach, Sie meinen, warum fährt das Madl Truck?«

»So ungefähr.«

»Schauen Sie, ich bin gern in der Welt unterwegs. Nur hab ich für eine Stewardess nicht die richtige Statur.« Sie lachte. »Das Modebewusstsein auch nicht.« Sie schaute Irmi genau an. »Das reicht Ihnen immer noch nicht?«

»Nicht so ganz.«

»Ich hab begonnen, Forstwirtschaft zu studieren, bis die Mama starb. Genau genommen, bis ein knappes Jahr vorher. Ich wollte gerne, dass sie zu Hause sterben kann. Am Ende lag sie in der Stube wegen der steilen Treppe nach oben und so.« Tränen schossen in ihre Augen. »Darmkrebs. Vor drei Jahren war das. Ich konnte dann nicht mehr an die Uni. Mir war das alles zu schick in München. Ein Kumpel hat mir das mit dem Lkw angeboten. Das war zu dem Zeitpunkt das Beste. Vielleicht studier ich weiter. Ja, ich denke, ich mach irgendwann weiter. Ich will einen Plenterwald etablieren.«

»Einen was?«

»Unsere Vorfahren haben über Jahrhunderte so gewirtschaftet. Das ist ein Mischwald, in dem Bäume jeder Altersgruppe stehen. Fichte und Tanne überwiegen, dazu kommen Lärche, Eiche und Vogelbeere. Unterschätzten Sie mir die Vogelbeere nicht! Das ist nicht so ein nutzloser Stirl, im Gegenteil. Das ist ein Pionierbaum, der das Gras vertreibt. In seinem Schutz kommen Nadelbäume hoch. Am End muss man nichts nachpflanzen, man lebt von und mit der Naturverjüngung. Wir haben einen kleinen Streifen, wo das schon Realität ist. Sonst braucht es dazu natürlich Generationen.«

»Das wäre doch was für Ihre Kinder und Enkel!« Irmi sah sie an.

»Ich bin nicht so die Frau, um die sich die Männer reißen.« Sie strich sich eine Haarsträhne aus dem Gesicht.

»Letztlich reicht einer, der Ihre Visionen teilt. Der kommt. Da bin ich sicher.« Das war keine Plattitüde. Irmi war davon überzeugt, dass diese junge Frau ihren Weg machen würde.

»Na dann!« Sie lächelte müde. »Ich bin die nächsten Wochen daheim, rufen Sie mich wegen Papa an?«

»Natürlich. Kommen Sie zurecht?« Hatte sie das nicht gestern erst gefragt? Sie war so hilflos. Was wollte man auch sagen?

»Ja, ich kümmere mich um alles. Das lenkt ab. Schlimm wird es erst, wenn alles vorbei ist. Nach der Beerdigung. Wenn die letzten Gäste weg sind. Ich hab gestern Nacht noch Tante Caro in Kanada angerufen. Sie kommt.«

»Gut«, sagte Irmi.

Dann verabschiedete sie sich. Bubi, der roch wie ein Fichtennadelbad, klopfte sie den Hals.

Brischitt ließ sie ein paar Meter laufen und rief ihr dann hinterher: »Und wenn die Stihl mal wieder nicht anspringt, ruf ich Sie an!«

Irmi drehte sich um. »Gerne, wenn ich dann ein paar Bäume fällen darf.«

»Da findet sich was. Wir haben hundertzehn Hektar.«

Irmi hob die Hand zu einem angedeuteten Winken.

Ihr Beruf brachte sie immer wieder mit Leuten zusammen, die interessant waren und sehr sympathisch. Sie fühlte sich Brischitt nahe. Fast wie einer jüngeren Schwester oder einer Tochter. Es gab Wahlverwandtschaften, die mit einem kurzen Gespräch begannen, das genügte, um im Herzen etwas anzurühren. Brischitt war sicher jünger als Kathi – und doch so viel erwachsener. Kathi führte gern mal ihren Stress mit Kind und Beruf ins Feld, aber eigentlich hatte sie bis heute keine Verantwortung übernommen. Alle Verantwortung ruhte auf Kathis Mutter, und eigentlich war das für die kleine Sophia auch das Beste: die erdige, besonnene Großmutter. Brischitt hatte sicher mehr durchstehen müssen als Kathi. Irmi wusste genau, wie es war, einem geliebten Menschen beim Sterben zusehen zu müssen. Insbesondere, wenn dieser Mensch die eigene Mutter war.

Diese verdammten Abschiede, die immer mehr wurden. Ein Leben, das immer mehr Menschen verließen. Leere Räume. In Häusern und Köpfen. Und plötzlich tauchte Martin wieder in ihrem Kopf auf. Vor zwanzig Jahren war er ein windiger Jungbanker in Garmisch gewesen. Als sie geheiratet hatten, war sie die Starke gewesen und er derjenige, der eine starke Schulter gesucht hatte. Er war ja auch so allein gewesen …

Erst nach und nach hatte Irmi begriffen, wie typisch das für ihn war: Immer wieder hatte er komplett mit seinem Vorleben gebrochen. Weder aus der Schule noch aus der Lehrzeit hatte er irgendwelche Freunde herübergerettet. Sie hatte sich anfangs noch gewundert, schließlich war er ein sehr offener Mensch gewesen. Er gewann schnell die Sympathien, denn er war charmant. Es hatte lange gedauert, bis Irmi hinter die Kulissen geblickt hatte. Letztlich waren es seine Eltern gewesen, die ihr die Augen geöffnet hatten. Immer schon hatte der Bua seine ehemaligen Freundinnen komplett aus seinem Leben gestrichen. Er begann stets neue Abschnitte, rigoros und selbstgefällig. Er zog an neue Orte, er suchte sich neue Bekannte, nicht Freunde.

Irmi erinnerte sich noch gut an Alfred, Lissis Mann. Er hatte mal mit echter Wehmut in der Stimme gesagt: »Der Martin ist mir eine treulose Tomate. Tageweise saß der bei mir, und dann hat er nie mehr ein Lebenszeichen von sich gegeben.« Ja, Martin hatte vor allem nächteweise Bier in Alfreds Herrensalettl getrunken, das an die Maschinenhalle angebaut war.

Aber dann? Er war mit ihrer Nachfolgerin Sabine nach Murnau gezogen. In ihrer ersten Verzweiflung war Irmi immer wieder an dem Haus vorbeigefahren. Sabine war schwanger gewesen, vier Monate nach der offiziellen Trennung war das Kind gekommen. Martin, der ihr gegenüber immer beteuert hatte, dass er Kinder hasse, war Papa geworden. Mit dem Kind auf dem Arm hatte er in seinem gutbürgerlichen Garten gestanden und mit einer Nachbarin geplaudert, während sie in ihrem Auto gesessen und sich in ihrem Elend gesuhlt hatte. Sie hatte Martin und Sabine verflucht. Hatte ihnen die Pest an den Hals gewünscht und Schlimmeres. Sie war niemals souverän damit umgegangen, hatte nie diese Phasen von Liebe zu Verzweiflung, dann zu Hass und schließlich zur Gleichgültigkeit oder mildem Verzeihen durchlaufen. Sie hatte ihm nie verziehen. Die Zeit hatte keine Wunden geheilt, aber die Dinge immerhin verblassen lassen. Aus knalligen Ölfarben war ein verblichenes Aquarell geworden. Aber das Bild war immer noch da.

Der erste Mann, dem sie sich wieder anvertraut hatte, war nicht frei, sondern anderweitig liiert. War sie einfach nicht gut genug? Ihre Männer gingen mit einer anderen fort oder hielten sie als Zweitfrau. Irgendwann hatte ihre Mutter gesagt: »Du bist nicht falsch. Du bist ein wunderbarer Mensch. Du suchst nur an den falschen Stellen. Du nimmst immer die ohne Herz, mein großes, dummes Kind.«

Ihre Mutter, die auch gegangen war. Es waren so viele gegangen in den letzten zwei Jahren. Wo sollte sie hin mit ihrem Schmerz? Sie hatte sich ganz gut eingerichtet in ihrem Leben, in ihrem Beruf, der gottlob wenig Zeit ließ, über Freizeit oder Familie nachzudenken. Aber nun kehrten die Geister zurück. Schattengestalten standen in den Türrahmen und verdunkelten die Räume dahinter.

Irmi fuhr wieder nach Hause. Trank Kaffee in der Küche, die wieder mal unaufgeräumt war. Kater lag in voller Länge auf dem Tisch. Es gelang ihr, ihre Kaffeetasse im Kringel von Katers Schwanz zu platzieren, ehe sie im Murnauer Telefonbuch blätterte. Doch sie konnte keine Sabine und Martin Maurer mehr finden.

Eigentlich wollte sie im Büro weitersuchen, doch gerade in dem Moment kam der Anruf aus der Rechtsmedizin. Fischer war an Herzstillstand gestorben.

»Was hat den denn ausgelöst?«, fragte Irmi verblüfft.

»Ja, nun, ein Infarkt.«

»Wie: ja, nun? War sein Herz geschädigt, irgendwas verengt?«

»Nein, er …«

»Jetzt passen Sie mal auf. Mir reicht das nicht. Machen Sie weitere Tests!«

»Machen wir ja, er hatte ungewöhnlich geweitete Pupillen. Seine Leber war ziemlich in Mitleidenschaft gezogen. Wir sind noch dran. Das war nur eine erste Zwischenmeldung. Da legen Sie doch immer so viel Wert drauf?«

Irmi schluckte. »Ja, danke.« Da hatte sie wohl etwas übers Ziel hinausgeschossen. Sie spürte, dass ihre innere Anspannung mit Martin zu tun hatte.

Ihre Nachforschungen ergaben, dass unter der Adresse der Maurers gar niemand wohnte. Merkwürdig, das Ganze. Beide waren zwar noch dort gemeldet, lebten aber augenscheinlich nicht mehr da. Und die Tochter, die mittlerweile siebzehn sein müsste, war ebenfalls wie vom Erdboden verschluckt.

Als Irmi weitersuchte, schwappte plötzlich eine gewaltige Übelkeitswelle über sie hinweg. Das Mädchen war vor einem knappen Jahr verstorben. Vor diesem Hintergrund war die Formulierung »vom Erdboden verschluckt« mehr als zynisch.

Ob das, was sie nun vorhatte, sinnvoll war oder nur das Ergebnis einer Panikattacke, war Irmi egal. Sie ging in die Küche, wo Kathi gerade unter Husten eine Semmel mit viel Fleischsalat verdrückte.

»Bist du nicht krank? Du siehst furchtbar aus.«

»Ach, Scheiß drauf«, krächzte Kathi. »Das wird schon weggehen. Der Arzt hat mir ein paar Sachen aufgeschrieben.«

Irmi zuckte mit den Schultern. »Steck uns bloß nicht an, hörst du? Ich bin mal kurz weg. Hak doch bitte in der Pathologie nach, was da los ist mit diesem Lifterer. Ein erstes Statement besagt, dass es ein Herzstillstand war.«

»Warum war das dann nicht einfach ein Herzinfarkt?«, fragte Kathi und hustete.

»Weil uns mit einem Herzinfarkt doch fad würde.« Irmi probierte einen locker-flockigen Ton und flüchtete, ehe Kathi noch was erwidern konnte.

Es war wie eine Reise in die Vergangenheit. Sie umrundete Murnau, fuhr am Staffelsee-Gymnasium vorbei, bog ab, so als wäre sie erst gestern hier gewesen. Alles fast wie damals, eine Baulücke verdichtet, ein paar neue Häuser. Martins Haus sah aus wie immer. Die Rollos waren halb heruntergelassen, der Rasen war gemäht.

Zögernd kam sie näher, öffnete das Gartentörchen, läutete an der Tür. Das Klingelschild fehlte. Ein Gong ertönte, ein viel zu gewaltiges Geräusch für so ein kleines Haus. Nichts. Sie klingelte erneut und fuhr dann herum. Hinter ihr stand eine Frau, die etwa in ihrem Alter sein musste.

»Kann ich Ihnen helfen?«

»Ich suche die Maurers.« Das ging nur schwer über ihre Lippen: die Maurers – das war sie auch fünf Jahre lang gewesen, bevor sie ihren Mädchennamen wieder angenommen hatte.

»Die leben nicht mehr hier«, erklärte die Frau.

»Das Haus sieht so bewohnt aus. Der Rasen …«

»Ich hüte es ein bisschen. Bis man weiß…« Die Frau brach ab und sah sie skeptisch an.

Irmi zog ihre Dienstmarke heraus und stellte sich vor. »Es wäre wichtig für mich, Genaueres über den Verbleib der Familie zu erfahren. Und Sie sind?«

»Helga Mayr. Kommen Sie doch mit herüber. Ich mach uns einen Kaffee.«

Sie bat Irmi, sich draußen zu setzen. Trotz der herbstlichen Kühle war es in diesem Salettl, das auf drei Seiten geschlossen war, angenehm warm. Der Blick ging hinüber ins Grundstück der Maurers. Irmi hatte das Bild vor Augen, wie Martin mit

82

dem Baby am Zaun gestanden hatte. Die Nachbarin kam mit Kaffee und ein paar Keksen wieder.

»Sie wollen also etwas über die Familie wissen?«

»Ja, Martin Maurer ist nämlich tot.«

»Bitte?«

»Ja, leider.«

»Aber warum denn?«

»Genau das wollen wir klären.« Irmi schaute sie aufmerksam an und wartete.

Die Nachbarin musste sich erst ein wenig fassen, dann vergewisserte sie sich: »Und Sie sind von der Kripo?«

»Ja.« Helga Mayr war nach wie vor nicht unfreundlich, aber sehr abwartend.

»Sie fragen also beruflich?«

»Wie denn sonst!« Irmi wurde es allmählich zu bunt.

»Sie sind doch seine Exfrau.«

Irmi blieb die Luft weg. Eigentlich hätte sie jetzt kühl bleiben und wohlüberlegt reagieren müssen. Stattdessen brach es aus ihr heraus: »Ach, und nun glauben Sie, dass ich fast zwanzig Jahre später meinem Exmann nachspioniere? Eine Bombe in den Garten werfe oder sonst was?«

»Entschuldigen Sie, aber früher haben Sie hier vor dem Garten gestanden.«

Es war unglaublich. Vor siebzehn Jahren hatte diese Frau sie gesehen. Und konnte sich bis heute an sie erinnern. Irmi versuchte ihre Gedanken auf das Hier und Jetzt zu fokussieren. »Also noch mal, Frau Mayr: Martin Maurer ist tot. Wir haben begründeten Verdacht, dass es sich um keinen natürlichen Tod handelt. Dass ich vor Ewigkeiten Herrn Maurer mal privat gekannt habe, tut heute nichts zur Sache. Es geht hier um eine Ermittlung.«

Lüge! Es tat sehr wohl etwas zur Sache.

»Entschuldigen Sie. Ich muss das alles erst mal begreifen. Es ist so tragisch. Es wühlt so viel auf.«

Ja, das tat es. Besser hätte Irmi das auch nicht formulieren können.

»Was daran ist tragisch?«, hakte Irmi nach.

Die Nachbarin seufzte. »Sehen Sie, Sabine und Martin Maurer haben keine Bilderbuchehe geführt. Sabine war oft bei mir herüben. Hat sich ausgeweint. Ich glaube, Martin war ein kleiner Despot.«

War das ein später Triumph? Am liebsten wäre Irmi aufgestanden und geflüchtet. Sie wollte das gar nicht hören. Stattdessen schwieg sie und starrte in ihren Kaffee.

»Wissen Sie, dass das Kind ums Leben gekommen ist?«, fragte die Frau unvermittelt.

»Ja. Das ist noch gar nicht so lange her?«

»Ein Jahr. Das Mädchen kam bei einem Autounfall ums Leben, und das war das Ende. Sabine ist daran zerbrochen. Sie ist weggezogen, zurück in ihre alte Heimat bei Freiburg. Ich telefoniere ab und zu mit ihr. Sie ist in Behandlung wegen ihrer Depressionen, immer mal wieder auch stationär. Aber ich glaube, sie macht keine Fortschritte.«

»Und Martin?«

»Der hat alles hingeworfen. Ist nach Frankfurt und hat sich dort binnen eines Jahres als Immobilienscout etabliert. Er war in der Sparkasse ja auch in der Immobilienabteilung, aber nun ist er, glaub ich, so eine Art Headhunter für Gewerbeimmobilien. Sucht irgendwie Anlageobjekte im großen Stil. So ganz genau weiß ich auch nicht, was er macht.«

Wahrscheinlich alte Hotels aufkaufen und in Cubes umwandeln, dachte Irmi. »Woher wissen Sie das alles?«

»Er steht mit mir in E-Mail-Kontakt. Oder seine Assistentin meldet sich. Wegen des Hauses. Ich pflege es ja, wie gesagt.

84

Ohne Sabine kann er es nicht einfach so verkaufen. Ich weiß doch auch nicht, was wird.«

Das klang verzweifelt. Sie schien ärger involviert zu sein, als man das von einer Nachbarin erwartet hätte. Und als könne sie Gedanken lesen, sagte sie: »Der Tod von Ann-Kathrin hat auch mich völlig aus der Bahn geworfen. Sie war wie eine Nichte, ach was, wie eine Tochter. Wie die Tochter, die ich nie gehabt habe.«

»Sind Sie denn verwandt?«, fragte Irmi.

»Nein, aber Ann-Kathrin war mehr bei mir als drüben. Sie hat sich mit ihrem Vater gar nicht verstanden, und Sabine war so schwach. Ann-Kathrin hat Rat bei mir gesucht. Ruhe. Sie war so ein ungewöhnliches Mädchen und hatte es wirklich nicht leicht.«

»Inwiefern?«

»Ihr Vater war wahnsinnig streng.«

Martin war streng gewesen? Ja bestimmt. Er war ein Getriebener gewesen und hatte eine böse Seele gehabt. Immer schon. Sie hatte das nur nicht sehen wollen.

»Inwiefern streng?«

»Ach, wissen Sie, er hat in ihr so viel zerstört. Sehen Sie, mit dreizehn war Ann-Kathrin körperlich schon sehr gut entwickelt, auch geistig, ein souveräner Mensch, ein älterer Kopf im Körper einer Pubertierenden. Ein sehr klares Mädchen, ich wäre froh, wir hätten mehr davon. Eben kein Komasaufen, maximal ein Gläschen Sekt zum Geburtstag. Jedenfalls hatte Ann-Kathrin dann einen Freund, er sechzehn, ebenfalls so ein junger Mann, wie es sie kaum noch gibt. Gute Schulnoten, prima Lehrvertrag, die große Liebe.« Sie lächelte wehmütig. »Ich weiß ja nicht, wie es Ihnen geht, aber mir ist das Gefühl abhanden gekommen. Diese Liebe, die nicht fragt, nicht bettelt, nicht taktiert, nicht zweifelt, einfach nur Liebe. Wahrscheinlich geht so was nur mit der ersten Liebe, mit einer Reinheit der Seele, die mit jedem Jahr mehr Dreckspritzer kriegt.«

Irmi war irgendwie peinlich berührt. Sie mochte so einen Seelenstriptease von Fremden nicht und wusste doch tief drinnen, dass das ein Teil ihres Jobs war. Frauen waren einfach so, redeten über Emotionen wie Männer über Fußballergebnisse. Sie konnten trauern und schreien wie Klageweiber, leiden und zerbrechen und mit Selbstmord drohen und am nächsten Tag mit neuer Frisur und grandios hohen Stiefeln weitergehen. Bis zum darauffolgenden Tag, wo wieder alles ganz anders war. Bei Befragungen von Frauen erfuhr sie viel, manchmal zu viel.

»Martin ist ausgeflippt. Verbote, Hausarrest, das volle Programm, das natürlich nur Gegenangriffe provoziert hat. Die beiden haben sich natürlich getroffen, tausend Lügen gelebt, gottlob eine vernünftige Oma an Bord gehabt, die ihre Treffen mit allen möglichen erfindungsreichen Geschichten gedeckt hat.«

»Dann hat die Seele von diesem Mädchen aber auch schon früh ihre Dreckspritzer abbekommen«, sagte Irmi leise und dachte an Martin, der so kalt gewesen war.

»Ja, leider. Sie musste lernen, dass die reine Liebe Missgunst hervorruft. Sie musste lernen, dass man ohne Lüge nicht durchs Leben kommt, und ich war wahnsinnig wütend darüber. Da machen zwei junge Menschen einfach gar nichts Verwerfliches, tun keinem was zuleide, machen alles richtig und werden dafür bestraft! Sie waren oft bei mir. Ich war ein bisschen die Tante und die schwertschwingende Kämpferin für die Gerechtigkeit. Ich hab mich eingemischt, wo andere weggesehen haben. Und ich habe den beiden ab und zu mein Bootshaus überlassen.«

»Was? Das ist ja Kuppelei«, rief Irmi.

»Ach, kommen Sie, ich kenn die Rechtslage nicht so genau wie Sie, aber was soll das? Ist es besser, wenn sich die jungen Leute in alten Bauwagen verstecken, Mamas Auto klauen, um darin … Na, Sie wissen schon? Das war doch kein Mädchen, das rumhuren wollte. Sie hat ihre erste große Liebe erlebt. Vor dem Jungen habe ich Respekt. Er hat das alles mitgemacht, Verständnis gehabt, ist auf unmöglichen Bus- und Zugverbindungen durch die Gegend geeiert, nur um sie zu sehen. Welcher Junge mit sechzehn macht denn so was für eine Frau?«

»Stimmt«, murmelte Irmi. »Und wenn es kompliziert wird, ist der männliche Fluchtreflex doch sehr ausgeprägt. Aber zurück zu dem Mädchen.«

»Als sie sechzehn wurde und Christian neunzehn und mit seiner Lehre fertig war und übernommen wurde, sind sie zusammengezogen. Mit der Oma. Ein Trio der Ausgestoßenen und Verleumdeten.« Sie schluckte schwer. »Und dann kam der Unfall.«

»Was ist denn passiert?«

»Ein Verkehrsunfall. Sie lief mit ein paar anderen Kids an einer Straße entlang und wurde von einem Auto erfasst.«

Die Frau hatte Mühe weiterzusprechen. Irmi wartete. In dem ganzen Gespräch war kein einziges Mal von der Mutter die Rede gewesen. Von Irmis Nachfolgerin. »Was hatte Martins Frau denn zu all dem gesagt?«, fragte sie schließlich. »Ich meine, vor dem Unfall.«

»Sie hat sich auf Martins Seite gestellt. Ann-Kathrin fühlte sich so verraten. Sie hatte ihrer Mutter anfangs noch was von Christian erzählt. Auch von den heimlichen Treffen. Ihre Mutter war es, die sie verraten hat. Das war für das Mädchen fast noch schlimmer als das ganze Chaos, das eh schon tobte.«

Sabine, ja das passte zu ihr. Sabine, die loyale Ehefrau. Die sie, Irmi, nie gewesen war. Sabine hatte die richtige Methode zur Behandlung von Martin gefunden: nachgeben, Schnauze halten, anbeten.

Auf einmal hatte Irmi das Gefühl, dass etwas auf ihrer Brust lastete, das immer schwerer wurde. Sie hatte Martin seinerzeit verflucht. Eine schwarze Macht hatte ihr wohl Gehör geschenkt. Martin war es nicht gut ergangen. Noch schlimmer aber musste es für Sabine gewesen sein. Auf einmal hatte Irmi solches Mitleid mit ihr. Martin hatte sich nicht geändert, die andere hatte ihn nur länger erduldet.

»Sagen Sie, war Martin in letzter Zeit mal da?«

»Nein, er meidet das Haus. Er war sicher mal da, aber das ist ... ach, keine Ahnung, wie lange her. Zwei Monate vielleicht?«

Die Nachbarin sah sie verwirrt an, auch sie hatte wohl Probleme mit den vielen Erinnerungen. »Und Martin? Was ist jetzt mit ihm?«

»Das wissen wir nicht so genau. Mehr kann ich dazu nicht sagen. Es kann sein, dass ich noch ein paar Fragen habe. Ich würde mich dann melden. Ach ja, schreiben Sie mir doch bitte die E-Mail-Adresse von Martin Maurer auf, ja?«

Die Nachbarin nickte, ging ins Haus und kam mit einem Post-it wieder. »Bitte.«

»Danke. Für die Zeit und für den Kaffee.«

Als Irmi schon halb den Gartenweg zum Auto gegangen war, kam es von hinten: »Nichts für ungut. Ich weiß ja nicht, wie das war zwischen Ihnen und Martin. Ich kannte ja nur die Version von Sabine. Aber glücklich geworden ist die sicher nicht.«

Irmi ging weiter, sie hätte rennen wollen, aber diesen Fluchtreflex konnte sie gerade noch unter Kontrolle bringen.

7

Irmi graute es, wieder ins Büro zu gehen und Erklärungen abzugeben. Aber als sie kam, sah sie sich einer Kathi mit geröteten Wangen gegenüber, der es völlig wurscht war, wo Irmi gewesen war. Sie wirkte fiebrig und konnte nur noch krächzend sprechen. »Das glaubst du nicht! Das ist der Hammer!«

»Was?«

»Ich hab den kompletten Obduktionsbericht von Xaver Fischer.«

»Ja, Kathi. Schön. Und magst du mir eventuell auch sagen, was drin steht?«

»Ich will doch nur die Spannung erhalten.«

»Danke, aber mir wäre etwas weniger Spannung ganz lieb.«

»Xaver Fischer wurde mit Insulin getötet. Eine Injektion – und ratzfatz war das das Ende unseres Herrn Fischer. Kleiner Einstich, große Wirkung.« Kathi reichte Irmi den Bericht.

Irmi studierte ihn, verstand aber nur Bahnhof, weshalb sie zum Telefon griff und auf laut schaltete, damit Kathi mithören konnte.

»Ich muss mich entschuldigen, dass ich vorher so gedrängt habe. Sie sind ja auch ohne mein Nörgeln schneller als der Schall. Kann man mit Insulin denn töten?«, erkundigte sie sich.

»Mit Insulin kann man auch bei einem gesunden Menschen eine tödliche Hypoglykämie hervorrufen. Es sind uns sowohl Tötungsdelikte als auch Selbsttötungen mit diesen Verfahren bekannt. Die Wirkgeschwindigkeit ist von der Art des Insulins, von der Körpermasse und der Applikationsart abhängig. Herr Fischer dürfte etwa zwanzig Minuten mit dem Tod gerungen haben. Er wurde dann bewusstlos.«

So ratzfatz war es dann offenbar doch nicht gegangen, mit dem Herrn Fischer. »Das ist sicher?«

»Eine postmortale Blutzucker- und Insulinbestimmung hat zweifelsfrei einen Insulinmord ergeben. Wir haben auch die Einstichstelle verortet, die Nadel war vergleichsweise lang.«

»Aber das ist keine wirklich sichere Methode, oder?«

»Kommt auf die Dosierung an. Und auf den Zustand des Menschen. Normalerweise setzt eine Gegenreaktion der Leber ein, die ist aber nicht erfolgt, weil Herr Fischer am Vortag eine Art Vollrausch hatte. Das entleert die Leber sozusagen.«

»Kann er sich selbst die Spritze gesetzt haben? Vielleicht weil er Diabetiker war?«

»Nein, war er nicht, und bei *der* Einstichstelle auf der Rückseite des Oberschenkels hätte er schon ein Gummimännchen sein müssen.«

Nachdem sie aufgelegt hatte, starrte Irmi ein paar Blätter auf dem Tisch an, als könne sie irgendwo in den Papierfasern ein Geheimnis entdecken. Sie wollte den Blick nicht lösen und Kathi in die Augen sehen. Am liebsten wäre es ihr gewesen, wenn die Welt jetzt einfach stillgestanden wäre.

Kathi gönnte ihr wenig Pause. »Wahnsinn, oder? Ganz klar Mord. Du warst doch bei der fetten Truckerin. Hatte ihr Vater Feinde?«

Das war Kathi. Immer ein loses Mundwerk. Immer verletzend, ohne es eigentlich zu wollen. Irmi schwieg noch eine Weile und begann dann in knappen Worten von der Hütte zu erzählen und wie Xaver Fischer die Hüttenwirte gepiesackt hatte.

»Na, das ist doch was!«, rief Kathi und musste wieder husten. »Das ist doch auch geschäftsschädigend. Da kann man schon mal ausrasten als Betroffener.«

»Insulin ist aber kein Mord im Affekt, oder? Das hat man ja nicht so einfach dabei.«

»Wenn man Diabetiker ist, schon!«

»Okay, Kathi, dann brauchen wir einen zuckerkranken Hüttenwirt, und der Kas is bissn!« Das wäre eine einfache Lösung. Sollte ja auch mal vorkommen.

Irmi rief ins Nebenzimmer: »Andrea, kannst du bitte mal über die Skihütte am Hausberg recherchieren? Sie heißt anscheinend Franzhütte. Find mal raus, wem sie gehört, Ansprechpartner und so weiter.«

Von nebenan schallte ein »Klar« herüber.

»Ich möchte mir das eh selber ansehen. Dann treffen wir den potenziellen Insulinmörder am besten da oben.«

Kathi wollte gerade etwas sagen, als Irmis Handy sich meldete.

»Ach, der Herr Kollege Riedele! Das ist aber nett, dass Sie mich informieren.« Sie hörte zu, und was sie hörte, war unglaublich. Mehr als das. Nach seinem Bericht war sie nur noch in der Lage, wirre Sätze von sich zu geben. »Ich melde mich bei … äh … Ihnen. Ich muss das kurz verdingsen … äh … verdauen. Eine gewisse Koinzidenz. Also … ich meld mich.«

Kathi sah Irmi an, als wäre diese komplett dem Wahnsinn verfallen. »Der Kollege muss ja denken, du hast sie nicht alle.«

Wahrscheinlich dachte er das. Ziemlich sicher sogar. Irmi versuchte, sich wieder unter Kontrolle zu bekommen. »Er hat mich wegen des Toten in Oberstaufen angerufen.«

»Der dein Ex war. Ja, dazu musst du mir eh noch einiges erklären, oder!«, rief Kathi. »Das ist ja wirklich der Hammer, dass ich nicht weiß, dass du mal verheiratet gewesen bist, oder.«

»Kathi, der Hammer ist etwas ganz anderes: Der Tote, der mein Ex war, ist auch an einer Insulinspritze gestorben.«

Kathi wollte etwas sagen, was in Husten erstarb.

»Und es wird noch besser: Die Gerichtsmedizin kann in dem Fall nicht wirklich sagen, ob er sich die Spritze selbst gesetzt hat.«

»Warum? Was ist mit Fingerabdrücken?«

»Auf der Spritze waren keine.«

»Na, dann hat der Mörder natürlich Handschuhe getragen. Ein Selbstmörder hat ja wohl kaum welche an.«

»Doch.«

»Was, doch?«

»Martin Maurer hatte Handschuhe an. Weiße Baumwollhandschuhe. Er hatte eine seltsame Allergie an den Händen und trug Handschuhe wegen eines Salbenverbands.«

Kathi war sicher eine ganze Minute stumm. Hüstelte. Nieste und sagte dann fast kleinlaut: »Du willst damit sagen, er kann ermordet worden sein, oder er hat Selbstmord begangen?«

»Ja, das sagt auch der Gerichtsmediziner.«

»Und wir haben einen Toten, der ebenfalls mit Insulin getötet wurde. Bei unserem wissen wir aber, dass es Mord war.« Kathi sprach ungewöhnlich leise für ihre Verhältnisse.

»Freitagnachmittag stirbt Xaver Fischer beim Speichersee am Hausberg. Samstag in der Früh stirbt Martin Maurer im feuchten Winkel in Oberstaufen. Beide durch Insulin.«

»Aber kannten sich die beiden denn?« Andrea stand vermutlich schon länger im Türrahmen, ohne dass die beiden sie bemerkt hätten.

Irmi und Kathi starrten sie an.

»Das kann doch kein Zufall sein«, fügte Andrea hinzu.

Eigentlich wollte Irmi nicht weiter in Martin Maurers Leben herumstochern, aber wie es aussah, würde ihr nichts anderes übrig bleiben.

»Natürlich kann das ein Zufall sein«, meinte Kathi. »Vielleicht war dieser Maurer ja Diabetiker und hat sich einfach in der Dosierung vergriffen. Kann doch sein, so in der Frühe, wenn man noch gar nicht wach ist, oder.« Sie hätte Andrea in jedem Fall widersprochen – und wenn die behauptet hätte, die Erde sei eine Kugel, hätte Kathi auf Scheibe bestanden.

»Ein Mann, der eigentlich aus Garmisch stammt, stirbt in Oberstaufen. Ein Ohlstädter, der aus Garmisch stammt, stirbt am Hausberg. Todesart: zweimal Insulinspritze. Wer hier keinen Zusammenhang sieht, ist blind«, erklärte Andrea kühl.

Irmi war froh über den kleinen Disput zwischen ihren Mitarbeiterinnen, der ihr Zeit gab, ihre Gedanken zu ordnen. Sie wusste, dass Kathi Andrea nicht mochte. Warum eigentlich, das wusste sie allerdings nicht so genau. Andrea Gässler hatte in der letzten Zeit eine Entwicklung durchgemacht: von einem verunsicherten Mädchen aus einem Elternhaus, in dem denkende Weiberleit auf jeden Fall schon mal suspekt waren, zu einer selbstbewussten Polizistin. Vor diesem Hintergrund war die Reifung der Andrea Gässler geradezu rasant vor sich gegangen. Und Irmi sah, dass in dem Mädchen noch viel mehr schlummerte. Dass sie Potenzial hatte. War Kathi eifersüchtig? Neidisch? Fühlte sie sich in ihrer Position bedroht?

Mit Sicherheit wäre Kathi gerne laut geworden, aber ihr Kehlkopf schien mehr und mehr den Dienst zu verweigern. Es blieb bei dem krächzenden Flüstern: »Irmi, jetzt sag du doch was! War dieser Maurer Diabetiker? Hat er sich vielleicht in der Dosis vertan?«

»Nein, er hatte kein Zucker, früher nicht und heute auch nicht. Der Bericht der Gerichtsmedizin, den Anderl Riedele zitiert hat, spricht eindeutig von einem gesunden Mann, der entweder das Zeug injiziert bekommen hat oder sich selbst die Spritze gesetzt hat. Die Einstichstelle lässt leider beide Varianten zu.«

»Scheiße!« Kathis Stimme erstarb.

»So, Lady! Du gehst jetzt nach Hause. Ohne Widerrede. Hau ab. Sonst lass ich dich abführen.«

Die Widerrede blieb tatsächlich aus. Aber nur weil Kathi inzwischen wirklich stumm war. Dafür schenkte sie Irmi einen flammenden Blick, der sie umgebracht hätte, wenn Blicke töten könnten.

Als Kathi draußen war, wandte sich Irmi an Andrea. »Haben wir was wegen der Hütte?«

»Ja, deshalb bin ich gekommen. Die Franzhütte hat zwei Besitzer. Benannt ist sie offenbar nach dem einen, Franz Utschneider. Der Mann hat außerdem noch ein Haus in Garmisch. Anscheinend ist er gerade oben auf der Hütte, weil die eine Pressekonferenz vorbereiten. Ich hab gesagt, wir kämen hoch. War das falsch?«

Nein, das war goldrichtig, frische Luft war ein probates Mittel. »Passt schon, Andrea, geh schon mal vor. Ich komme gleich. Ich muss nur noch g'schwind telefonieren.«

Kaum war Andrea draußen, griff sie zum Hörer. Sie sah es als ihre Pflicht an, Brischitt zu informieren.

»Brischitt, hatte Ihr Vater jemals mit Diabetes zu tun? Oder sonst jemand aus der Familie?«

»Nein, wieso?«

Als Irmi erzählte, dass ihr Vater wahrscheinlich durch eine Insulinspritze getötet worden war, blieb es am anderen Ende eine Weile lang ganz stumm.

»Brischitt?«

»Dann war es Mord?«, fragte Brischitt ganz leise.

»Wir sind noch am Anfang. Alles, was Ihnen einfallen könnte, ist wichtig. Gibt es wirklich keine Menschen im Umfeld, die Zugang zu Insulin haben?«

»Ich kenne jedenfalls keine.«

»Feinde?«

»Alle und keine. Wie gesagt, die Franzhütte hat er bekriegt.«

»Brischitt, wenn Ihnen irgendwas einfällt, melden Sie sich bitte. Und wenn Sie Hilfe brauchen, auch.«

Irmi fühlte sich elend. Das arme Mädchen. Allein mit einem Riesenhof, zwei Pferden und einem Lkw. Sie straffte die Schultern und ging zu Andrea hinüber.

»Was für einen Wagen nehmen wir?«, wollte Andrea wissen. »Das ist eine Forststraße.«

Irmi überlegte kurz. Kathi hätte sie so einen Vorschlag nie unterbreitet. Aber Andrea? Warum eigentlich nicht!

»Du kannst das ablehnen«, meinte Irmi. »Aber ich könnte mir gut vorstellen, zu Fuß zu gehen.«

»Klar, super!« Andrea war ehrlich begeistert. »Ich geh gerne in die Berge. Bei mir daheim sind wir immer gegangen. Eigentlich jedes Wochenende. Komisch, ich fand das als Kind gar nicht schlimm. Andere schon. Angeblich ist Wandern jetzt aber wieder total in bei jungen Leuten.« Sie sah Irmi leicht verunsichert an, ob sie womöglich zu privat und geschwätzig geworden war.

Irmi lächelte sie an. »Aber nicht so rennen, ich bin nicht gerade in Hochform.«

»Nein, nein. Seit ich arbeite, hab ich auch keine Zeit mehr.«

Wenn so ein junges Ding das schon sagte, lief doch irgendwas völlig aus dem Ruder. Niemand hatte mehr Zeit. Zeit für

Spaß. Zeit für Ruhe. Zeit für Träume. Vielleicht gab es ja irgendwelche extraterrestrischen Mächte, die die Zeit einfach schrumpften? Zumindest kam es Irmi so vor. Und wenn man sich umhörte, dann fühlten ganz viele andere Menschen auch so. In den Achtzigerjahren war mehr Zeit gewesen, obwohl sie da doch auch gearbeitet hatte. Viel sogar.

8

Sie parkten ihren Wagen und stiegen auf. Langsam und stetig.
Wortlos. Es war angenehm, mit Andrea zu gehen. Als sie das
Bayernhaus erreicht hatten, fragte Andrea: »Schauen wir am
Fundort vorbei?«

»Natürlich.«

Sie näherten sich der Stelle von unten. Langsam stapfte
Irmi durch Sträucher und Bäume. Bog einen seltsamen Busch
zur Seite, stieg über die Kahlschlagfläche, dorthin, wo die Leiche gelegen hatte. Sie hob den Kopf und sah zum Speichersee
hinüber. Ihr Blick blieb am Holzkreuz hängen, das aus dieser
Perspektive riesenhaft wirkte.

Andrea war schon zum See gegangen. Auch Irmi stieg hinauf, bis sie unter dem Kreuz stand. Dass es einen Meditationsweg gab, hatte sie nicht gewusst. Ihr war das sowieso suspekt,
dass man immer Pfade anlegen musste, um die Wege und Gedanken der Menschen zu kanalisieren. Heutzutage wurde das
Leben vorgekaut und weich gekocht. Die wenigsten verfolg-
ten eigene Wege und versuchten es mal mit Selberdenken und
Selbermachen. In letzter Zeit begegnete ihr oft das Wort »Bespaßung«. Hätte sie ihre persönlichen Unworte küren dürfen,
hätte »Migrationshintergrund« mit »Bespaßung« um Platz
eins gerungen.

»Gedanken bergauf!« Sie las die Bibelstellen auf der Tafel,
blickte an dem Holzkreuz entlang, dann über den Speichersee.
Ein Kreuz über dem Wasser. Ein Toter unter dem Kreuz.

Sie sah Andrea an. »Was hast du gedacht, als du zum ersten
Mal hier warst? Spontan?«

»Äh … na ja … nein, das ist dumm.«

»Was? Nichts ist dumm.«

»Dass der sich sein Grabkreuz gleich mitgebracht hat. Ein ganz schön großes.« Andrea sah sie fast entschuldigend an.

Irmi nickte. »Gut, Andrea. Und wie hast du dich gefühlt?«

»Irgendwie komisch.«

»Das ist eine Irgendwie-Dingsbums-Antwort. Genauer!« Irmi sprach freundlich, aber bestimmt. Sie wollte, dass Andrea lernte, weil sie an ihre Mitarbeiterin glaubte. Sie wollte, dass Andrea ihre Sinne schärfte und ihre Wortwahl. Wer lernte, unbestimmte Gedanken in konkrete Worte zu fassen, dessen Gedanken wurden auch konkreter. War das nicht von Kleist? »Über die allmähliche Verfertigung der Gedanken beim Reden.« Wenn man jemandem etwas erzählte oder sogar sich selbst, wurden die Gedanken klarer und strukturierter.

Sie nahm sich vor, den guten alten Kleist von der Staubschicht zu befreien. Sie hatten in ihrem Hof eine Art Bibliothek. Einen Raum voller Bücher, in dem ihre Mutter immer gebügelt hatte. Einen Raum, den fast niemand mehr betrat. Da standen die ganzen Klassiker, ihre Mutter hatte sie alle gelesen und auf ihre erdige und pragmatische Art den kompliziertesten Philosophen ganz banale Weisheiten entlockt. »Warum seiert der dann so lange rum, wenn das so einfach ist?«, hatte Irmi sie als Teenie mal wütend gefragt. »Kind, sonst wär er doch kein Philosoph!«, hatte sie lachend geantwortet. Irmi hatte Martin später mal eine Kleist-Stelle vorgelesen. Er hatte sie angesehen, als müsse sie dringend in die Anstalt.

Aber jetzt ging es erst mal um Fischer. Nicht um Martin, den verdammten Martin.

Andrea stand unsicher da. »Ich find das schwer zu formulieren.« Kathi hätte sich gar nicht erst auf so etwas eingelassen. Sie hätte das als Prüfungssituation empfunden und dagegen rebelliert.

Andrea atmete tief durch. »Ich fand es wie in einem Film. Als ob man ihn da hingelegt hätte. Ich war irgendwie peinlich berührt.« Sie unterbrach ihre Rede. »Also nicht irgendwie. Ich war peinlich berührt.«

Irmi lächelte. »Gut. Sehr gut. Dieses erste Gefühl musst du konservieren lernen. Alles, was danach kommt, ist Ratio. Es ist gut, dass wir denken, aber wir brauchen einen Ausgangspunkt für unsere Gedanken. Jetzt sag ich dir, was ich empfunden habe. Mich hat die ganze Szenerie an eine Aufbahrung erinnert. Der Tote liegt auf einem Reisighaufen unter einem Kreuz, das viel zu groß ist für so einen kleinen Menschen. Es macht den Menschen noch kleiner.«

Andrea hatte sie die ganze Zeit aufmerksam angesehen. »Und der See? Der ist doch auch komisch.«

»In erster Linie ist er künstlich angelegt. Soweit ich mich erinnere, war der Ort damals ziemlich umstritten. Außerdem finde ich, dass ein Kreuz am Wasser eine ganz eigene Dimension hat. Es spiegelt sich drin, die Wellen verzerren das Kreuz. Was assoziierst du mit Wasser?«

»Wasser des Lebens. Der Mensch besteht aus Wasser.«

»Und in Verbindung mit einem Kreuz?«

»Du meinst im biblischen Sinn?«

»Vielleicht, ja. Mir fallen Nil, Euphrat und Tigris ein. Die Sintflut, die den Menschen in seine Grenzen gewiesen hat. Die Taufe, die ja früher ein richtiges Eintauchen in einen See oder Fluss war. Die Taufe steht symbolisch fürs Sterben und Wiederauferstehen. Mir fällt Weihwasser ein. Und die reinigende Kraft des Wassers.«

Andrea hatte sich hingehockt. So gelenkig wäre Irmi auch gern gewesen. Sie wäre wahrscheinlich wie ein Käfer nach

99

hinten gefallen und nicht mehr hochgekommen. Bauchmuskeltraining war auch einer ihrer guten Vorsätze.

»Der Platz ist bestimmt kein Zufall. Der Mörder hat ihn ausgewählt. Sag mal, ist der Fischer eigentlich hierher transportiert worden?«

Irmi wiegte den Kopf hin und her. »Wegen des Regens lässt sich das nicht mehr sagen. Wir wissen nicht, ob die Spritze hier injiziert wurde. Man stirbt ja nicht sofort. Er kann auch noch ein Stück gegangen sein, getaumelt.«

»Aha. Und was machen wir jetzt?«

»Wir gehen zu dieser Hütte und behalten das Gefühl, das wir momentan haben, diese unbestimmte Unruhe in uns.«

Sie stapften die Wiese hinauf. Rechts oben lagen die Bergwachthütte und die Station der Hausbergbahn, vor ihnen die Hütte. Als sie näherkamen, stellten sie fest, dass auf der Terrasse einiges los war. Stehtische wurden platziert und mit Hussen versehen, große Schirme entfaltet, Heizpilze aufgestellt.

Ein Typ, der Mitte vierzig sein mochte, kam auf sie zu. »Servus. Wir haben leider nicht geöffnet, aber ein schnelles Getränk ginge schon. Die Kaffeemaschine ist an.«

»Danke, ein Cappuccino wär göttlich. Ein Glas Leitungswasser auch. Wir sind allerdings nicht ganz zufällig da. Herr Utschneider?«

Er nickte.

»Mangold, Kripo Garmisch. Die Kollegin Andrea Gässler hat vorhin mit Ihnen telefoniert.«

»Ach, ihr seids z' Fuß rauf. Ich hätt mit einem Wagen gerechnet. Cappuccino kommt gleich. Gehn wir doch rein.«

Franz Utschneider wirkte keineswegs beunruhigt wegen der beiden Polizeidamen. Ohnehin schien er ein Mensch zu sein, der inmitten tosender Meere die Ruhe behielt.

Während sie auf den Cappuccino wartete, ließ Irmi den Blick schweifen. Die Hütte war neu gebaut, aber auf urig-alt gemacht.

»Schaugts euch ruhig um«, sagte Franz Utschneider. »Ich müsst noch ganz kurz ein Telefonat führen.«

»Gerne.«

Im Erdgeschoss gab es eine gemütliche Feuerstelle und eine Vinothek. Die Architektur des Gebäudes war eher verhalten, keines dieser anbiedernden Anwesen, wo man der Meinung war, dass das Anbringen von möglichst vielen alten Ackergeräten und Uraltfotos dem Ambiente zuträglich war.

Irmi öffnete die Tür zum WC und brauchte ein paar Sekunden, bis sie überrissen hatte, dass sie im Herrenklo gelandet war. Was war das denn? Keine schnöden Pissoirs in Keramikweiß, nein, das war Sanitärkunst auf höchstem Niveau. Man(n) urinierte gegen eine Glaswand, die dann von einem Wasserfall gespült wurde. Wahnsinn!

»Andrea!«, rief Irmi.

»Was machst du denn im Herrenklo?«

»Schau dir das an!«

Auch Andrea stand und staunte. »Das ist ja cool.«

»Ja, da pieselt es sich bestimmt ganz anders!«, meinte Irmi grinsend.

Es war ein wenig so, als wäre sie mit einer Nichte oder einem Patenkind unterwegs. Allein, sie hatten einen Mord zu klären. Oder zwei Morde? Also retour zur Theke.

»Interessantes Herrenklo!«, sagte Irmi.

Franz Utschneider lachte. »Ich glaub, wir haben mittlerweile mehr Weiberleit da drin als Männer. So, und was kann ich jetzt für euch tun?«

»Haben Sie etwas von dem Toten gehört, der gestern am Speichersee gefunden wurde?«

»Ja, ich war allerdings unten in Garmisch. Auch von meiner Belegschaft war niemand da. Wenn Sie also hoffen, wir hätten was gesehen, ist das leider Fehlanzeige.«

»Haben Sie denn gehört, wer der Tote ist?«

»Nein, weiß man das denn schon?«

»Ja, der Notarzt hat ihn gleich identifiziert. Und Sie kennen ihn sicher auch.«

Er lachte kurz auf. »Prominenz? Der Bürgermeister? Gott Vater Neureuther? Gott Sohn Neureuther? Maria, die schnelle Riesch? Kathi Witt, die versucht, die Olympiabewerbung zu retten? Ostcharme gegen Werdenfelser Bauernschädel scheitert in jedem Fall.«

»Na ja, prominent nicht gerade, aber bekannt am Berg. Kannten Sie Xaver Fischer?«

»Den Fischer?« Er klang überrascht, nicht sonderlich betroffen und tat Irmi auch nicht den Gefallen, von sich aus mehr dazu zu sagen.

»Sie kannten Herrn Fischer?«

»Sicher. Kommen Sie kurz mit raus.«

Sie traten auf die Terrasse. »Da hockt er den halben Winter.« Er wies in Richtung des kleinen Lifthäusels. »Das ist der Adamswiesenlift, da hockt der Xaver und hat uns im Blick. Das macht der mit Absicht.«

»Was, Herr Utschneider?«

»Na, auf den Posten am Adamswiesenlift zu bestehen. Er meint, er provoziert uns damit. Dabei regt er sich ja nur selber auf. Hat ihn ein Herzinfarkt dahingerafft?«

»Nein, Herr Fischer wurde ermordet. Ein Herzinfarkt war das nicht.«

»Ach! Man soll sich eben nicht mit jedem anlegen.«

Das war spontan gekommen. Ohne zu taktieren. »Sie waren also nicht direkt Freunde?«, fragte Irmi.

»So könnt man sagen.«

»Warum?«

»Das ist eine längere G'schicht.«

»Ach, wir haben Zeit. Sie wahrscheinlich nicht, aber ich fürchte, die müssen wir uns nehmen.«

Er nickte. »Setzen wir uns oben hin, da sind wir niemandem im Weg. Ich bring noch drei Cappuccini mit. Passt das? Oder was anderes?«

»Nein, bestens.«

Irmi und Andrea stiegen ins Obergeschoss, wo sie sich hinter einen Zaun aus lauter K2-Skiern setzten. Hier steckte Geld drin und Geschick, so viel war klar. Wenig später setzte Franz Utschneider die Tassen vor ihnen ab.

»Tja, wo fang ich am besten an?«

»Am Anfang?« Das kam von Andrea, begleitet von einem entwaffnenden Lächeln.

»Es war einmal?« Er lachte. »Aber das wird kein Märchen! Also gut. Wie vertraut sind Sie mit dem Skigebiet?«

»Wenig. Ich fahr nicht Ski«, sagte Irmi.

»Ich geh Touren. Selten. Aber eher in Richtung Allgäu«, meinte Andrea.

»Gut, dann muss ich doch bei Adam und Eva anfangen. Ganz früher gab es hier mal eine alte Halle. Dieses Provisorium haben wir gekauft und einen Szenetreff daraus gemacht. Eine lange Bar mit Feuerstelle. Heute würd ich sagen, wir hätten es dabei belassen sollen. Das Gebäude war nicht beheizbar, und deshalb wollten wir irgendwann eine richtige Hütte bauen. Wir haben ein Konzept entwickelt und Investoren gesucht oder Kreditgeber und haben angefangen. Mit viel Elan und einer Finanzierungszusage einer örtlichen Bank. Und kurz vor knapp sagen die uns den Kredit ab.«

»Warum?«

»Weil der Vorstand im Skiclub war und der wiederum das Garmischer Haus trägt, und man finanziert doch nicht ein Konkurrenzunternehmen!« Er lachte, diesmal aber sarkastisch und bitter.

»Sie wollen sagen, da lässt sich eine Bank ein gutes Geschäft entgehen, bloß weil der Skiclub dagegen ist?«

»Genau das will ich sagen. Im Skiclub sitzen die Entscheider, Intrigenspinner und Fäden-in-der-Hand-Halter. Sind Sie aus Garmisch?«, fragte er unvermittelt.

»Nein, aber aus der Umgebung.«

»Gut, dann sind Sie eine Insiderin. Wir reden vom Werdenfels, Frau Mangold. Wir wissen doch beide, wie solche Sachen hier laufen.«

Das Werdenfels war keine Region frohen Zusammenschaffens. Eher eine Region, in der Kirchturmpolitik und Brotneid herrschten. Bevor der Nachbar profitiert, profitiert man lieber selber. Und wenn das nicht geht, dann eben gar keiner!

Irmi kam das Allgäu in den Sinn. Sie dachte an Sepp und seine Erklärung der Siedlungsstruktur. Lag der unterschiedliche Charakter der Leute einfach daran, dass die Allgäuer allein mit der Familie auf ihren Hügeln hockten, rundum von Wiesen umgeben? Und die Oberbayern mit ihren Bauerndörfern einfach seit alters her zu dicht aufeinandergesessen waren? Diese Allgäuer hatten niemanden gehabt, auf den sie hätten schauen können. Die Bayern schon – auf den Nachbarn, der das dickere Ross hatte, den fetteren Hahn, mehr Kühe und eine schönere Frau. Den größeren Bulldog, den moderneren Ladewagen …

Irmi rief sich zur Räson: Wie dachte sie bloß über ihre Heimat?

»Gut, wenn Sie auf eine gewisse mangelnde Flexibilität im Denken anspielen, auf ein Beharrungsvermögen im Desham-mir-no-nia-ned-kennt, auf eine gewisse Orientierung am Nachbarn, dem es bitte nicht besser gehen möge …« Irmi grinste.

»So schön hätte ich es nicht formulieren können! Ja, darauf spiel ich an. Man wollte nicht, dass wir Erfolg haben.«

»Aber wenn es eine coole Hütte am Berg gibt, hilft das doch auch dem Skigebiet im Ganzen. Da hat der Gast doch ein positives Erlebnis«, kam es von Andrea.

»Kluges Kind, aber völlig falsch gedacht.« Franz Utschneider wandte sich an Irmi. »Lassen Sie mich raten: Die junge Kollegin kommt nicht von hier?«

»Ich komm aus Halblech. Ich hab aber eine Wohnung in Garmisch«, erklärte Andrea.

»Halblech. Das ist Allgäu. Da ticken die touristischen Uhren anders. Aber lassen Sie mich weitererzählen. Wir sind rotiert, von Bank zu Bank. Wieder hatte ich eine Zusage. Nun kommt Xaver Fischer ins Spiel, der natürlich seit gefühlten zweihundert Jahren im Skiclub ist. Über ein paar Spezln hat er erwirkt, dass auch diese Bank abgesprungen ist. Jetzt stellen Sie sich das vor: Ich rase unten von Bank zu Bank, und oben tobt schon der Abriss.«

»Der reinste Krimi!«, bemerkte Irmi.

»Wir wussten nicht mehr weiter. In dieser Situation hab ich mit dem Mut der Verzweiflung eine Bank in München angesprochen. In irgendwelchen heiligen Hallen das Konzept vorgelegt. Am nächsten Tag standen drei Banker mit schicken Kamelhaarmänteln und Lederschühchen hier im Schlamm und haben das Ganze begutachtet. Und sie haben zugesagt.«

»Gott sei Dank!«, rief Andrea, die seinen Worten aufmerksam gefolgt war.

»Oder auch nicht«, brummte er. »Wir konnten eröffnen, nur kam kein Winter. Weit und breit kein Schnee in Sicht,

105

Temperaturen wie im Spätsommer. Uns stand das Wasser bis zum Hals. Ich sehe noch den Fischer Xaver, wie er Mitte Dezember auf unserer Terrasse stand und sagte: ›Wie bei einer Sanduhr, Buam! Das Geld rieselt einfach so durch.‹ Dann lachte er und stapfte zum Garmischer Haus hinauf.«

»Gut, für das Ausbleiben des Winters konnte er ja nichts«, meinte Irmi.

»Nein, aber gefeixt haben sie alle.«

«Die haben doch selber auch nichts verdient!«, rief Andrea.

»Junge Frau, Sie haben eine naive Sicht auf die Welt. Sie glauben noch an das Gute im Menschen. Schlimmer noch: Sie glauben daran, dass dem Menschen Vernunft und Geist innewohnen!« Er lachte und ergänzte ein wenig leiser: »Ich hoffe, Sie können sich das bewahren, in Ihrem Job.«

Irmi sah ihn an. Franz Utschneider war clever, gewandt, in jedem Fall sehr sympathisch. Er konnte mit Menschen umgehen, war aber sicher einer, der andere manipulieren konnte. So nett er wirken mochte – sie suchte einen Mörder, und die gab es leider auch unter den Netten. Das war etwas, was Andrea noch lernen musste. Sie gehörte zu jenen jungen Leuten, die wirklich etwas bewirken wollten. Die zur Polizei gegangen waren, um Gutes zu tun. Die einen Gerechtigkeitsfimmel hatten. Solche Kollegen waren ihr in jedem Fall lieber als jene, die ihre eigenen Unzulänglichkeiten mit einer Uniform kompensieren wollten. Die eine tief sitzende Aggression in sich trugen, die klein waren und als Polizist dann vermeintlich größer wurden. Ihr waren die Andreas dieser Welt deutlich lieber, es wäre nur auch die Aufgabe der Vorgesetzten, solche Leute aufzufangen und zu coachen. Denn die Andreas fielen schnell auf die Schnauze und aus allen Wolken.

Irmi hoffte für Andrea, dass Franz Utschneider nichts mit

dem Tod von Xaver Fischer zu tun hatte. Sie selbst hingegen musste auf der Hut bleiben. Jetzt erst recht.

»Ach wissen Sie, es kommt drauf an, das richtige Maß zu finden zwischen gesundem Misstrauen und Vertrauen«, sagte Irmi mit einem Lächeln.

»Schön, wenn Sie das können. Mir ist das etwas abhanden gekommen.«

»Wie ging es denn nun weiter?«, wollte Andrea wissen.

»Na ja, der Betrieb ging erst an Weihnachten los, und dann brannte die Luft. Natürlich kamen viele einfach aus Neugier, es ging echt rund. An so einem Tag in den Weihnachtsferien war plötzlich das Wasser weg. Keine Klospülung ging mehr, kein Wasser in der Küche und die Hütte voll bis zum Bersten. Hatten die uns das Wasser abgedreht. Das System war anfangs, bevor der Kanal kam, ziemlich kompliziert. Mit Wasser vom Garmischer Haus über Bergstation und Tanks. Ich will Sie auch gar nicht langweilen, jedenfalls war der Hahn zu, und auch zwei Stunden Telefonate brachten kein Ergebnis. Mitten im Chaos kam Xaver Fischer vorbei mit den Worten: ›Miassts hoit weniger scheißn und eiern teuren Wein saufn statt Wasser.‹ Am End haben wir in einem verwegenen System von Notleitungen Wasser aus dem Kreislauf für die Schneekanonen abgezapft. So ging es in einer Tour weiter. Mal kam die Lebensmittelkontrolle, dann das Finanzamt, dann wieder der Brandschutzinspektor – immer mitten rein ins Geschäft, doch sie alle konnten uns keine Fehler nachweisen, zum Ärger der Stänkerer brummte das Ding.«

Sie schwiegen eine kurze Weile. Dann sah Irmi ihn durchdringend an. »Herr Utschneider, Sie erzählen das alles sehr kurzweilig, aber es muss Sie doch tierisch genervt haben. Und vielleicht auch in Ihrer Existenz bedroht?«

»Ja, natürlich.«

»Da kann einen doch der heilige Zorn packen, oder?«

»Ja, aber wenn Sie damit sagen wollen, dass ich deshalb Xaver Fischer ermordet habe, muss ich ihnen entgegnen: Warum ausgerechnet den? Der war ja letztlich nur ein kleines Licht. Da hätte ich ja den halben Skiclub meucheln müssen. Und die Marktgemeinde hätte eine arge Ausblutung erfahren.« Wieder lachte er bitter.

»Schon, aber der gute Xaver Fischer hat auch Ihre Sommeraktivitäten gestört, oder?«

Franz Utschneider zog es vor zu schweigen, was Irmi bezeichnend fand.

»Sehen Sie, ich war bei Fischers Tochter, und die wusste zu berichten, dass ihr Vater gerne mal im Sommer die Straße blockiert hat«, fuhr Irmi fort.

»Die Brischitt? Ein Mordsweib. Die arbeitet mit ihren Gäulen im Holz und ist, glaub ich, so 'ne Art Pferdeflüsterin. Die laufen rum wie ferngesteuert. Fand ich faszinierend.«

»Warum haben Sie Brischitt denn beim Stroafn zugesehen?«

»Erstens mal, weil sie mir Bäume weggeräumt hat.«

»Wie weggeräumt?«

»Xaver Fischer hat ein paar Parzellen hier heroben, und da hat er einmal so Etliches herausgerissen an Stämmen und die so intelligent über den Weg verstreut, dass mein Busfahrer nicht mehr durchkam.«

»Busfahrer?«

»Wir haben sehr viele Anfragen im Sommer wegen Hochzeiten. Die etwas andere Location. Und die Hochzeitsgesellschaft muss ja irgendwie zu Berge, denn die wenigsten heiraten im Trekking-Outfit. Es wird nur etwas ungut, wenn der Bus auf der Forststraße weder vor- noch zurückkommt. Und dann steht die Braut mit Schleppe und Schleier auf ihren weißen Pumps im Nirgendwo, im schlimmste Fall auch noch bei strömendem Regen. Und der schönste Tag des Lebens wird im Handumdrehen zum Horrortrip.«

»Wann ist das denn passiert?«

»Ach, immer wieder. Beim ersten Mal hab ich vergeblich versucht, Fischer zu erreichen. Schließlich bin ich bei seiner Tochter gelandet, und die kam dann mit Pferdehänger und einem Mordstrumm von einem Ross. Die zwei haben die Stämme weggezogen, als wären das Streichhölzer. Sie hat mehrfach versucht zu vermitteln, hat Xaver ins Gewissen geredet, aber geholfen hat das gar nichts.«

»Aber da muss man doch was tun können! Die Forststraße benutzen ja auch andere. Die kommen dann ebenfalls nicht durch!« Andrea war wieder völlig verblüfft.

»Wenn es gegen uns geht, verzichtet so mancher auf seine Durchfahrtsgenehmigung für die Forststraße. Ach, und was noch dazukommt: Wir berappen für diesen Derf-Schein auch wieder einen Batzen Geld.«

»Sie haben heute Abend eine Veranstaltung?«, fragte Irmi.

»Ja, eine Pressekonferenz einer Mountainbike-Marke.«

»Da Xaver Fischer tot ist, wird es ja wohl ruhig bleiben.« Das war etwas zynisch, aber Irmi fand das Ganze inzwischen wirklich mehr als bizarr.

»Hoffentlich. Falls nicht andere Waldbauern in seine Fußstapfen treten. Wobei es in dem Fall ja halb so schlimm wäre. Diese Medienleute kommen ja nicht im Brautkleid.« Er lachte kurz auf.

»Wohl kaum. Sagen Sie, wo waren Sie am Freitag?«

Er schaltete schnell: »Dann lag der Xaver ja drei Tage herum, bevor er gefunden wurde? Ein unrühmliches Ende, finden Sie nicht?«

Irmi sparte sich jeden Kommentar. Außerdem fand sie,

dass dem Hüttenwirt etwas weniger Sarkasmus ganz gut zu Gesicht gestanden hätte. Er war immerhin ein Verdächtiger. »Wo waren Sie?«

Ihr Gegenüber zog ein Hochleistungshandy aus der Tasche und tippte darin herum. »Bedauerlicherweise mal hier, mal dort. Ein paar Besorgungen machen. Die meiste Zeit war ich zu Hause.«

»Kann das jemand bezeugen?«

»Nein, meine Frau arbeitet, das Kind war bei der Oma.«

»Und Ihr Kompagnon? Wo ist der?«

»Oh, bedaure, der ist in Thailand. Wir müssen im Sommer Urlaub machen, die Wintersaison ist lang und fordernd. Und natürlich machen wir nie gleichzeitig Urlaub. Momentan ist er dran. Ich geh Ende Oktober. Dann hab ich jetzt wohl den schwarzen Peter?«

»Momentan haben Sie gar nichts. Ich bräuchte aber in jedem Fall eine Liste Ihrer Angestellten.«

Nun lachte er laut heraus. »Ich bin zwar ein netter Chef, meine Leute verdienen auch gut, aber glauben Sie wirklich, dass einer davon für seinen Chef morden würde?«

Glaubte sie das? Warum eigentlich nicht? Wenn die Hütte schloss, würden einige ihren Arbeitsplatz verlieren. Es gab Menschen, die kochten schnell über. Manche waren auch der irrigen Meinung, dass Selbstjustiz ein Ehrendelikt war. Sie schwieg und wartete.

Er lachte immer noch. »Die würden eher mich ermorden, weil ich sie so oft in den Graben gekippt hab!«

»Was haben Sie?«, fragte Andrea.

»Wir zahlen leider auch hirnrissige Gebühren, wenn wir Waren mit der Bahn hochtransportieren wollen. Das geht nach Gewicht. Die Petersilie kann ich mir dementsprechend leisten, ein paar Tragerl Bier nicht. Also fahr ich mit dem Skidoo über die Piste, ich schätze sechstausend Kilometer im Winter.«

Andrea gab ein »pfft« von sich.

»Ja, junge Frau, das ist alles wie im schlechten Film. Oder wie in einer Komödie. Ich hab natürlich auch Servicekräfte, die nicht Skifahren können. Wenn keine Bahn fährt, nehm ich die im Skidoo mit. Das eine oder andere Mal sind wir schon gekentert auf eisiger Piste. Sie sehen, die müssten eher mich ermorden wegen der blauen Flecken.«

»Ich hätte trotzdem gerne eine Liste«, sagte Irmi.

»Natürlich, ich nehme aber an, das betrifft nur Leute, die länger da sind. Saisonkräfte vom letzten Jahr wahrscheinlich weniger, oder?«

»Genau, mir geht es um die Leute, die jede Saison da sind. Einen Koch werden Sie für die Sommerevents ja auch brauchen?«

»Natürlich. Wir haben recht treue Mitarbeiter. Der Oberkellner ist auch schon länger da. Toller Kerl – schade, dass Sie den nicht kennenlernen. Ist gerade zu Hause in Tunesien. Eine Mischung aus Teppichhändler, Superhirn und Redemaschine. Aber der hätte auch im Leben niemanden ermordet. Der hätte Fischer höchstens totgeredet. Ja, was auch immer. Sie kriegen Ihre Liste. Darf ich Ihnen die Aufstellung nachher zumailen?«

»Selbstverständlich.« Irmi gab ihm ihre Karte. »Und ich bräuchte genauere Angaben, wo Sie am Freitag waren. Hat Sie jemand gesehen und so weiter.«

Franz Utschneider lag eine Erwiderung auf der Zunge, aber er fragte nur: »Wollen Sie mit hinunter? Ich fahr jetzt sowieso ins Tal und hol die Gäste ab.«

Da Irmi wegen ihrer Knie generell ungern bergab ging, stimmte sie zu. Ehe sie mit Andrea einstieg, betrachtete sie noch einmal die Umgebung der Hütte. Es war eine schöne offene Almlandschaft mit ein paar versprengten Baumgruppen.

»Schön haben Sie es da heroben«, sagte Irmi, als sie im Kleinbus saßen.

»Ja, allerdings würde das bald ganz anders aussehen, wenn's nach den Baumfreaks ginge.«

»Baumfreaks?«

»Sehen Sie, es gibt hier Kreise, die würden das alles am liebsten sich selbst überlassen, wie es so schön heißt. Oder aufforsten, das ginge dann eher an die Adresse einiger Schlaumeier in der Forstbehörde.«

Irmi hatte die Stirn gerunzelt, sagte aber nichts.

»Früher gab es viel mehr Freiflächen in den Alpen«, fuhr er fort. »Almen wurden freigehalten, man kämpfte gegen die Verbuschung. Wenn Sie Estergebirge, Wetterstein und Karwendel heute betrachten, dann haben die Weideflächen in den letzten hundert Jahren sicher um dreißig Prozent abgenommen. Schauen Sie sich mal alte Bilder an, da sehen Sie Schachbrettmuster aus Wald und Grasflächen, heute gibt es nur noch Wald und kleine Grasinseln.«

»Vielen Bauern ist die Almbeschickung heute eben viel zu aufwendig«, meinte Irmi. Sie kannte das Problem, nur noch wenige von Bernhards Kollegen waren Vollerwerbslandwirte.

»Gar keine Frage, aber wir reden von einer uralten Kulturlandschaft. Grasflächen sind erwiesenermaßen wichtige Regulative für den Wasserhaushalt, die Weiden bauen der Erosion vor. Vom touristischen Nutzen ganz zu schweigen. Oder würden Sie noch wandern gehen, wenn Sie immer nur durch den Wald laufen müssten, nie was sehen und nie auf einer Alm einkehren könnten?«

»Ich nicht!«, rief Andrea.

»Ich auch nicht«, bemerkte Irmi, »aber am Berg gab es immer schon verschiedene Interessensgruppen. Almbauern, Waldbauern, Jäger, die ganze Freizeitriege. Und Sie brauchen die Freiflächen zum Skifahren. Ohne Skifahrer keine Hütte!«

»Zweifellos, aber heutzutage verdammen ja nur noch die völlig Uninformierten den Skisport. Schneekanonen schützen die Grasnarbe. Almflächen halten Lawinen. Das ist alles ein alter Hut. Wir müssen um unsere verbliebenen Grasflächen kämpfen, so schaut es aus!« Er hatte sich in Rage geredet. Mehr als vorher, als es um Fischer gegangen war.

»Sie sind ziemlich drin im Thema, oder?«, meinte Irmi.

»Ja, weil ich hier an einer Schnittstelle sitze. Die Forstler wollen aufforsten, dabei ist ihr Gebrüll nach Schutzwald reine Marktschreierei. Denen geht es nur um den waldwirtschaftlichen Profit, aber Schutzwald klingt halt besser. Da reden Sie mal mit dem Andreas von der Skiwacht, der hat im Sommer die Wallgauer Alm. Es geht um eine der schönsten Almwiesen im weiten Umkreis, die aufgeforstet werden soll. Die Almbauern wehren sich, die Naturschützer wehren sich, weil da eine Artenvielfalt an Blumen herrscht, die man suchen muss.«

Irmi überlegte kurz. »Dann ist einer wie Fischer in der Zwickmühle. Er lebt vom Skisport, aber Aufforsten würde ihm doch sicher auch gut gefallen. Geld stinkt nicht, oder?«

»Oh ja, und darüber ist er schon mit einigen in die Haare geraten!«, rief Franz Utschneider.

»Ach, mit wem denn?«, wollte Andrea wissen.

»Mit einer Gruppe vom Bund Naturschutz, die hier eine Studie über den Zusammenhang von Beweidung und irgendwelchen Orchideen durchgeführt haben. Und mit Xavers Dauerrivalen, seinem Bruder Hans.«

113

»Warum das denn?«

»Hans Fischer ist Landwirt, einer dieser Millionenbauern, die zur richtigen Zeit das richtige Land verkauft haben. Hans Fischer hat Forst, verkauft Holz und braucht das ganze Geld schon lange nicht mehr. Er hat angefangen, so komische Rinder zu züchten, die aussehen, als wären sie zu heiß gewaschen worden. Nach dem Motto: Hilfe, ich hab die Kühe geschrumpft. Ansonsten ist seine Leidenschaft die Jagd. Ich bin sicher, der hat sogar grüne Unterhosen und setzt seinen grünen Ziegenschamhaarhut nicht mal beim Schlafen ab. «

Andrea gluckste, Irmi grinste. »Und warum hatte er Zoff mit dem Bruder? Was hat das mit der Beweidung zu tun?«, fragte Irmi dann.

»Hans ist der große Fürsprecher der Almbeweidung. Er hat extra Jungvieh zugekauft, um es in die Berge zu schicken. Er lässt Pferde auf die Alm und verlangt nichts dafür. Das stellen Sie sich mal vor: ein Bauer, der was umsonst macht.«

Eigentlich hätte Irmi ihm jetzt in die Parade fahren müssen, stattdessen sagte sie beherrscht: »Aber was hat das jetzt mit seiner Jagdpassion zu tun? Er schießt ja nicht auf Kühe oder Pferde!«

»Natürlich nicht. Obwohl es solche ja auch gibt. Die das ungeliebte Pony auf der Waldrandweise mit einem Reh verwechselt haben wollen. Ja, äh, aber zurück zu Hans. Er schießt auf Wild. Und das kommt auf unbewirtschafteten Almen nicht mehr vor.«

»Das versteh ich jetzt nicht«, meinte Andrea. »Leere Almen, viel Wald – das müsste die Rehe doch freuen.«

»Ist aber nicht so«, meinte Franz Utschneider. »Aber das lassen Sie sich wohl besser von Hans erklären. Ich nehme doch stark an, dass Sie die Familie von Xaver Fischer befragen wollen.«

»Versuchen Sie, uns da ganz elegant einen Verdächtigen zu liefern?«, fragte Irmi.

»Ach was, das mit der Mörderjagd überlass ich Ihnen. Und ganz ehrlich: Ich glaub, ich vergieß sogar ein paar kleine Tränen wegen Xaver. Er war ja fast schon so was wie ein Maskottchen für uns.«

Mittlerweile hatten Sie die Aulealm passiert und fuhren auf dem gesperrten Teerweg durch den Talboden. Unvermittelt sagte er: »Da, jetzt schauen Sie sich diese Stadl an! Hunderte! Die gelten als siedlungstechnisches Erbe. Gegen die alten Stadl sag ich ja nichts, aber da stehen neu gebaute dazwischen mit Holzsockel, groß wie Dreifachgaragen. Da lagert doch kein Heu mehr drin! Die Landwirte verarschen uns doch alle.«

Wieder tobte in Irmi ein Kampf: Bauernehre gegen Amüsement. Letzteres siegte. Er hatte ja recht.

»Ach, noch eines: Sie sind nicht zufällig Diabetiker?«

»Was? Nein, ich bin ein gesunder Mensch mit den üblichen Ausfallerscheinungen über vierzig. Warum?«

»Ach, nur so. Haben Sie jemanden in der Familie mit Diabetes?«

»Nein.«

Weil ihm kurz vor dem Parkplatz ein Lkw die Vorfahrt nahm, konnte er nicht mehr nachfragen, was diese Frage solle, und setzte stattdessen unter Fluchen die beiden Damen am Auto ab.

»Tja, interessanter Typ«, sagte Irmi, als Franz Utschneider außer Sichtweite war. »Und, war er es?«

Andrea erstarrte richtiggehend. »Ich weiß doch nicht, keine Ahnung, äh …«

»Entspann dich! Ich weiß es auch nicht. Was für einen Eindruck hast du?«

»Er ist intelligent, gebildet. Einen Hüttenwirt stell ich mir anders vor«, sagte Andrea zögerlich.

»Almöhi mit Bart, der erst mal ein Schnapserl ausgibt?«

»Ja, so ungefähr.«

»Das Leben ist ganz anders. Lass dich nicht von Klischees leiten. Und nicht davon, dass er sympathisch ist. Klug kann auch heißen, dass er perfekt manipulieren kann. Außerdem wissen wir einfach zu wenig. In jedem Fall werden wir seine Angaben und die Liste der Mitarbeiter überprüfen, und wir besuchen den Bruder.«

»Was ist mit den Naturschützern?«, fragte Andrea.

»Auch eine Spur, aber mir ist der Bruder näher. Im Familienkreis schlummern immer die besten Motive.« Irmi sah auf die Uhr, es war fast sieben. »Madl, geh du mal heim. Morgen ist auch noch ein Tag.«

Sie selbst fuhr noch ins Büro, wo sie eine Notiz von Sailer vorfand:

Hans Fischer, Bruder vom toten Fischer, hat angerufen.
Wollt wissen, wann Beerdigung möglich. Will, dass einer
rückruft. Hab gesagt, die Frau Chefin meldet sich.
Heute 15.10 Uhr war das.

Er hatte mit einem schwungvollen »S.« unterzeichnet und die Nummer notiert. Irmi grinste. Ja, die Frau Chefin war natürlich für alles zuständig.

Sie wählte die Nummer von Hans Fischer. Nach endlosem Läuten ging ein Mann an den Apparat. Irmi fand sich gleich in einer Schimpftirade wieder, wie es denn angehen könne, dass er nicht sofort informiert worden sei, sondern erst auf dem Umweg über Kanada vom Tod seines Bruders erfahren habe. Nachdem ihm Irmi versichert hatte, dass die allerengsten Verwandten, also in dem Fall die Tochter, stets zuerst in Kenntnis gesetzt würden, beruhigte er sich und versprach, am nächsten Vormittag für ein Gespräch zur Verfügung zu stehen.

Irmi legte seufzend auf. Was glaubten diese Leute eigentlich? Sie war doch nicht der Telefondienst und rief sämtliche Verwandte an! Warum hatte sie nichts Vernünftiges gelernt? Wahrscheinlich, weil sie auch so eine wie Andrea war.

Sie fuhr heim und war froh, dass Bernhard auf irgendeinem Treffen der Feuerwehr oder des Bauernverbands war. Wally hob ganz kurz den Kopf und grunzte. Die Hündin sparte sich jede energiezehrende Lebensäußerung. Es ging ihr täglich schlechter.

Irmi ließ sich eine Wanne ein. Sie hatte kürzlich mal im Drogeriemarkt ein paar Badezusätze mit klingenden Namen gekauft. Es war nur noch ein Beutel übrig. »Liebeszauber.« Der war wahrscheinlich für das Bad zu zweit gedacht, aber außer Kater war keiner da. Und Kater badete definitiv nicht. Schon gar nicht in diesem Zeug, das nach Vanille und Brombeer roch. Kater war auf den Wannenrand gesprungen, hatte angewidert die Nase hochgezogen, sie vernichtend angesehen und war wieder gegangen.

Irmi dümpelte im blutroten Wasser vor sich hin. Wäre jemand hereingekommen, hätte der bestimmt gedacht, sie hätte sich die Pulsadern aufgeschnitten. Ach was, Bernhard würde das nie denken. Er vertraute auf Irmis Rossnatur.

Lange lag sie nicht, denn schon bald begann ihre Haut zu jucken. Großartig: Die Badeperlen verursachten Allergien. So weit war es also schon gekommen mit dem Zauber der Liebe …

9

Es juckte. Es juckte höllisch. Im warmen Bett war es schlimmer geworden, und in der Nacht hatte sie vor lauter Juckreiz kaum geschlafen. Nun hatte sie seltsame Quaddeln am ganzen Arm, die sich immer mehr verhärteten und feuerheiß waren. Die Dinger sahen nicht so aus, als wären es Mückenstiche, Flohbisse oder ein Ergebnis anderer lästiger Blutsauger. Aber wegen so etwas ging eine Irmi Mangold lange nicht zum Doktor. Außerdem hatte sie einen Termin bei Fischer und keine Zeit, in einem Wartezimmer rumzulungern.

Da fiel ihr Lissi ein, natürlich! Die war doch eine Kräuterhex und hatte sicher ein altes Hausmittel in petto. Wenig später stand Irmi in der Küche ihrer Nachbarin, wo es göttlich roch, denn Lissi war gerade dabei, einen Kuchen zu backen. Ihre Küche hatte ein Schreiner aus dem Kreis der Familie mit viel Geschick und Geschmack eingepasst. Eine noble Küche für ein Bauernhaus und immer absolut picobello, obwohl Lissi ständig für vier bis sechs Personen kochte, den Stall machte. Und auf mysteriöse Weise gelang es ihr, dass nicht einmal ein Hauch von Stallgeruch im Raum hing.

»Irmi, wie schön! Der Kuchen braucht aber noch dreißig Minuten.« Lissi strahlte sie an.

»Danke, ich fände ofenwarmen Kuchen ja sehr verlockend, mir pressiert's aber leider. Ich wollt dir das mal zeigen.« Sie hielt Lissi den Arm hin.

»Autsch! Was für ein Zombiearm! Wie hast du das denn hingekriegt?«

»Das frag ich ja dich, ich hab nämlich gestern mit so einem Zusatz gebadet. Wahrscheinlich bin ich allergisch.«

Lissi strich über die Quaddeln. »Na, ich weiß nicht. Das Zeug ist doch alles tausendfach getestet. Das ist was anderes.«

»Ja, von mir aus. Du bist doch die mit dem grünen Daumen und dem geballten Kräuterwissen von Mama und Oma, oder?« Irmi lachte.

»Okay, setzen! Wo warst du?«

»Wo ich immer bin.«

»Falsche Antwort. Was du da hast, ist eine Kontaktallergie. Ich würde mal sagen, auf eine Pflanze, aber nicht auf Badesalz. Wo hast du dich rumgedrückt, wo du sonst nicht bist? Ich mein: Dich muss ja irgendwas attackiert haben, worauf du normalerweise nicht triffst. Sonst würdest du ja immer so aussehen.«

Wo war sie gewesen? Im Haus, im Stall, im Büro. Bei Brischitt im Wald. Am Fundort der Leiche von Xaver Fischer. Bei Brischitt hatte sie Bergstiefel angehabt, lange Hosen und eine Softshelljacke. Es war morgendlich kühl gewesen. Am Fundort unter dem Kreuz dagegen war es so gewesen, dass sie ihr Hemd hochgerollt hatte. Sie war durchs Unterholz gekrochen und an Büschen vorbei.

»Ich war bei einem Ortstermin oben am Hausberg«, sagte Irmi schließlich.

»Schön – und was ist da gewachsen?«

Irmi rief sich den Platz vor ihrem inneren Auge in Erinnerung. Die Kahlschlagfläche, die Baumstümpfe, das Kreuz. Und dann wusste sie es wieder: Sie hatte ein merkwürdiges Kraut gesehen, ziemlich hohes Zeug. Eigentlich gar nicht hässlich.

»Das war so eine Art Busch. Nein, kein Busch. Eher ein Kraut, das quasi aus dem Kraut geschossen ist.«

»Puh, bloß gut, dass du keine Botanikerin geworden bist,

sondern zur Kripo gegangen bist. Beschreib es mal genauer!«
Lissi lachte hell.·

»Na ja, wie Wiesenschaumkraut, bloß viel größer. Grad so am Verblühen.«

Lissi überlegte, dann huschte ein Lächeln über ihre Lippen.
»Du hast Bekanntschaft mit einer Herkulesstaude gemacht, besser bekannt als Riesen-Bärenklau. Ist zwar für einen Doldenblütler ziemlich spät, aber auf der Höhe kann das schon sein. Wo der wohl herkommt?«

»Wo soll der herkommen? Aus dem Boden? Aus dem Samen?«

Lissi lachte. »Ich sehe schon, ich spreche mit einer komplett Damischen. Würdest du ab und zu mal bei den Landfrauen mitgehen, dann hättest du kürzlich einen interessanten Vortrag hören können: Neophyten und deren Schaden.«

»Neo… wer?«

»Neophyten sind eingeschleppte Pflanzen, die eigentlich von ganz woanders stammen, sich aber ziemlich explosionsartig ausbreiten können. Die Herkulesstaude zum Beispiel war mal im Kaukasus ansässig und wurde in Europa als Zierpflanze angesät. Über Wind, Tiere, Menschen werden die Samen verschleppt – und ruckzuck hast du solche Neophyten überall. Der Hausberg ist zwar ein seltsamer Platz, aber wenn da der Boden Stickstoff enthält und nicht allzu sauer ist, wächst das Zeug wie Hölle.« Lissi klang wie eine Oberlehrerin.

»Und davon kriegt man so einen Ausschlag?«

»Der Riesen-Bärenklau ist ein ganz schön giftiges Kerlchen. Er enthält photosensibilisierende Substanzen, die in Verbindung mit Sonne Symptome wie Verbrennungen hervorrufen. Die giftigen Bestandteile sind in allen Pflanzenteilen enthalten. Giftfrei sind die Stängel erst dann, wenn sie vollständig abgestorben sind.«

»Was du alles weißt!« Irmi war wirklich beeindruckt.

»Tja, meine liebe Nachbarin. Ich bin nicht bloß die dumme Bäuerin hinter den sieben Bergen.« Lissi lachte.

»Das hätte ich dir nie unterstellt!« Irmi wusste, dass Lissi blitzgescheit war. In einer anderen familiären Konstellation hätte sie sicher Abitur gemacht und später studiert. Biologie zum Beispiel. »Und was mach ich jetzt mit meinem Arm?«

»Für den Moment Umschläge mit Obstessig. Warte.«

Wenig später kam sie mit einem Geschirrtuch wieder, das essigsauer roch. »Drumbinden, ab und zu erneuern. Ich geb dir den Essig mit. Außerdem setz ich dir Zinnkraut an. Muss ich aber erst noch kochen und den Sud abkühlen lassen. Hol dir das Zeug heut Abend ab!« Lissi überlegte kurz. »War außer dir noch jemand dabei? Ich mein, das Zeug ist hochaggressiv, da kann es leicht sein, dass deine Begleiter auch so aussehen. Kathi, war die dabei?«

»Nein, die ist krank. Kriegt keinen Ton mehr raus, fast möchte ich sagen: So ein Glück! Andrea war dabei, aber sie ist, soweit ich mich erinnern kann, nicht in der Nähe von diesem Klau-Dingsda gewesen.«

»Also wie gesagt: Die meisten Menschen reagieren auf das Zeug. Alles, was du brauchst, ist nackte Haut und UV-Strahlung. Feuchte oder verschwitzte Haut verstärkt meistens die Wirkung der phototoxischen Stoffe. Merk dir das!«

Plötzlich durchfuhr Irmi ein Gedanke. Die meisten Menschen … Der Gedanke war kühn, vielleicht auch abwegig, womöglich auch ein Resultat ihrer verzweifelten Suche nach Antworten. Aber der Gedanke war gut.

»Lissi, ich muss weg. Ich komm heute Abend wieder. Danke, du bist die Beste. Die Allerbeste. Du geniales Wesen.«

Lissi verzog den Mund und tippte sich an die Stirn. »Ich glaub, du brauchst Urlaub. Und zwar ohne Schrothkur.«

121

Das mochte stimmen. Aber dafür war momentan keine Zeit. Sie musste einige Telefonate führen. Zuerst mit Kathi.

»Madl, wie war das Wetter, als ihr am Montag die Leiche in Augenschein genommen habt?«

»Scheiße. Es hat genieselt. Ganz kurz war mal die Sonne da, aber es war ziemlich nass. Drum bin ich ja nun auch krank!« Sie nieste.

»Hast du irgendeinen Hautausschlag?«

»Was? Ich hab 'ne Erkältung.«

»Und was hast du angehabt?«, fragte Irmi eindringlich.

»Jeans, meine neue Jacke und leider nur meine Leinenturnschuhe. Du hättest mir sicher gesagt, ich soll g'scheite Treter anlegen.«

»Was hatten die anderen an? Die Zeugen? Was hatte Sailer an?«

»Willst du 'ne Beratungsstelle für richtige Bekleidung am Berg aufmachen? Gibt's 'ne neue Polizeivorschrift, oder was?«, blaffte Kathi.

»Beantworte meine Frage: Wer hatte was an?«

»Diese Schwaben waren so top ausgerüstete Bergfexe. Alles in dieser Marke mit der Tatze, du weißt schon.«

»Lange Hosen und Ärmel?«

»Klar, es war ja nicht gerade tropisch warm.«

»Und Sailer?«, fragte Irmi, obgleich sie sich diese Frage hätte schenken können.

»Irmi! Du kennst ihn doch, natürlich kurzärmlig. Der trägt doch erst bei vierzig Grad minus einen Pullover.«

Sailer würde sie sich gleich ansehen, beschloss Irmi.

»Und die Leiche?«

»Du hast sie doch echt nicht mehr alle! Modeberatung an einem Toten?«

»Die Leiche!«

»Kurze Lederhose, Wadlstrümpf, Hemd, Janker. Irmi, hallo, ist da jemand daheim in deinem Schädel?«

»Durchaus, gute Besserung!« Irmi hatte aufgelegt. Sie malte sich aus, wie Kathi sich wohl gerade aufregte über ihre offenbar vollkommen irre Chefin.

Dann zitierte sie Sailer zu sich.

»Sailer, auch wenn Ihnen die Frage komisch vorkommt. Hatten Sie kürzlich mal einen Hautausschlag?«

Sailer starrte sie an. »Ja, scho. San Sie Hellseherin?«

»Nein. Haben Sie den Ausschlag am Arm bekommen, nachdem Sie da oben am Hausberg bei der Leiche waren?«, fragte Irmi weiter.

Sailer war nun wirklich platt. »Sie san ja doch a Hellseherin.«

»Nein, Sailer, das nicht. Zinnkraut hilft übrigens.«

»Des woaß i auch. Den ham mir immer im Haus.«

Na, das gesamte Werdenfels schien hausmitteltechnisch besser informiert zu sein als sie selbst.

»Danke, Sailer, das war's schon!«

Ihr nächster Anruf galt dem Allgäuer Kollegen Anderl Riedele, der ihr Ansinnen zwar seltsam fand, sich aber bereit erklärte, in der Gerichtsmedizin nachzufragen. Und er versprach, sich »nochhert« zu melden. Irmi hoffte, dass »nochhert« bei Riedele bald war, sehr bald.

Dann erreichte sie auf einigen Umwegen den Pathologen, der Xaver Fischer obduziert hatte. Der war über Irmis Frage gar nicht so sehr verwundert. »Ja, das war auffällig. Ich hab das auch in den Bericht geschrieben. Vielleicht haben Sie das überlesen. Annahme einer Photodermatitis induziert durch Xanthotoxin, Psoralen, Bergapten oder Ähnliches. Daran ist er aber nicht gestorben.« Der Mann lachte meckernd wie ein Ziegenbock.

»Nein, sicher nicht, auch wenn einen der Juckreiz schier umbringt«, bemerkte Irmi.

»Hydrocortison oder …« Er meckerte erneut. »Ihr Frauen seid ja so cortisonfeindlich – dann eben Halicar Salbe. Da kommt die Substanz aus der guten Ballonrebe. Frau Mangold, hat mich gefreut. Bis die Tage.«

Klar, vom Zinnkraut wusste er als Schulmediziner natürlich nichts.

Und nun saß sie da. Wie ein Teenie, der auf den Anruf des Typen wartet, der garantiert nicht anruft. Genau genommen hatte sie öfter auf Anrufe gewartet, auch in späteren Jahren. Auf Martins Anrufe sehr häufig.

In dem Moment läutete das Telefon. Es war Riedele. Das war definitiv ein schnelles »nochhert« gewesen.

»Also, der Herr Maurer war recht verbrennt am Arm und an de Fiaß. Kontaktallergie, hot der Mann g'sagt. Aber it gegn den Wickel. Er moint, des war scho vorher do, und die Handschuh hot der ag'hett für an Salbenverband, weil es an de Händ am schlimmschte war.« Er atmete tief durch und fuhr auf Hochdeutsch fort. »Und was sagt uns das jetzt, Frau Kollegin? Sie schienen mir bei Ihrem letzten Anruf auch schon etwas … äh … äh … wa… äh … wirr.«

Nett, dass er ihr statt Wahnsinn doch nur Wirrnis attestierte. Irmi seufzte. Und versuchte möglichst stringent und kühl vom Fall Fischer in Garmisch zu berichten. Sie erzählte, dass Fischer durch eine Insulinspritze gestorben war, wie Maurer auch. Dass sie nun nach einer Verbindung zwischen Maurer und Fischer suchten. Und dass sie nun eher zufällig auch noch nachgewiesen hatte, dass die beiden Herren am Hausberg gewesen waren.

»Bleibt die Frage nach dem Warum«, schloss sie. »Die beiden müssen sich wohl gekannt haben.«

Es blieb kurz still am andern Ende. Anderl Riedele räusperte sich und meinte: »Außerdem frage ich mich, ob Herr Maurer und Herr Fischer einen gemeinsamen Feind gehabt haben, der beide mit einer sauberen Insulinspritze aus dem Weg geräumt hat? Das bietet sich ja an.« Er schnaufte wie ein Walross und sagte dann fast triumphierend: »Da machen Sie mir jetzt eine große Freude, Frau Mangold. Denn Sie finden den Mörder, und wir sind fein raus.«

Zweierlei irritierte Irmi. Das »Sie« und das »wir«. Mit diesem »wir« hatte sie erst kürzlich sehr schlechte Erfahrungen gemacht, als »wir« einer Schrothkur zugestimmt hatten. Bevor sie reagieren konnte, fuhr der Allgäuer fort: »Frau Mangold, für mich ändern Ihre Erkenntnisse eine Menge. Ich habe meinen schon fünfmal verschobenen Urlaub erneut verschoben wegen Ihrem Ex. War mir schon deshalb unsympathisch, der Kerl. Aber jetzt gehe ich in die Ferien! Zwei Tote aus Garmisch, der eine lag ja nur zufällig bei uns im Wickel rum. Das ist Ihr Fall, das ist Ihre Region. Das sind Ihre Leichen. Ich informiere meine Dienststelle und die Staatsanwaltschaft. Das liegt jetzt in Ihrer Zuständigkeit, Frau Mangold.«

»Was, Sie können doch nicht …« Irmi war selten sprachlos, nun aber schon.

»Natürlich kann ich. Ich kann auch noch einen Amtshilfeantrag stellen. Und natürlich lass ich Ihnen unsere Ermittlungsakte zukommen, da unterstütz ich Sie doch gern.«

Na, das war ja mal ein pfiffiges Kerlchen. Schwerer Körper, reger Geist. Und ein Faultier war er wohl auch, der Herr Kollege Riedele. Der konnte das doch nicht einfach auf sie abwälzen!

»Es ist aber noch lange nicht erwiesen, dass ein Zusammenhang besteht. So lange sind Sie in jedem Fall gefragt!«, rief Irmi.

125

»Natürlich besteht ein Zusammenhang, lesen Sie mal meine Akten. Ich könnte mir vorstellen, dass Sie da einiges Erhellende finden. Im Zusammenhang mit Ihrem Herrn Fischer bekommt das alles eine andere Bedeutung. Mich erreichen Sie wieder in akkurat drei Wochen, meine Leute sind natürlich für alle Fragen Ihrerseits offen.«

Es klackte. Der hatte echt aufgelegt. Das durfte doch nicht wahr sein! Sie konnte jetzt natürlich Wallung machen, aber was half das? Ein Kollege, der nicht mit ihr zusammenarbeiten wollte, würde auf Zwang sicher nicht kooperativ reagieren.

Irmi sank in ihren neuen Bürostuhl. Die Rückenlehne reagierte mit einem Wippen. Es war nämlich eines dieser ergonomisch wertvollen Teile. Rückenschmerzen hatte sie dennoch. Gerade jetzt. Das war sicher psychosomatisch. Irmi versuchte sich zu konzentrieren.

Die beiden Männer waren also oben am Hausberg gewesen. Xaver Fischer war am Freitag ermordet, aber erst am Montag in der Früh gefunden worden. Martin Maurer lag einen Tag später tot in Oberstaufen. Er musste also nach dem Mord an Fischer nach Oberstaufen gefahren sein, wo er wohl schon seit Längerem eine Ferienwohnung gemietet hatte. War er auf der Flucht vor Fischers Mörder gewesen? Und wenn: Wäre es sinnvoll gewesen, nach Oberstaufen zu flüchten? Vielleicht ja, wahrscheinlich hätte der Mörder ihn eher in Frankfurt gesucht. Hatte der Mörder überhaupt beide Männer im Visier gehabt? Und warum hatten sich Fischer und Maurer da oben getroffen?

Das war alles so undurchsichtig. Und wenn sie mal annahm, dass jemand an zwei aufeinanderfolgenden Tagen zwei Männer ermordet hatte, was ja nahelag bei den Insulinspritzen, dann war die Art und Weise aber immer noch sehr verwirrend. Bei Fischer dieser inszenierte, fast kultische Platz.

Während Maurer ganz und gar unkultisch in einem Schroth-kurwickel gelegen hatte. Sie konnte sich beim besten Willen nicht vorstellen, welche Botschaft ausgerechnet in einem Schrothkurwickel stecken sollte.

Aber jetzt musste sie erst mal zu Hans Fischer. Irmi wusste, dass Andrea darauf brannte, mitzukommen, aber ihr war gar nicht nach Gesellschaft. Sie kannte auch die Vorschriften, dass man zu zweit aufzukreuzen habe, sie hörte den Chef und den Staatsanwalt meckern. Aber sie konnte einfach nicht. Konnte im Moment niemanden ertragen – und beauftragte Andrea, die Wege des Hüttenwirts Franz Utschneider zu recherchieren.

Andrea war enttäuscht. Es tat Irmi fast schon wieder leid, aber nein, ab und zu musste sie mal auf sich selbst hören, das hatte sie schwer genug gelernt. Und so recht gelang es ihr bis heute nicht. Manchmal beherrschte sie die Kunst des Nein-sagens ganz gut, manchmal standen ihr aber doch vermeint-liche Verpflichtungen und Höflichkeiten im Weg.

10

Hans Fischers Hof in Burgrain war ein stattliches und sehr gepflegtes Anwesen. Die Autos mit den nordischen Kennzeichen legten die Vermutung nahe, dass Fischer auch Ferienwohnungen vermietete. Auf einer Obstbaumwiese vor dem Haus standen die Rinder, die Irmis Interesse ganz besonders weckten. Irgendwer hatte wohl die Kühe zu heiß gewaschen, diese Tiere waren tatsächlich kaum höher als einen Meter.

Der Mann, der aus dem Haus trat, war wie angekündigt grün gewandet, besagten Hut hatte er auch auf. Irmi verdrückte ein Grinsen. Fischer wurde von zwei Hunden begleitet: einem Weimaraner und einem Dackel, wobei sich Letzterer gleich auf Irmi stürzte und sie ankläffte.

»Hektor!«, brüllte Fischer, woraufhin der Dackel augenblicklich retour schoss.

Hans Fischer war mittelgroß, schlank und sah Irmi prüfend durch eine runde Brille an. Irgendetwas irritierte Irmi, bis ihr klar wurde, dass er zwei unterschiedliche Augen hatte. Ein braunes und ein grünliches.

»Mangold mein Name. Herr Fischer? Wie haben telefoniert.«

»Guten Tag, Frau Mangold. Und, gefallen Ihnen meine laufenden Meter?«, fragte er und zeigte auf die Kühe. Seine Stimme war kräftig, sein ganzes Auftreten war das eines Mannes, der wusste, was er wollte.

»Dexter?«

Das brachte ihn nun doch etwas aus dem Konzept. Eine Kommissarin, die Minikühe kannte.

»Sind Sie vom Fach?«

128

»Wir haben eine kleine Landwirtschaft in Schwaigen. Mein Bruder ist auch an neuen Ideen und Konzepten interessiert.«

»Name?«

»Was Name?«

»Der Name vom Bruder. Den Mann muss ich mal anrufen!«

»Bernhard, auch Mangold.«

»Gleicher Name? Haben Sie sich nicht verehelicht?«

Na, der hatte ja Nerven. Preschte voran, überrannte alle mit seiner Energie.

»Nein«, erwiderte sie knapp. Und schon wieder diese Übelkeitswelle. Sie hatte sich sehr wohl verehelicht, allerdings mit bescheidenem Erfolg. Aber das ging Fischer nichts an.

»G'scheit, Frau Mangold. Ganz g'scheit. Das hab ich mir auch gespart.« Er wies auf die Zwergrinder. »Hab ich mehr Zeit für die Natur. Diese Viecher kommen übrigens aus der Uckermark. Die Kühe werden um die ein Meter fünf, Bullen erreichen schon mal ein Meter fünfzehn. Der Rote ist der Bulle. Schönes Tier.«

»Zweifellos. Wie sind Sie denn auf diese Tiere gekommen?«, wollte Irmi wissen.

»Die Fleischqualität ist gewaltig. Dass die nur halb so viel Milch geben wie normal große Kühe ist für mich uninteressant. Außerdem produzieren sie zehnmal weniger Methan als die Großen. Mein Beitrag zur Reduzierung des Treibhauseffekts.« Er lachte. Der Mann war wirklich ein Unikum.

»Wenn das Uckermärker sind, wie kommen die denn im Gebirge zurecht?«

»Die Dexter-Rinder stammen ja ganz ursprünglich aus Irland. Hügel hat's da auch, sind sehr trittsicher, die Kleinen. Ich hatte sie sogar auf der Alm.«

»Das habe ich gehört, und dass Sie da anderer Meinung sind als Ihr Bruder.« Irmi sah ihm in diese seltsamen Augen.

»Dieser Choleriker und Reaktionär!«

Irmi runzelte die Stirn. Den trauernden Bruder gab er nicht gerade.

»Falls Sie mich nun in tiefer Verzweiflung sehen wollen, tut es mir leid. Mein Bruder war zeitlebens ein Stänkerer, ein Stinkstiefel. Wundert mich, dass ihn die Maria damals genommen hat. War eine liebe Frau. Schön war sie auch, riesengroß mit langen Haaren. Begütert. Und heiratet so einen Wicht. Und muss dann total verkrebst sterben. Das war die negative Energie vom Xaver, das sag ich Ihnen.«

Irmi schluckte. Der nahm kein Blatt vor den Mund. Und sie hatte dreierlei erfahren: Hans Fischer hatte seinen Bruder gehasst. Wahrscheinlich hätte er lieber die schöne Maria erobert, die aus für ihn unerfindlichen Gründen den kleinen Bruder genommen hatte. Und sie wusste endlich, warum Brischitt so ein großes Mädchen geworden war. Da war die Linie der Mutter durchgeschlagen.

Noch immer lehnten sie am Zaun. Zwei der Minis waren nähergetreten. Die waren wirklich süß. Irmi streichelte den Kopf einer schwarzen Kuh und sagte: »Herr Fischer, Sie und Ihr Bruder hatten sehr unterschiedliche Ansichten. Auch wegen der Wiederaufforstung von Almhängen. Ich kenne die Argumente, was den Erosionsschutz und die Bergblumenwiesen betrifft, aber Sie sehen den Berg ja eher jagdlich, oder?«

»Keine jagdfeindlichen Äußerungen, Frau Mangold! Die Volksseele, die uns für Tiermörder hält, ist mir zu laut. Ich erwarte von der Polizei, dass sie objektiv ist. Und Sie werden es kaum glauben, ich schätze die Bergblumenwiesen sehr. Als Äsung.«

Er fühlte sich schnell auf den Schlips getreten. Irmi hatte ihre Worte eigentlich ziemlich neutral formuliert, und doch war er sofort hochgegangen. Es war ja mehr als augenscheinlich, dass Hans Fischer beim Bruder genau das bemängelte, was sein eigenes Problem war: die Hitzköpfigkeit. Irmi ging erst gar nicht darauf ein.

»Ich verstehe Sie also richtig: Als Jäger befürworten Sie die Almen? Das verstehe ich nicht so ganz. Wäre eine aufgelassene Alm nicht eigentlich netter für die Rehe? Da könnten sie sich doch ganz ungestört tummeln?«

»Das meint man nur, Frau Mangold. Durch die fehlende landwirtschaftliche Nutzung auf den Almflächen wird zwar vorübergehend der Lebensraum für das Wild vergrößert, aber die Attraktivität der Nahrung nimmt ab. Es wächst eine stufenlose, stängelreiche, blattarme Äsung. Das schmeckt dem Wild nicht mehr und es wechselt – besonders das Rotwild – langsam, aber sicher ab. Logischerweise kommt es dann zu einer Übernutzung besserer Äsungsflächen, zu einem überhöhten Wildbestand, das wiederum zu schlechteren Wildbretgewichten führt. Ist ja klar!«

Er sah sie an wie ein Schullehrer ein dummes Kind, das wieder mal nichts verstand, dann fuhr er fort: »Es ist mühsam, eine Alm zu reaktivieren. Da wächst ja nichts G'scheites mehr. Ich war bei einem Feldversuch in Österreich dabei, wo man spezielle Grasmischungen angesät hatte. Alpenrotschwingel, Alpenrispengras, Weißklee, Drahtschmiele, Rotstraußgras, Hornklee, Schafgarbe und noch ein paar andere. In Österreich wurde dann Vieh aufgetrieben, und nach drei Jahren hatte sich alles normalisiert. Die Alm war rekultiviert, auch weil Vieh die Zwergsträucher verbeißt und die Grasfläche sich so nicht verkleinert. Und schon war auch ein zufriedenstellender Wildbestand wiederhergestellt.«

Ihm ging es um das Wildbretgewicht und den Bestand. Irmi war viel zu wenig in der Materie, um zu argumentieren. Ihr ging es schließlich in erster Linie um den toten Bruder.

»Und genau das hat Ihr Bruder geleugnet?«

»Ja, der hat sich mit ein paar anderen Deppen – egal ob Privatwald oder Staatsforst – zusammengerottet, die sich für lächerliche Aufforstungsflächen stark gemacht haben.«

»Könnte Ihnen das nicht egal sein?«

Er starrte sie böse an. »Nein, wir haben einigen Grund, der sich in unser beider Besitz befindet, und dann ist mir das nicht egal.«

Das war natürlich eine interessante Wendung. Zwei cholerische Streithansel, da kochten die Töpfe gerne mal über.

»Wann haben Sie Ihren Bruder denn zum letzten Mal gesehen?«

»Am Freitag.«

Irmi riss die Augen auf.

»Am Freitag? Wo?«

»In einem unserer Waldstücke. Er wollte mir irgendwelchen Wildverbiss zeigen, der Trottel.«

Irmi bebte innerlich. »Sie waren am Hausberg?«

»Ja, sicher.«

Sicher? Der hatte Nerven! Er war entweder so unschuldig wie seine Liliputrinder oder aber absolut unverfroren.

»Herr Fischer, Ihr Bruder ist am Hausberg am Speichersee getötet worden. Das wissen Sie?«

»Brischitt hat so was erwähnt.«

»Dann hat sie auch erzählt, dass Ihr Bruder durch eine Insulininjektion gestorben ist?«

»Ja, er war aber nicht zuckerkrank, ich übrigens auch nicht. Keiner in unserer Familie. Wir werden uralt. Die Mutter ist mit fünfundneunzig gestorben, der Vater mit vierundneunzig.

Man muss auf die Ernährung achten.« Er sah Irmi strafend an.

Nein, sie achtete nicht auf ihre Ernährung. Und der Schrothversuch war ja auch jählings gescheitert. Von den guten Vorsätzen war nichts mehr übrig. Vorher hatte sie sich wieder mal eine Käsesemmel eingeschoben. Böses weißes Mehl und Fett.

»Herr Fischer, Ihnen ist schon klar, dass Sie wahrscheinlich der Letzte sind, der Ihren Bruder lebend gesehen hat.« Sie verzichtete dabei lieber auf den Nachsatz: Und der ein Mordmotiv und eine günstige Gelegenheit gehabt hätte.

»Nein, ganz sicher nicht.«

Wieder einmal gelang es ihm, Irmi zu verblüffen.

»Mein Bruder hatte ein Treffen am Berg. Er tat sehr geheimnisvoll. Er war verabredet, drum fand er es auch rationell, erst mich zu beschimpfen und dann zu seinem Meeting zu gehen.«

»Er ist also mit Ihnen mitgefahren?« Irmi fand das immer verwirrender.

»Ja, mein Bruder war ein Pfennigfuchser. Mein Fahrdienst hat ihm schon wieder etwas Benzin gespart.«

»Das heißt, Sie haben ihn einfach am Berg stehen lassen?«, fragte Irmi.

»Jetzt hören Sie mal. Er war doch kein Kleinkind, das ausgesetzt wurde!«

Hans Fischer wich keinen Zentimeter. An dem würde sie sich die Zähne ausbeißen. Irmi beobachtete ihn sehr genau.

»Und wie kam er zu Ihnen?«

»Er hatte sein Auto geparkt, ich musste ihn mitnehmen.«

»Wo?«

»Er parkt immer beim Gastroservice Maus. Da gibt es eine Art Parkplatz. Der kostet nichts.«

»Dann steht sein Auto also immer noch dort?«

»Ich hab es jedenfalls nicht geholt. GAP-FF 200, ein Suzuki Jimny.«

»Und Sie haben wirklich keine Ahnung, mit wem er sich treffen wollte?«

»Nein, er hat bloß gesagt: ›Ist zwar 'ne Scheißidee, aber wenn's schee macht.‹ Keine Ahnung, was er damit gemeint hat.«

»Und dann haben Sie ihn nicht mehr gesehen?«

»Drück ich mich so unverständlich aus, Frau Mangold? Er hatte einen Termin, und ich bin ins Tal gefahren. Er hat sich in Richtung Bahn aufgemacht, wo die Hütten stehen.«

»Er mochte die Franzhütte nicht«, sagte Irmi eindringlich.

»Nein, weil er mit seinen dämlichen Skiclubbrüdern beschlossen hat, dass die Berge rund um Garmisch generell dem Skiclub gehören. Sie dulden keine anderen Götter neben sich. Das ist lächerlich.«

»Und Sie haben nichts gegen diese Hütte? Sind Sie im Skiclub?«

»Bitte? Im Skiclub? Ich bin Jäger, kein Hobbyist, der sich alberne Latten unter die Füße schnallt.«

Da konnte ihm Irmi in gewisser Weise zustimmen. Sie war zwar keine Jägerin, aber rutschige Bretter waren auch nicht ihre Welt. Ihrer Meinung nach war der Mensch nicht zum Skifahren geschaffen. Mühsam hatte er den aufrechten Gang gelernt, da hatte die Evolution sicher nicht vorgesehen, solch halsbrecherische Aktionen durchzuführen.

»Und die Franzhütte von diesem Utschneider?«, insistierte sie.

»Marktwirtschaft. Der Beste gewinnt. Wer verdient, hat recht. Was interessiert mich diese Hütte?«

»Herr Fischer, eine letzte Frage: Warum hat Ihr Bruder

eigentlich als Lifterer gearbeitet? Ich meine, finanziell sind Sie doch alle aus dem Schneider.«

Nun sah er sie fast mitleidig an. »Dem Staat schenkt man nichts, und eine Sozialversicherung schadet nie. Außerdem war er da seinen Skiclubspezln nahe und konnte gegen die Hütte stänkern.« Er machte eine kurze Pause. »Wann können wir denn nun die Beerdigung arrangieren? Meine Schwester kommt extra aus Kanada. Die hat ja nicht ewig Zeit.«

»Ich gebe Ihnen Bescheid. Danke, Herr Fischer.«

Irmi reichte ihm zum Abschied die Hand. Er drückte zu wie ein Schraubstock.

Auf dem Rückweg ließ sie das Gespräch noch einmal Revue passieren. Hans Fischer strich sicher alles an Landwirtschaftssubventionen ein, was es gab. Nur dem Staat nichts schenken! Er war schlau und strotzte vor Selbstvertrauen. Den konnte man nur schlecht ins Bockshorn jagen.

Wenn er nicht gelogen hatte, dann war seine Aussage ein weiterer Beweis dafür, dass Xaver Fischer und Martin Maurer sich getroffen hatten. Aber warum? Und wer war ihr Mörder? Was, wenn der Bruder Hans erst Xaver und dann Maurer um die Ecke gebracht hatte? Es wäre natürlich ein äußerst geschickter Schachzug von ihm, seine Anwesenheit am Hausberg zuzugeben. Denn früher oder später hätten sie das ja ohnehin herausgefunden. Wenn sie Hans Fischer nachweisen konnte, dass er sich Insulin beschafft hatte, dann hatte sie ihn. War das ihr Mörder?

Irmi war nicht nach Büro. Sie fuhr ziellos durch die Gegend und parkte schließlich am Rathausplatz, ging die Bahnhofstraße hinauf und setzte sich vors Café Bellini. Es war warm in der Sonne. Sie bestellte sich einen Latte macchiato und versuchte sich zu konzentrieren.

Ein inszenierter Mord und einer in ziemlicher Eile: Womöglich war Maurer unfreiwillig Zeuge des Brudermords geworden und hatte sich dann aus dem Staub gemacht. Diese Theorie passte zwar etwas besser, erklärte aber immer noch nicht, warum die beiden Männer am Berg gewesen waren. Sie hoffte, dass der Allgäuer ihr die Akte hatte zukommen lassen.

Eigentlich hatte sie gar nichts mehr mit Martin zu tun haben wollen. Wie oft hatte sie sich geschworen, nie wieder Kontakt mit ihrem Exmann aufzunehmen? Jetzt verfolgte er sie über seinen eigenen Tod hinaus …

Auf die Phase ihrer Spionagefahrten folgte eine Phase des ungläubigen Zusehen-Müssens, dass Martin alles, was er vorher verabscheut hatte, augenscheinlich nun lebenswert fand. Er hatte über dumme kleingeistige Mädchen gelästert: Sabine war dumm. Er hatte Kinder gehasst: Nun hatte er eins. Er hatte immer in einem Penthouse über der Stadt leben wollen: Nun saß er in einem Kleinhäusleranwesen mit Spießergarten. Sie hatte gehadert und ein paar Mal versucht, mit ihm zu reden. Er hatte jede Kommunikation mit ihr abgeblockt.

Sie hatte sich erniedrigt und ihn angefleht zurückzukommen. Sie wollte ihr Leben für ihn ändern, wäre sogar zur Polizei nach München gegangen, wenn er dort eine Bankstelle gefunden hätte. Wäre ins Penthouse gezogen, das sie sich in München natürlich nie hätten leisten können. Sie hätte ihre Kühe im Stich gelassen, den ersten Kater, den es damals gegeben hatte. Der aktuelle Kater namens Kater war schon Nummer drei. Sie hätte Wally zurückgelassen, die damals ein Welpe gewesen war. Martin hatte auch Hunde gehasst, »stinkende dumme und devote Fellbündel, die schlechten Atem haben und noch mehr stinken, wenn sie nasseln«, hatte er gesagt. Aber Tiere hatten sie immer begleitet, leise, verständnisvoll, ohne auf ihre Augenringe zu achten – oder auf die Hüftringe, die mal größer waren, mal kleiner. In der Phase der Auflösung hatte sie keine Schrothkur gebraucht. Sie hatte fast zwanzig Kilo abgenommen, einfach so – nur durch das Leben.

Sie war am Boden gewesen, vor allem deshalb, weil sie so gerne begriffen hätte, was eigentlich passiert war. Warum Martin mit Sabine fremdgegangen war. Warum er sie, ohne mit der Wimper zu zucken, eingetauscht hatte gegen das Sabinchen. Gut, Sabine war schwanger gewesen, Irmi hätte sogar das am Ende toleriert. Dann hätte ihr Mann eben ein Kind gehabt, das er ab und zu besucht hätte. So weit wäre sie gegangen.

Lissi hatte ihr ins Gewissen geredet, dass das nie funktionieren würde. Sie war auch eine der ganz wenigen gewesen, die ihn von Anfang an nicht gemocht hatten. »Der ist falsch, auf seinen Vorteil bedacht. Er hat schlechte Augen.« Und damit hatte Lissi nicht sein leichtes Schielen gemeint. Bernhard hatte ihn eigentlich ganz gut gefunden, Martin hatte sich bei Bernhard immer im Sinne einer Männerfreundschaft angebiedert. Wollte mithelfen, obwohl er nicht mal einen Nagel gerade in die Wand hatte schlagen können. Für das Handwerkliche war immer Irmi zuständig gewesen oder Irmis Familie. Aber auch das hatte sie als charmante Eigenschaft abgetan – Gott, nicht in jedem steckte ein Universalhandwerker. Dafür war Martin charmant, konnte gut reden, fand sich in ganz unterschiedlichen gesellschaftlichen Kreisen zurecht. Und weil Irmis Onkel eben auch bei der Bank war, gab man dem aufstrebenden Familienmitglied den einen oder anderen Schubs nach oben. Irgendwann war wohl der Zeitpunkt gekommen, wo die Mangoldschen Mohren ihre Schuldigkeit getan hatten. Er hatte wieder einmal alle Freundschaftsfäden von der Vergangenheit ins Jetzt gekappt. Ohne Vergangenheit war man auch weniger angreifbar. Er war mit Sabine nach Murnau gegangen und hatte völlig neue Bekannte auserkoren.

Und so wie es aussah, hatte er wieder einmal sein Vorleben in die Tonne getreten. Diesmal war Sabine die Leidtragende. Damals war sie es gewesen.

Irmis Mutter hatte sich mit Kommentaren zurückgehalten. Sie hatte auch gar nichts sagen müssen. Irmi hatte sich eine Zweitausgabe ihres Vaters ausgesucht. Nur einmal war ihre Mutter sehr deutlich geworden. Es war um ein klassisches Muster bei Trennungen gegangen: Nie hatte jemand für Irmi Position bezogen. Im Freundes- und Familienkreis hatte man sich allenthalben auf den Standardspruch verlegt: »Mei, bei Eheproblemen gehören immer zwei dazu.« Irmi hatte jedes Mal das Gefühl gehabt, als risse man ihr Herz heraus. Er hatte sie betrogen, er hatte eine andere geschwängert. Sie war die Getretene, die am Boden lag. Und jedes Mal wenn sie den Kopf aus ihrer Schlammsuhle hob, kam einer und drückte ihr mit diesem Satz das Gesicht wieder in den Schmutz. »Warum sollte jemand für dich Position beziehen? Das wäre ja mutig. Und unbequem«, hatte ihre Mutter gesagt. »Mut fehlt in dieser Welt. Du bist immer allein. Das ist das Einzige, was du lernen musst.«

Irmi hatte das bis heute nicht gelernt, vielleicht weil ihr der Gerechtigkeitssinn immer noch im Wege stand. Noch immer war sie nicht zynisch genug. Sie hatte nie ganz mit ihm abschließen können. Schließlich hatte sie sich zurückgezogen. Alle Plätze gemieden, wo sie ihn hätte treffen können. Sie hatte Gastritis als Dauerzustand in ihr Leben gelassen und sich doch immer zusammengerissen. Keinen Nervenzusammenbruch bekommen. Es hätte genug Gründe gegeben, aber Irmi hatte gelernt, dass man funktionieren muss.

Irgendwann erhielt sie nächtliche Terroranrufe, wurde mit verstellter Stimme beschimpft. Dass es Sabine und deren Schwester waren, wusste sie genau. Als Polizistin war ihr bewusst, dass nur handfeste Beweise zählen. Die Terroranrufe stoppten erst, als sie eine Fangschaltung androhte.

Dann verlor ihr Auto gerne mal die Luft. Aber erst als Karosserienägel in die Reifen von Bernhards Jeep geschlagen worden waren, reagierte ihr Bruder. Bis dahin war auch er der Meinung gewesen, dass seine Schwester halt eine verlassene hysterische Exfrau war.

Ein letztes Mal hatte Irmi es mit Reden versucht. Martin hatte sie nur angeschrien, wie sie eigentlich auf die Idee komme, dass er etwas mit den Anrufen und den Autoreifen zu tun hätte. Irmi war weder Amok gelaufen, noch hatte sie getobt. Auch weil sie so müde gewesen war. Was sie am meisten erschütterte, war die Tatsache, dass sie sich an nichts mehr erinnerte, was in ihrer Beziehung schön gewesen war. Irmi hatte vor Martin nicht allzu viele Beziehungen gehabt, ein paar aber schon, und jedem dieser Exfreunde war sie immer freundlich verbunden geblieben. Hatte auch hinterher gewusst, dass das ein liebenswerter Mensch gewesen war, sie und er lediglich als Paar eine Fehlbesetzung. Bei Martin war da nichts mehr. Und das war der Mann gewesen, dem sie vor Gottes Angesicht das Jawort gegeben hatte.

Durch die Erfahrung mit Martin hatte Irmi ihr Vertrauen in die eigenen Emotionen verloren. Auch ihrer Menschenkenntnis traute sie nicht mehr, höchstens im beruflichen Kontext. Und das Glück hatte sie verlassen, sie konnte sich nicht erinnern, wann sie zum letzten Mal wirklich glücklich gewesen war. Martin hatte etwas zerstört, das unwiederbringlich war.

Und nun musste sie im Mordfall Martin Maurer ermitteln, was sie völlig aus dem Gleichgewicht brachte. Denn bis heute war er ihr nicht gleichgültig geworden. Wenn das Gegenteil von Liebe Gleichgültigkeit war, hatte sie diese Stufe der Weisheit immer noch nicht erreicht.

Inzwischen hatte sie ihren Kaffee ausgetrunken. Jetzt musste sie dringend ins Büro. Andrea war gerade auf dem Weg zum Gastroservice Maus, denn dort war Franz Utschneider laut seiner Liste am fraglichen Tag gewesen. Angeblich hatte er gleich zweimal nacheinander Ware begutachtet und geordert. Wenn das stimmte, war es höchst unwahrscheinlich, dass er dazwischen am Hausberg Xaver Fischer ermordet hatte. Der Zeitrahmen wäre zu knapp gewesen.

»Andrea, Sailer, könntet ihr, wenn ihr bei Maus seid, auch nach dem Auto von Xaver Fischer schauen? Das müsste noch dort stehen. Bitte sicherstellen und den Hasen informieren, vielleicht finden wir etwas in seinem Auto, das uns weiterhilft.« Irmi diktierte Andrea das Autokennzeichen.

Sailer starrte sie an. »Sie san eben doch Hellseherin, Frau Irmgard! Woher wissen Sie des scho wieder?«

»Wer viel fragt, bekommt viele Antworten. Sein Bruder hat ihn dort abgeholt. Das Auto müsste noch da stehen.«

So ganz schien Sailer das offenbar nicht begriffen zu haben. Dafür erkundigte sich Andrea: »War das Gespräch denn hilfreich?«

»In jedem Fall. Wir machen gegen drei eine Besprechung. Ich möchte vorher die Akte aus dem Allgäu lesen. Ist die schon da?«

Andrea nickte. »Auf deinem Schreibtisch. Ach ja: Kathi hat angerufen. Sie kommt gegen halb zwei rein. Am Telefon hat sie behauptet, sie sei keimfrei.«

Irmi verzog den Mund. »Na dann, bis später.«

Mit Kaffee und einer zweiten Käsesemmel bewaffnet, zog sich Irmi ins Büro zurück. Stellte das Telefon auf die Zentrale um und schloss die Tür.

Die Akte war nicht übermäßig umfangreich, und doch kamen ihr schon die wenigen Seiten wie ein unüberwindbarer

Berg vor. Sie fühlte sich wie ein Eindringling, wie jemand, der durchs Schlüsselloch einer Tür sah, hinter der Martins Leben lag. Der Bericht der Pathologie ließ als Schlussfolgerung Mord oder Selbsttötung zu. Es gab eine Reihe von Aussagen, die ein wenig mehr Licht in die letzten Tage des Martin Maurer brachten. Er hatte sich vor nunmehr drei Wochen die Ferienwohnung gemietet, die einer Cousine von der Besitzerin des Schrothgasthofs gehörte, wo auch Irmi und Lissi untergekommen waren. Er hatte offenbar freimütig erzählt, dass er in Gewerbeimmobilien mache und für einige Investoren auf der Suche nach geeigneten Objekten sei. Oberstaufen hatte er als Basis ausgewählt, weil er auch drüben in Vorarlberg tätig war und die ständigen Anreisen aus Frankfurt einfach zu mühsam gewesen wären.

Der Kollege hatte auch herausgefunden, dass Martin Maurer getrennt lebte, dass seine Tochter verstorben war und dass er nun in Frankfurt ansässig war. Wie neutral das in schriftlicher Form auf dem Papier daherkam, dachte Irmi. Wie kühl!

Martin Maurer hatte offen gelassen, wie lange er bleiben wollte – je nach Verlauf der Geschäfte, hatte er gesagt. In Oberstaufen war es tatsächlich um das alte Hotel gegangen, der potenzielle Käufer war aber gar kein Russe, sondern ein Firmenboss aus Tschechien, der ein Ferienheim für seine Mitarbeiter einrichten wollte. Zu diesem Zweck hatte Martin drei Objekte im Visier gehabt: eines in Oberstaufen, eines in Mellau im Bregenzerwald und eines in Sulzberg gleich hinter Oberstaufen auf der österreichischen Seite. Aus einem Tschechen hatte das Dorfgetratsche einen Russen gemacht, aus einem Ferienheim einen Cube. Irmi musste kurz lächeln, weil der Kollege am Rande notiert hatte »Huretsgschwätz!«

Der Allgäuer Kollege Riedele hatte auch mit dem Investor

telefoniert, der zum einen mehr zu Mellau tendiert hatte, weil ihm da die Skimöglichkeiten besser gefallen hatten, und der zum anderen am fraglichen Tag sicher verbürgt in Prag gewesen war.

Anderl Riedele hatte keinerlei Mordmotive finden können, Martin Maurer sei unauffällig und freundlich gewesen, so die Angestellten des Gasthofs. Nach deren Aussage war er auch mal einen oder zwei Tage ausgeblieben, und der Kollege wusste auch, warum: Martin Maurer hatte für einen anderen Investor außerdem ein Objekt in Garmisch ins Visier genommen. Worum es sich dabei handelte, war nicht klar, der Kollege hatte aber fein säuberlich Martins Webadresse und die Durchwahl seiner Assistentin notiert. Die Nummer entsprach der, die Irmi von der Nachbarin erhalten hatte.

Irmi gab die Webadresse ein. Von der Homepage lachte Martin sie an. Er trug einen Businessanzug, ein rosafarbenes Hemd und eine Krawatte in Rosé mit dünnen Streifen. Er sah gut aus, das Bild hatte ein Profi gemacht, der sein Handwerk verstand. Er hatte einen Mann Ende vierzig in Szene gesetzt, der vertrauenswürdig aussehen musste und souverän. Denn wenn man einem Immobilienmakler fast vier Prozent in den Rachen warf, sollte man eine Gegenleistung erwarten können. Sie öffnete die beeindruckende Referenzliste. Martin hatte sich anscheinend auf Hotels spezialisiert, und das europaweit. Was hatte er wohl in Garmisch zu tun gehabt? Wurde da ein Hotel veräußert?

Irmi wählte die Nummer seines Büros, und eine junge Frau meldete sich. »Maurer Immoservice, Anastasia Römer am Apparat. Was kann ich für Sie tun?«

Anastasia, na, das fehlte gerade noch! Irmi erklärte ihr, wer sie war und dass sie in dem Fall weiterermitteln würde, weil sich neue Hinweise ergeben hätten. Fräulein oder Frau Anastasia war zunächst gar nicht kooperativ, erst als Irmi ihr androhte, dann eben die Kollegen in Frankfurt in Gang zu setzen, wurde sie etwas gesprächiger. Und weinerlicher. Damit hatte Irmi den Schlüssel zum erfolgreichen Gespräch mit ihr gefunden: sie zu bemitleiden.

»Und jetzt haben Sie das alles am Hals, Sie Arme!«

»Ja, was glauben Sie! Ich sitze hier im Büro, und mein Chef ist tot. Niemand kann mir sagen, ob jemand die Firma erbt, ob jemand weitermacht, was eigentlich passieren soll. Wir haben einige Objekte kurz vor dem Abschluss, da gibt es teilweise schon Notartermine. Ich mache jetzt eben weiter.«

Sie klang wirklich verzweifelt. Und als Irmi sagte: »Ich finde das aber sehr gut, dass Sie die Leute nicht hängen lassen«, meinte sie das auch so.

»Ist denn die Gattin von Herrn Maurer auf Sie zugekommen?«, erkundigte sie sich dann. Sabine, die Frau Gattin. Wie das klang!

»Sie befindet sich in einer … äh … psychiatrischen Anstalt. Das habe ich aber auch jetzt erst erfahren.« Die junge Frau am anderen Ende stöhnte.

»Oje! Hat Herr Maurer denn nie etwas über sein Familienleben durchblicken lassen?« Irmi fühlte sich grauenvoll.

»Nein, gar nichts. Das war ein Tabuthema. Da hat er sofort abgewiegelt. Ich hatte lediglich ein paar Mal mit einer Dame Kontakt, die sein Haus in Murnau pflegt. Vorher wusste ich nicht mal, dass er ursprünglich aus Bayern stammte. Er hatte gar keinen Dialekt.«

Den hatte er früher schon nicht gehabt. Und er hatte es kultiviert, hochdeutsch zu sprechen.

»Die Nachbarin hat mich auch in Kenntnis darüber gesetzt, wo Frau Maurer sich befindet und dass sie depressiv und selbstmordgefährdet ist«, meinte Anastasia Römer seufzend.

»Die Ärzte in der Klinik konnten mir aus Datenschutzgründen natürlich gar nichts sagen.«

Irmi überlegte kurz, dann sagte sie: »Frau Römer, der Kollege hat Sie ja sicher bereits informiert, dass Herrn Maurers Todesumstände etwas undurchsichtig sind. Dass man von Mord oder Suizid ausgehen könnte. Hatten Sie den Eindruck, dass ihr Chef selbstmordgefährdet war?«

»Sie können in die Leute nicht hineinsehen, sagt mein Mann immer. Herr Maurer war eher unverbindlich und wahnsinnig viel unterwegs. Ich war seine Schnittstelle in Frankfurt. So gut kannte ich ihn nicht, das Büro existiert ja erst ein knappes Jahr. Es ist so tragisch, dabei war doch alles so gut angelaufen.«

Eigentlich hatte Anastasia einen ziemlich guten Job gehabt, mit einem Chef, der nie da war. Sie konnte schalten und walten, wie sie wollte. Und sie hatte offensichtlich einen Mann, was immerhin ausschloss, dass sie mit Martin zusammen war. Gut, eventuell eine Affäre, aber Irmi hatte im Gefühl, dass Martin sich darauf nicht eingelassen hätte. Man vögelte nicht mit Domestiken, hätte er gesagt.

»Ja, das ist alles sehr tragisch«, murmelte Irmi. »Hatte Martin Maurer denn sonst keine Mitarbeiter? Einen Kompagnon vielleicht?«

»Nein, er hatte Berater. Einen Bausachverständigen, zwei Architekten. Mein Mann hat sich ab und zu um die Finanzierungen gekümmert. Mit den Fachleuten bin ich auch in Kontakt. Aber die sind alle ebenso ratlos und betroffen. Können Sie mir denn auch nicht sagen, wie es jetzt weitergeht?«

»Beim momentanen Stand der Ermittlungen leider nein. Aber *Sie* können *mir* helfen.« Irmi machte eine kurze Pause. »Was war das für ein Objekt in Garmisch?«

»Moment!«

Irmi hörte die Computertastatur klackern.

»Eine Skihütte«, kam dann vom anderen Ende der Leitung. »Die Sache kam mir etwas merkwürdig vor. Herr Maurer hatte sonst größere Objekte, aber ich erinnere mich, wie er sagte: ›Das ist eine Goldgrube. Gute Courtage bei dem Preis!‹«

Irmi rang nach Luft. »Und können Sie mir sagen, wer der Verkäufer war, Frau Römer?«

Es war genau so, wie Irmi befürchtet hatte: Die Namen, die Anastasia Römer nannte, waren die der beiden Hüttenwirte. Dabei hatte Irmi sich doch ausführlich mit Franz Utschneider unterhalten. Warum hatte er ihr nichts von den Verkaufsabsichten erzählt?

»Und der Interessent?«, erkundigte sich Irmi.

»Es waren sogar gleich drei Interessenten: Alois Pirker, Titus Zwetkow und Xaver Fischer.«

Und schon wieder hatte Irmi das Gefühl, als würde ihr Herz kurz aussetzen. Doch sie versuchte, nach außen gefasst zu bleiben, und fragte nach weiteren Details zu dem Skihüttendeal. Anastasia Römer jedoch konnte dazu nicht mehr sagen, weil Martin bei seiner Rückkehr nach Frankfurt mit neuen Informationen hatte aufwarten wollen.

»Wann haben Sie denn zum letzten Mal mit ihm telefoniert?«, wollte Irmi wissen.

»Er hatte mir Freitagmorgen wohl noch eine Mail geschickt, die ich aber erst am Montag geöffnet hatte, weil ich Freitag nicht im Büro war. Da rief dann auch schon der Kommissar aus dem Allgäu an. Martin Maurer war zu dem Zeitpunkt ja schon tot.«

Sie unterdrückte ein Schluchzen, und Irmi wartete, bis sie sich geschnäuzt hatte. Dann bat sie Anastasia Römer darum, ihr die E-Mail zum Vorgang »Skihütte« weiterzuleiten.

»Es wird doch auch eine Beerdigung geben, oder?«, erkundigte sich Maurers Assistentin. »Wo wird die denn stattfinden? Die muss doch jemand organisieren?«

Irmi versprach, ihr die nötigen Informationen zukommen zu lassen, und legte auf.

Wer würde Martin beerdigen? Letztlich war er sehr allein gewesen. Und es war genau das eingetreten, was alle prognostiziert hatten: dass einer wie Martin einmal ganz alleine dastünde. Die Tochter tot, die Gattin irr – wer kümmerte sich nun um Grab, Kränze, Sarg oder Urne?

Irmi empfand weder Triumph noch Trauer. Sie fühlte gar nichts, nur eine grenzenlose Müdigkeit.

11

Irmi holte sich einen neuen Kaffee, wie ferngesteuert wankte sie zur Maschine. Kam zurück, starrte auf die angenagte Käsesemmel. Der Appetit war ihr vergangen.

Inzwischen war die weitergeleitete Mail von Anastasia Römer eingetroffen. Irmi öffnete sie.

Liebe Frau Römer,
wir werden wohl in der Sache von Bojan Novák in Mellau
zum Abschluss kommen, Preis wie besprochen. Sie bereiten
schon einmal alles vor?
Wegen der Skihütte bin ich heute nochmals auf einem
Ortstermin. Wie schon angedeutet, überbieten sich die
Interessenten – uns kann das nur recht sein.
Ich melde mich Montag, schönes Wochenende!
Mit freundlichen Grüßen
Martin Maurer

Das klang neutral und gar nicht nach einem Mann, der vorhatte, sich umzubringen. Die E-Mail hatte einen Anhang, der sich auf den Verkauf der Skihütte bezog. Da waren die Namen noch einmal schwarz auf weiß: Alois Pirker, Titus Zwetkow, Xaver Fischer.

Herr Pirker war augenscheinlich Österreicher mit einer Firmenadresse in Innsbruck, Pirker Mountainlodges. Titus Zwetkow wartete mit Büros in Moskau, Chur und Villach auf. Xaver Fischer hatte nur eine Adresse in Ohlstadt.

Der Preis für die Hütte war für Irmis Begriffe atemberaubend. Was ihr noch viel mehr den Atem raubte, war die Tatsache, dass Franz Utschneider nicht nur die Verkaufsabsichten verschwiegen hatte, sondern auch, dass ausgerechnet Xaver Fischer zu den Interessenten gehört hatte.

Irmi googelte erst mal Herrn Pirker. Er schien eine Art Hüttenmogul zu sein: Er kaufte Skihütten im ganzen Alpenraum – wenn man sich durch die Seiten klickte, waren sich die Objekte sehr ähnlich. Hütten, auf alt getrimmt. Altes Holz neu inszeniert. Stein, Holz und Glas. Alles sehr edel und doch gemütlich. Verschiedene Bereiche, keine Selbstbedienung. Hochwertige Speisen. Teure Weine. Eine große Auswahl an Kaffeespezialitäten. Immer wunderschöne Terrassen. Deckchairs und Strandkörbe. Lange Open-Air-Bars, Open Cooking in Riesengusseisenpfannen. Man bekam bei diesen Bildern Lust auf einen sonnigen Hüttennachmittag. Pirkers Hütten lagen in den renommiertesten Skigebieten – nur in Garmisch hatte er noch keine. Und die am Hausberg würde sicher sehr gut in sein Portfolio passen – so sagte man doch?

Bei Zwetkow blickte Irmi nicht so genau durch. Seine Firma war ein richtiges Imperium. Irmi fand es erstaunlich bis erschütternd, wie viele Hotels in Österreich und der Schweiz bereits der Zwetkow-Gruppe gehörten oder wo Titus Zwetkow Anteile hatte. Titus, der Titan. Was wollte so einer mit einer kleinen Skihütte in Garmisch? Ein russischer Großinvestor? Vor ihrem inneren Auge stiegen ungute Bilder auf. Mafiöse Strukturen, Helfer und Helfeshelfer. Wenn die etwas mit dem Tod von Martin Maurer zu tun hatten, dann war das eine Nummer zu groß für sie!

Irmi schaltete den Fernseher nur selten ein. Bei Krimis stellte sie meist voller Verwunderung fest, wie schnell ihre fiktiven Kollegen die Fälle lösten, wie ihnen Zufälle in die Hand spielten. Sie selbst brauchte erheblich länger als neunzig

Minuten … »Der Adler« war da eine echte Ausnahme gewesen: neue Grenzen, eine neue Weltenordnung, neue Verbrechen. Die Spezialeinheit in Kopenhagen hatte Irmi fasziniert, zugegebenermaßen weil dieser Hallgrim ein verdammt schöner Mann war. Sie wusste nicht mal, wie der Schauspieler hieß, aber diese Serie hatte sie gepackt. Sie war abgetaucht wie nur selten, sie hatte wirklich hingesehen, die Figuren verstanden, nur zu gut. Dieser zerrissene Mann, nach außen cool, innerlich gebrochen. Nach jeder Folge hatte sie sich schwer getan, wiederaufzutauchen, nicht zuletzt wegen der großartigen Filmmusik. Sphärisch, irgendwie depressiv, ein Schwanken zwischen Hoffnung und Verzweiflung, dazu diese gigantischen Bilder aus Island.

Sie gab in der Suchmaschine »Der Adler« und »Soundtrack« ein und rief das Video auf. Da war sie wieder, diese Stimme und die Kamerafahrt über die schroffe isländische Lavalandschaft. Und da war Hallgrim. Irmi starrte auf den Bildschirm. Sprengungen, sie stürmten Häuser, Zielfernrohre – nicht ihre Welt. Und immer wieder Hallgrim, der sie vom Bildschirm aus anzulächeln schien. Sein Lächeln erinnerte sie an *ihn*. Auch Hallgrim hatte kein Glück mit Beziehungen.

»I … I'm a roamer in time, Throughout an endless journey. Home … Where is my home? Forgiveness.«

Irmi klickte das Video zum zweiten Mal an, diese Musik hatte Suchtcharakter. Es hatte zwölf Folgen gegeben, die alle nach Motiven aus der griechischen Mythologie benannt waren. Eine kluge Entscheidung, anstatt sich in endlosen, immer konstruierteren Geschichten zu verlieren.

Vergebung, Versöhnung – doch wem sollte sie vergeben? Martin?

»Du hast also Zeit zum Fernsehen, klasse!«

Irmi fuhr herum. Da stand Kathi. Blass, noch dünner. Wahrscheinlich hatte sie gar nichts mehr gegessen.

»Was ist das denn für 'ne Musik? Bisschen strange, oder? Da kriegst du ja schon beim Zuhören Depressionen. Was ist hier los?«

Irmi drehte sich ganz um. »Jede Menge. Ich habe eine Besprechung um drei anberaumt, die könnten wir aber etwas vorziehen, sobald Andrea und Sailer da sind.«

Kathi starrte sie an. »So, so, die Andrea! Kannst ihr ja gleich meinen Job geben!«

Kathi war wieder da, nicht zu überhören!

»Bis gleich. Ich muss noch ein paar Seiten ausdrucken«, sagte Irmi in äußerster Beherrschung. Forgiveness, ein letztes Mal, dann erstarb die Musik.

Andrea und Sailer kamen wenig später. Noch ehe Andrea etwas sagen konnte, stoppte Irmi sie: »Alles gleich nachher. In zehn Minuten im Besprechungszimmer!«

»Okay?« Andrea zog das okay fragend in die Länge und trollte sich.

Als sie sich alle versammelt hatten, war Irmi ganz ruhig. Entschlossen. Sie würden diesen Fall lösen, und dann würde sie Martin Maurer endgültig begraben. Kathi würde das nie verstehen, aber die Musik hatte sie in gewisser Weise befreit. Sie konnte wieder klar denken. Die anderen spürten ihre Präsenz, keiner sagte etwas, alle warteten.

»Heute früh haben sich die Ereignisse etwas überschlagen. Ich fasse für Kathi, aber auch für uns andere zusammen: Xaver Fischer wird am Freitag am Hausberg durch eine Insulinspritze ermordet, am Samstag in aller Früh stirbt Martin Maurer ebenfalls durch eine Insulininjektion. Es kann Mord oder Selbstmord sein. Wir haben nach einer Verbindung gesucht, die haben wir jetzt.«

Irmi berichtete kurz von ihrer juckenden Begegnung und davon, dass die beiden Männer ebenfalls mit dem Riesen-Bärenklau in Berührung gekommen waren.

»Ihr werdet natürlich sagen, das genügt als Beweis noch nicht – also gut: neuer Schauplatz. Franz Utschneider wurde von Fischer wirklich gepiesackt, sommers wie winters, dennoch will er ihn nicht ermordet haben. Er hat uns eine Spur auf dem Silbertablett serviert: den Bruder Hans Fischer, der offensichtlich ganz andere Ansichten zum Thema Waldwirtschaft hat als Xaver. Der Bruder ist momentan der Letzte, der Xaver Fischer lebend gesehen hat. Er bestätigt aber, dass sich der Bruder Xaver mit einem unbekannten Mann am Berg treffen wollte. Dass dieser Mister Unbekannt tatsächlich Martin Maurer war, weiß ich seit eben. Er war Immobilienmakler, und Xaver Fischer wollte die Skihütte kaufen. Davon hat uns der Hüttenwirt allerdings kein Sterbenswörtchen erzählt! Und es gibt zwei weitere Interessenten. So weit die Fakten, ich hab euch einiges zusammengestellt. Überfliegt das mal eben.«

Und während die anderen Kopien der Akte aus dem Allgäu lasen und die Mail von Anastasia Römer, warf Irmi eine kurze Skizze aufs Flipchart, in der sie die beiden Todesfälle stichpunktartig gegenüberstellte.

»Puh!«, kam es von Kathi. »Das ist ja ein Ding!«

»Allerdings. Ich bin offen für alle Hypothesen. Vorher aber noch die Frage an Andrea und Sailer: Was hat euer Besuch beim Gastroservice Maus ergeben?«

»Franz Utschneider war einmal um elf da, um ein paar Bestellungen aufzugeben«, erklärte Andrea. »Das nächste Mal war er um vier da, da hat er einen Teil der Waren schon mitgenommen, den nächsten Schwung hat er Samstagmittag geholt.«

151

»Okay, noch was?«, fragte Irmi.

»Utschneider hat uns doch erzählt, dass niemand in seiner Familie Diabetes hat, oder?« Andrea klang etwas unsicher.

»Ja, und?«

»Das stimmt zwar, aber er hat ja auch ein großes Haus in Garmisch, wo er mit seiner Familie lebt. Da hat er nämlich eine Einliegerwohnung vermietet, und die Mieterin hat Diabetes.«

Irmi sah Andrea verblüfft an. »Woher weißt du das denn?«

»Eine Freundin von mir arbeitet bei seinem Hausarzt. Na ja, da hab ich mal nachgefragt, und ihr ist das so rausgerutscht. Weil doch die Mieterin den gleichen Arzt hat.«

»Sauber! So viel zum Arztgeheimnis. Und natürlich genial!« Irmi lächelte Andrea an und fing dabei Kathis Blick auf. Pure Verachtung.

»Und das Auto von Xaver Fischer?«, fragte sie schnell.

»Des stand do, sogar offen. Des hat jetzt der Hase«, sagte Sailer, der seine Stimme wiedergefunden hatte.

»Gut, dann stimmt immerhin die Geschichte des Bruders. Was den Wirt betrifft …«

»… hätte der schon Zeit gehabt, Fischer zu ermorden«, ergänzte Andrea.

»Wie ich das sehe, haben wir vier Verdächtige«, meinte Kathi. »Nummer eins: Franz Utschneider. Der bringt Xaver um, wird von Maurer gesehen, folgt ihm und bringt den Zeugen auch noch um.«

Irmi nickte Kathi zu. »Und weiter?«

»Nummer zwei: der Bruder. Find ich auch plausibel, weil die meisten Verbrechen ja Beziehungstaten sind. Wieder kommt Maurer dazu, gleiches Spiel. Oder drittens: Die beiden anderen Interessenten wollten den Mitbewerber aus dem Feld schlagen. Vielleicht war Fischer kurz vor dem Abschluss.«

»Aber würde einer morden, bloß weil er eine Skihütte nicht kriegt?«, fragte Andrea.

»Hey, Andrea, weißt du, was so ein Ding abwirft? Das ist die Lizenz zum Gelddrucken, wenn man das geschickt anstellt. Da wurde schon wegen weniger gemordet!«, rief Kathi.

»Nehmen wir mal an, das genügt als Motiv. Wie passt der Makler dazu?«, sagte Irmi.

»Na, den hat er entweder auch ermordet, weil er im Weg war, oder der Makler hat zugesehen und musste weg«, schlug Kathi vor.

Irmi blickte auf das Flipchart. »Das klingt alles plausibel. Nur eine Frage: Wäre es nicht auch eine Hypothese, dass ein Mörder bewusst beide umgebracht hat? Bisher sind wir davon ausgegangen, dass Maurer sozusagen in die Schusslinie geraten ist.«

Alle Blicke hingen am Flipchart.

»Wenn, dann der Russ!«, kam es von Sailer. »Was woaß ma, was die für Methoden ham. Wenn der Maurer ned so g'spurt hot, wie die wolln ham?«

Irmi hätte lügen müssen, wenn sie behauptet hätte, diesen Gedanken nicht auch gehabt zu haben. »Der Adler« fiel ihr wieder ein. Solche weltumspannenden Verbrechen gab es nur selten in Garmisch, und der Gedanke gefiel ihr auch nicht. Sie konnte sich in Menschen, die vollkommen skrupellos mordeten, nicht hineinversetzen. Familiäre Verzweiflungstaten – das war ihr Alltag, als Großstadtpolizistin wäre sie bestimmt untergegangen. Sie war eine erfahrene Ermittlerin, aber der Fall machte ihr allmählich Angst. Sie sagte nichts weiter zum »Russ«, der auch hier zum Feindbild Nummer eins aufstieg. Sie hielt es in jedem Fall für gefährlich, in solchen Schubladen zu denken. Und sie mussten in alle Richtungen weiterdenken.

153

»Was tun wir?«, fragte Irmi.

»Vor allem den guten Franz Utschneider vorladen, der soll uns mal verklickern, warum er nichts vom Verkauf erzählt hat!«, rief Kathi.

»Das seh ich auch so. Gut! Des weiteren: Andrea, dein Englisch ist besser als meins. Kannst du mal mehr über diese Zwetkow-Gruppe rausfinden?«

»Klar.« Andrea wirkte stolz.

»Und Sie, Sailer, schauen Sie mal nach dem Hasen, ob der was Verwertbares im Auto von Xaver Fischer gefunden hat?«

»Aye, aye, Sir!«, kam es von Sailer.

Manchmal beneidete Irmi ihren Mitarbeiter. Sailer war bar jeder Selbstreflexion, bar jeden Selbstzweifels. Er arbeitete ohne besondere Euphorie, aber auch nicht so, dass man ihm Faulheit hätte nachsagen können. Sailers Welt war klar wie ein schöner Herbsttag im Gebirge.

Als Irmi den Herrn Hüttenwirt telefonisch erreichte, war er seinen Aussagen zufolge gerade dabei, Bürokram aufzuarbeiten. Irmi bat ihn, kurz vorbeizuschauen, und er blieb auf diese neutrale Weise freundlich, die sie erahnen ließ, dass sie total ungelegen kam. Er war ein harter Brocken, so freundlich er auch wirkte.

Als Utschneider wenig später bei ihr auftauchte, trug er Bergsportklamotten, alles sehr lässig und teuer. Irmi stellte ihm Kathi vor, und er grüßte erfreut. Das war die Reaktion, die Kathi beim männlichen Teil der Bevölkerung hervorzurufen pflegte. Sie war eine fatale Mischung aus Lolita und Vamp.

Er lehnte das Angebot von Kaffee oder Wasser ab und wartete. Irmi hatte das Bild von Martin Maurer von seiner Homepage ausgedruckt und legte es vor Utschneider auf den Tisch.

»Den kennen Sie?«

»Herrn Maurer. Ja.«

»Wären Sie auch so nett, uns zu sagen, warum Sie den kennen?« Mittlerweile hatte Kathi ihren Lolitacharme weggepackt. Außerdem klang ihre Stimme durch die Nachwehen der Erkältung heute besonders rau.

»Herr Maurer ist Makler.«

»Na, das wissen wir auch! Brauchen Sie vielleicht Sprechkörnchen für den Sittich, damit da was weitergeht?« Kathi war in Form.

Irmi mischte sich ein. »Sie haben uns auf der Hütte ziemlich viel erzählt. Auch in ganzen Sätzen, sogar mit Nebensatz. Wäre es drin, eventuell mal etwas ausführlicher zu werden?«

»Herr Maurer ist Makler, und er hatte Interessenten für unsere Hütte.«

»Und da sahen Sie keine Notwendigkeit, uns zu erzählen, dass Sie verkaufen wollen?« Auch Irmi ließ den Hüttenwirt spüren, wie verärgert sie war.

»Sie wollten wissen, wie mein Verhältnis zu Xaver Fischer war. Ich glaube, ich habe Ihnen da umfassend Auskunft gegeben, oder? Ob wir die Hütte verkaufen oder nicht, ist doch uninteressant.«

Das war ein starkes Stück. Irmi warf Kathi einen Seitenblick zu, woraufhin diese ausnahmsweise die Klappe hielt.

Franz Utschneider sah von der einen zur anderen. »Ja, was schauen Sie denn so? Wir ziehen in Erwägung zu verkaufen, wenn der Preis stimmt. Und ja: Diese ganzen Querelen haben uns zermürbt, das macht keinen Spaß mehr. Du reißt dir den Arsch auf, natürlich für den eigenen Geldbeutel, aber doch auch für den Berg. Für dieses verdammte Kaff. Weil du an das Potenzial glaubst. Aber außer Gegenwind und Ärger gibt es nichts als Lohn. Das können Sie mir jetzt glauben oder nicht:

155

Geld allein ist bei so einem Projekt zu wenig. Das war unser Baby, und dann soll es halt mit jemand anderem erwachsen werden.«

»Wie kamen Sie denn an Herrn Maurer?«

»Ich hab ein bisschen recherchiert. Ein Kumpel von mir in Tirol drüben hat über Martin Maurer ein Hotel verkauft. Er war überaus zufrieden, weil Maurer sehr diskret ist und am Ende nur Kaufinteressenten präsentiert hat, die über Bonität verfügen und wirklich zahlen. Mein Kumpel hat es erst privat versucht und haarsträubende Dinge erzählt. Sie saßen sogar schon beim Notar, und dann hat der Käufer einen Rückzieher gemacht.«

»Was heißt hier diskret?«, wollte Kathi wissen.

»Diskret heißt, dass das Objekt zum Beispiel nicht in den einschlägigen Immoseiten im Netz auftaucht. Sie wissen schon, Immowelt und Immoscout und so weiter. Herr Maurer hat eine Interessentenkartei und stellt denen das Objekt vor. Was glauben Sie, was hier los wäre, wenn ganz Garmisch erfahren würde, dass wir verkaufen wollen?«

»Nun, einer der Interessenten ist aber von hier, oder?« Kathis Stimme klang gefährlich.

»Wie?«

»Es gab drei Interessenten. Meine Kollegin hat sich da schon korrekt ausgedrückt. Einer sollte ihnen nur zu bekannt sein.«

Jetzt schaute Franz Utschneider wirklich verblüfft aus der Wäsche. »Wie meinen Sie das?«

»Wie ich es sage, verdammt noch mal!« Allmählich ging Irmi die Hutschnur hoch.

»Ich habe bisher persönlich nur einen getroffen. Das war Alois Pirker, den die Szene natürlich kennt. Er ist so eine Art Hüttensammler, hat wahnsinnig gute Architekten und tolle

Konzepte. Wir haben uns von einigen seiner Hütten ja auch was abgeschaut. Pirker ist aber einer, der knallhart kalkuliert, und unsere Preisvorstellungen differierten da um mindestens fünfhunderttausend.«

Fünfhunderttausend – davon konnte man schon ein hübsches Häuschen kaufen. Und hier ging es nur um einen Differenzbetrag.

»Aha, und der Herr Pirker war Ihnen zu sparsam?«, hakte Irmi nach.

»Das ist ja das Gute an Herrn Maurer: Er hatte zwei weitere Interessenten in petto, und beide wollten die Hütte unbedingt haben. Das treibt den Preis natürlich in die Höhe.«

Bevor Irmi noch etwas sagen konnte, rief Kathi: »Schön für Sie! Und jetzt wollen Sie uns weismachen, dass Sie nicht wussten, wer die anderen beiden sind?«

»Wozu eigentlich dieser Ton? Der zweite Investor ist ein Russe, das weiß ich, der in der Region noch mehr investieren will, sein Name ist nicht unbekannt, ihn persönlich habe ich allerdings noch nicht getroffen. Auch das sind Leute, die gern im Hintergrund bleiben.«

»Und der dritte?« Irmis Stimme bebte.

»Herr Maurer hat mich gebeten zu respektieren, dass der Mann erst mal inkognito bleiben will.«

»Na, das glaub ich gerne!«, bemerkte Kathi mit einem bösen Lächeln.

»Also, Ladies, würden Sie mir mal sagen, was hier gespielt wird?!« Nun wurde Franz Utschneider doch allmählich wütend.

»Beethovens Neunte jedenfalls nicht. Wussten Sie etwa nicht, dass der Dritte Xaver Fischer war?«

Irmi sah ihm in die Augen. Der Mann war sprachlos. Seine Überraschung wirkte echt. Natürlich konnte er auch ein guter

157

Schauspieler sein, der gerade darüber nachdachte, wie er aus dem Schlamassel am besten wieder herauskam.

»Xaver Fischer wollte die Hütte kaufen? Na, bitte!«

Irmi legte ihm die Kopien aus Frankfurt vor. »Hier haben Sie Ihr Trio. Pirker, der ja anscheinend wegen des Kaufpreises aus dem Rennen war. Dann dieser Zwetkow. Und drittens Xaver Fischer, Landwirt aus Ohlstadt, Millionenbauer!«

»Die Sau!« Das kam aus tiefster Seele.

»Wer?«

»Na, Fischer, das Aas.« Er überlegte kurz. »Und Maurer gleich dazu. Der wusste, warum wir verkaufen wollten. Dass es um den Terror ging. Und der wagt es, Fischer als Käufer zuzulassen. Ich glaub das ja nicht!«

Irmi fixierte ihn. »Tja, und damit liefern Sie uns ein perfektes Mordmotiv. Angenommen, Sie haben erfahren, dass Fischer kaufen will und dass Maurer Ihr Vertrauen komplett missbraucht hat. Da kann man schon mal ausrasten!«

Er war aufgesprungen. »Aber Sie müssen mir glauben, dass ich nichts davon gewusst habe!«

»Setzen Sie sich wieder! Wieso müssen wir das glauben?«, fragte Irmi.

»Weil es so ist!«

»Wir sind eher schlecht im Glauben. Maurer und Fischer haben Sie gelinkt, das tut weh. Und dann geht es ja auch um ein erkleckliches Sümmchen. Ohne die beiden Herren können Sie nun direkt mit dem Russen verhandeln, keine Verkäuferprovision, das passt doch!«

»Aber ich hätte doch nie an Fischer verkauft!«, rief er.

»Ja nun, ich stell mir das so vor: Sie wären womöglich zum ersten Mal beim Notar auf Fischer gestoßen. Wären natürlich völlig vor den Kopf gestoßen gewesen. Hätten zurückziehen wollen. Aber mal ganz ehrlich. Wäre das so einfach gewesen?

Hätte da Maurer nicht auch Schadenersatz verlangen können? Und hätten Sie bis dahin nicht schon das zu erwartende Geld verplant, womöglich schon in etwas anderes investiert? Sie haben aber noch rechtzeitig erfahren, wer der Käufer war und sind ausgerastet. Wäre ich auch«, bemerkte Irmi.

Martin hatte sich nicht geändert. Warum auch? Menschen änderten sich nicht. Er war immer einer gewesen, der taktiert und manipuliert hatte. Von wegen seriöser und diskreter Geschäftsmann. Seine Beweggründe waren klar. Je höher der Kaufpreis, den er erzielte, desto mehr bekam er an Provision.

»Ich hab es aber nicht gewusst! Ich möchte jetzt nichts mehr sagen. Ich möchte mich vorher mit meinem Anwalt beraten.«

»Das ist Ihr gutes Recht. Ach übrigens: Ihre Mieterin hat Diabetes. Sie haben doch sicher einen Zweitschlüssel, oder?« Irmi gab sich kühl, obwohl in ihrem Inneren schon wieder die Flammen züngelten. Dieser elende Martin, dieser bösartige Mensch!

Franz Utschneider sah Irmi an. Dann Kathi. »Ich habe es nicht gewusst. Ich habe es wirklich nicht gewusst. Wie geht es jetzt weiter?«

»Sie sollten in der Nähe bleiben und sich zu unserer Verfügung halten. Wir werden sicher noch weitere Fragen haben.«

Er nickte und ging grußlos.

Kaum war der Mann draußen, rief Kathi: »Das glaub ich dem doch nie, dass er das nicht wusste!«

»Tja, und wir müssen beweisen, woher er es wusste und dass er sich Insulin beschafft hat. Das wird sicher alles ganz, ganz einfach werden.« Das war zynisch. Die Müdigkeit kam wieder, Irmi fühlte sich vollkomen ausgelaugt.

»Lassen wir es für heute gut sein?«, fragte Kathi und

schickte hinterher: »Ich wollt dich noch was über deinen Ex fragen, aber da hast du wahrscheinlich keinen Bock, oder?«

So viel Mitgefühl von Kathi, das war ja fast schon ein Wunder. »Nein, bitte nicht. Schon gar nicht heute.«

»Der war sicher ein Arschloch!«, meinte Kathi. »Und nun?«

»Lassen wir uns von Andrea berichten, ob sie was über ›den Russ‹ erfahren hat.« Irmi sprach »den Russ« so aus wie Sailer und bemühte sich um ein Grinsen.

Andrea und Sailer platzten schon vor Neuigkeiten. Andrea hatte herausgefunden, dass Titus Zwetkow Beteiligungen an Ölgeschäften in Russland und in Kanada hatte. Er war an einer Privatbank beteiligt und besaß eine Baufirma. Er kaufte bestehende Nobelhotels oder baute neue. In der Schweiz hatte er schon in jedem Nobelort eines stehen, er war in Kitzbühel und am Arlberg vertreten, auch in Saalbach. Und er hatte vor, in Garmisch ein Hotel zu bauen.

»Das Interessante ist, dass er ein Konzept vorgelegt hat, das so eine Art Robinson-Club vorsieht«, erzählte Andrea. »Er hat ein All-inklusive-Talhotel geplant, und am Berg soll es dann noch diverse Standorte geben, wo seine Gäste exklusiv ihren Lunch einnehmen, Kaffee trinken können und so weiter.«

»Woher weißt du das?«

»Na ja, des hob i g'wisst«, mischte sich Sailer ein. »Meine Nichte ist doch beim Tourismusverband, da ham die so was auf dem Tisch.«

Sailer, der göttliche Sailer. Er hatte einfach überall Verwandtschaft.

»Und ist da schon was entschieden?«, fragte Irmi.

»Na, des ned. Aber des Konzept g'fallt. Auch wenn dann Olympia kommt, dann braucht ma solche Nobelschuppen.«

»Momentan glaubt man, dass die bayerischen Alpen mehr Fünf-Sterne-Hotels brauchen. So mit Wellness und allen Schikanen. Also weil der Hochpreissektor boomt und ganz günstige Ferienwohnungen auch. Oder Urlaub auf dem Bauernhof«, erklärte Andrea.

»Hast du etwa auch wen beim Tourismusverband?«, fragte Irmi belustigt.

»Nein, aber meine Schwester arbeitet bei einer österreichischen Agentur. Die machen so Leitbilder und Konzepte für Tourismusorte. Das ist der Trend, sagt sie.«

Was hatten die nicht alle für brauchbare Verwandte! »Aha, und Garmisch hat noch nicht genug Fünf-Sterne-Hotels?«

»So eins nicht. Meine Schwester kennt den Zwetkow übrigens. Sie vermutet, dass der mit einem Plan nur für ein Hotel im Marktgemeinderat durchfällt, aber wenn das so ein Gesamtkonzept ist, dann stehen die Chancen besser. Und dann ist es auch so, dass er in Tirol in Seefeld und auch im Zugspitzgebiet drüben eine Hütte gekauft hat. Und er ist auf der Suche nach einem Seegrundstück, wo er ein Seebad einbauen kann.«

»Wie, ein Seebad?«, fragte Kathi.

»Meine Schwester sagt, dass es in Österreich, auf der Turracher Höhe, einen See gibt, wo praktisch ein Stück abgezäunt ist und beheizt wird. Muss ziemlich cool sein.«

Und teuer!, dachte sich Irmi. Ein abgezäunter beheizter See, was es nicht alles gab auf dieser Welt.

»Also, wenn ich das mal zusammenfassen darf: Herr Zwetkow hat große Pläne und ist auch schon mittendrin im Hütten-Shopping. Und diese Hütte braucht er unbedingt, richtig?«, meinte Irmi.

»Ja, denn er bekommt in Garmisch sicher keine Genehmigung für einen Neubau. Er muss auf etwas Bestehendes setzen, oder?«, bemerkte Kathi, die ausnahmsweise gerade mal ihre milden fünf Minuten hatte.

»Weiß man denn, wo dieser Zwetkow steckt?«, fragte Irmi.

»Ja, weiß man. Er wohnt im Kranzbach«, sagte Andrea schlicht.

»Wow!«, rief Kathi. »Kann wer Russisch von euch? Schade, dass wir keine Ossis dahaben, die können doch sicher Russisch.«

»Boarisch werd er ned kenna«, konstatierte Sailer.

»Aber eventuell eine andere Weltsprache«, sagte Irmi unter Lachen. Man konnte Sailer nachsagen, was man wollte, aber er hatte unbestritten zwei Vorteile: Er war mit jedem verwandt, und er lieferte allerbeste Unterhaltung.

»Fahren wir da hin, zum Kranzbach?«, fragte Kathi. »Jetzt noch?«

»Ja, ich denke schon. Denn wenn der diese Hütte unbedingt haben will, ist es ja gar nicht so abwegig, dass er den Mitbewerber um das Sahnestück aus dem Feld geschlagen hat.«

»Und den Makler gleich dazu?«, meinte Andrea.

»Das ist die Frage. Ich glaube, unser erster Impuls, dass Maurer unfreiwillig Zeuge geworden ist, passt eher. Ach ja, Sailer, was war denn mit dem Auto von Xaver Fischer?«

»Der Hase sagt, da drin hätt's ausg'seng wie bei Hempels unterm Sofa. Dreck, Batz, Fichtennadeln, eine Motorsäge. Fingerabdrücke von Fischer und noch von sonstwem. Ansonsten hat der Hase unter dem Beifahrersitz eine Klarsichthülle gefunden mit ein paar Unterlagen und einer Telefonnummer. Des hob i do. Oiso in Kopie. Weil der Hase gesagt hat, dass ihr da alle wieder ohne Handschuhe drauf rumgriffelt«, ergänzte Sailer.

Mit spitzen Fingern reichte er Irmi ein paar Blätter. Soweit sie das auf die Schnelle sehen konnte, waren das Berechnungen, was die Hütte so abwarf, und ein Kontoauszug, der Irmi fast die Tränen in die Augen trieb. An so eine Summe wagte sie nicht mal zu denken. Der Hase hatte ihnen auch eine Visitenkarte von Martin kopiert. Die Herren hatten definitiv Kontakt gehabt, aber das bezweifelte ja längst keiner mehr. Außerdem gab es die Kopie eines Zettels, auf dem eine Handynummer stand.

»Können wir mal diese Nummer überprüfen?«

»Mach ich«, sagte Andrea und eilte davon.

Als Sailer und Andrea draußen waren, hatte Irmi endlich mal Zeit, sich Kathi genauer anzusehen. »Hast du mal irgendwas gegessen?«

»Nö, wenn du dauernd hustest und dein Hirn zu ist, hast du keinen Hunger.«

»Nicht, dass du mir noch vom Stangerl fällst!«

»Nein, nein, wir essen sowieso alle zu viel und dann nur Schmarrn. Hast du gewusst, dass wenn alle Menschen Vegetarier wären, die Welt viel besser ausschaun tät? Man könnte die riesigen Anbauflächen fürs Viehfutter unserer Nutztiere dazu verwenden, Menschennahrung anzubauen. Wenn das Nutztier das Viehfutter frisst und irgendwann geschlachtet wird, um uns als Nahrung zu dienen, können wir Menschen nur ein Siebtel der Energie für uns nutzen, die in dem Viehfutter gespeichert war. Die anderen sechs Siebtel hat das Tier schon verbraucht, bevor wir das Fleisch essen.«

Irmi runzelte die Stirn. »Wo hast du das denn her?«

»Von Sven.«

»Aha, und Sven ist dein neuer Mister Wonderful?«

»Sven ist interessant und sehr klug.« Kathi schaute böse.

»Kathi, das hab ich gar nicht bezweifelt. Du hast bisher halt noch nicht viel von Sven erzählt.«

163

»Na, und du hast mir auch nichts davon erzählt, dass du mal verheiratet warst!«

»Das war auch kein Ruhmesblatt und hat mich sehr viel Schmerz und Energie gekostet. Ich hätte dieses Kapitel gern endgültig abgeschlossen, das Buch in eine alte Truhe gepackt und nie mehr geöffnet.«

»Hm«, machte Kathi. »Du hättest das Buch auch einfach verbrennen können, statt es aufzuheben. Auch alte Truhen haben Deckel, die man öffnen kann.«

Da hatte sie recht. Im Gegensatz zu ihr konnte Kathi rigorose Schlussstriche ziehen. Irmi hatte das Gefühl, sich verteidigen zu müssen. »Ja, aber es ist schon ein Unterschied, ob du jemanden kirchlich geheiratet hast. Das hat eine andere Qualität.«

»Glaub ich nicht, das ist alles Schmuckwerk und Konvention, es geht nur drum, was du tief drin spürst. Und abschließen muss man selber. Egal, was du an Brimborium außenrum gemacht hast.«

Da sprach wohl der neue Sven aus Kathi und lag damit ziemlich richtig. War wohl ein Philosoph, dieser Sven.

»Und Sven hält nichts von Konventionen?«, fragte Irmi, vor allem, um von sich abzulenken.

»Nein, weil Konvention Stillstand ist.«

Irmi lächelte. Das war das Privileg der Jugend, solche glasklaren und kompromisslosen Sätze zu formulieren. Das Leben verlangte einem später ohnehin nur noch Kompromisse ab. Irmi gönnte diesem Sven seine studentische Boheme. Das Problem war nur, dass Kathi für ihren Geschmack etwas zu stark eintauchte in diese Welt der Nonkonformisten und auf der anderen Seite halt leider einen sehr konventionellen Job hatte.

»Das ist wirklich so. Schau, Sven ist Veganer, damit ihn das

Essen nicht ablenkt vom Wesentlichen. Und er ist viel kreativer, seit er vegan lebt!« Kathis Augen blitzten.

Es war sonnenklar: Kathi war fasziniert von diesem Typen und ernsthaft verliebt, was nur selten vorkam.

»Du isst aber schon noch eine Leberkassemmel mit mir?«

»Ja, weil mir der Körnerkram nicht schmeckt, und weil das wegen Oma und dem Soferl nicht anders geht. Aber interessant ist das schon, wenn du denkst, wie eine Welt ohne fleischfressende Menschen wäre.«

Gottlob war Kathi Pragmatikerin geblieben.

»Ich bin mir aber nicht so sicher, ob das Modell klappt«, meinte Irmi. »Was machte er denn Kreatives, dein Sven?«

»Studiert Architektur, er wird mal ein neuer Foster oder Calatrava – nur besser.«

Irmi kam sich vor wie die weise alte Kassandra, die ihre unbeliebten Rufe in die Welt hinausschickte. Kathi würde mit diesem Sven auf die Nase fallen. Sie war eine kleine Polizistin und er ein großer Visionär. Und bestimmt auch ein großer Egoist, der Sex natürlich als Erfahrung schätzte, sich aber nicht wirklich auf eine Frau einlassen würde. Doch das würde Kathi selbst herausfinden müssen. Leider musste man in Liebesdingen den Schmerz immer selber erfahren, dabei gäbe es Tausende, nein Millionen von Beispielen, die einen davor bewahren könnten.

»Na, dann fahren wir jetzt mal ganz unkonventionell ins Kranzbach und fragen nach Herrn Zwetkow, oder?«, schlug Irmi vor.

Andrea kam herein. »Das Handy ist ein Telefon mit Prepaidkarte, da kann ich leider niemanden zuordnen. Ich hab es andersrum probiert und die Handynummern von einigen, die mit dem Fall zu tun haben, gecheckt. Es ist schon mal nicht

165

die Nummer vom Wirt, seiner Frau, dem Kompagnon, dessen Frau, Hans oder Brischitt Fischer.«

»Cool!«, sagte Kathi. Das konnte man fast als Lob werten.

»Andrea, vielen Dank, wirklich gut mitgedacht. Wir sind mal kurz weg. Geh was essen, du hast doch sicher den ganzen Tag noch keine Zeit gehabt.«

»Macht nix. Ich hab Reserven.«

Ja, Andrea, Sailer und sie waren in dieser Hinsicht Reservisten. Kathi hingegen würde vermutlich der nächste Luftzug wegwehen.

12

Als sie im Auto saßen, sagte Irmi: »Ich bin ganz froh, dass du dich mit Andrea besser verstehst. Ich finde sie sehr engagiert, und wir haben in ihr eine, die uns sehr gut zuarbeitet.« Sie hatte das »wir« und »uns« besonders stark betont.

»Es ist nutzlos, Aggressionen in sich aufzustauen, man richtet sie nur gegen sich selbst. Die wenigsten sind so viel Beachtung wert.«

Oha, da sprach Sven aus ihr. Und Irmi bezweifelte stark, dass Kathi dieses Motto durchziehen konnte. Dazu war sie einfach zu impulsiv und unbedacht.

Es war ein klarer Herbsttag, mit mildem Licht und unwirklichen, beinahe skandinavischen Farben. Ein Tag, der einen plötzlich wieder an einen Sinn im Leben hoffen ließ. Der einem Mut machte, weil die Sonne auch die Seele wärmte.

Als Irmi an der Mautstraße bezahlte, meinte Kathi: »Da hättest du aber auch den Ausweis zeigen können.«

»Das kann ich mir grad noch leisten. Außerdem muss ja niemand wissen, dass die Polizei durchs Karwendel fährt.«

Die Straße stieg leicht, aber stetig an. Ab und zu las Irmi in irgendwelchen touristischen Werbepostillen das Wort »bezaubernd«. Diese Szenerie war tatsächlich bezaubernd und grandios und spektakulär und alles, was man sagen konnte, ohne den Kern zu treffen.

Als sie zum Kranzbach abbog, das dalag wie eine Ritterburg – ein graues Haus vor anthrazitfarbenen Bergen –, entfuhr Kathi ein »wow«.

Kein schöner Land in dieser Zeit, da der Herbst in seinen Farbkasten griff. So viel Opulenz so kurz vor dem Zerfall. So viel jubelnde Natur so kurz vor der Starre. Bald würden die Blätter am Boden liegen, die Skelette der Bäume im Herbststurm rattern, und sehr bald schon würde der Schnee kommen.

Jedes Jahr graute es Irmi mehr vor dem November. Dem lichtlosen Monat. Über dem Schnee war dann wieder Helligkeit, doch bis dahin wurde die Zeit immer bleierner. Auch das war wohl eine Frage des Älterwerdens, dass man den Herbst als so bedrückend empfand.

»Wow«, sagte Kathi nochmals. »Was ist denn das für eine geile Architektur?«

»Das war mal das englische Schloss. Zumindest haben es die Einheimischen so genannt. Eine gewisse Mary Isabel Portman aus London, eine reiche englische Aristokratin, hat es bauen lassen. Sie war erst sechsunddreißig, als sie – ich glaub es war 1913 – den Kaufvertrag unterzeichnet hat. Sie war für die damalige Zeit eine sehr unabhängige Lady. Hat in Leipzig Musik studiert, hatte jede Menge Freunde aus der Kunstszene und hat ein paar englische Architekten ein Country House wie in Schottland oder Irland bauen lassen mit Konzertsaal und Rasentennisplatz. Dann kam der Erste Weltkrieg. Ich glaube, Mary Portman hat das Haus selber nie gesehen.«

»Das ist aber traurig! Woher weißt du das? Ich glaube kaum, dass unser Gehalt für Kranzbach-Urlaube reicht?« Kathi lachte hell.

»Ich war hier mal essen.« Das klang viel zu wehmütig, und Kathi sprang auch gleich drauf an.

»Ha, klar, mit deinem Lover. Na, der hat zumindest Geschmack.«

Hatte er? Hätte er sich da nicht eine jüngere und hübschere genommen? Irmi verscheuchte die Gedanken an ihn und fuhr fort: »Ende der Zwanziger wurde hier der Ganghofer-Roman ›Das Schweigen im Walde‹ verfilmt. Dann wurde es ein Erholungsheim der evangelischen Kirche im Ruhrpott und im Zweiten Weltkrieg Zielort der Kinderlandverschickung. Irgendwann wurde es ein Hotel. So wie jetzt.«

Mittlerweile waren sie an der Rezeption, wo sie freundlich begrüßt wurden. Ausnahmsweise hatte Irmi nicht das bedrückende Gefühl, das Nobelhotels sonst in ihr auslösten. Die Freude und Herzlichkeit war vollkommen ungekünstelt. Die Frage, ob Herr Zwetkow da sei, wurde bejaht, und die Gegenfrage, wen die Rezeptionsdame bei ihm melden solle, umschiffte Irmi elegant, indem sie sagte: »Es genügt, wenn Sie dem Gast zwei Damen melden.«

Irmi und Kathi wurden freundlich eingeladen, so lange auf der Terrasse zu warten. Dort war es geschützt und noch warm genug. Das Kranzbach verfügte über mehrere Terrassen, die Schiffsdecks über dem Gartenmeer ähnelten. Ohne einen Bruder daheim, der auf ihre Mithilfe angewiesen war, und mit anderem Gehalt hätte sich Irmi gern vier oder mehr Wochen am Stück eingemietet. Hier konnte man wahrscheinlich sogar den November gut überleben. Irmi hatte das Gefühl, als würde sie dieser Ort beruhigen und gleichzeitig beleben. Und sie beschloss, tatsächlich wieder herzukommen. Wenigstens für ein Wochenende.

Sie bestellten sich ein Mineralwasser und warteten. Nach etwa zehn Minuten wurde ein großer, schlanker Mann an ihren Tisch geleitet. Er war auf eine ganz eigene Weise attraktiv: hohe Stirn, schmale Nase, ein kleines Oberlippenbärtchen, das Irmi normalerweise abscheulich gefunden hätte, doch ihm stand es. Irgendwie sah er russisch aus, obgleich Irmi nicht sagen konnte, woran sie das festmachte. Und er strahlte eine ungeheure Präsenz und Souveränität aus.

»Titus Zwetkow, die Damen wollten mich sprechen?«

Er sprach Deutsch fast akzentfrei. Dieser Mann konnte definitiv mehrere Weltsprachen.

»Irmgard Mangold und Katharina Reindl von der Kripo in Garmisch. Vielen Dank, dass wir Sie so überfallen durften.« Irmi stellte sich nur sehr selten mit dem vollen Vornamen vor, aber in dem Fall schien ihr das angebracht. »Herr Zwetkow, Sie interessieren sich für die Franzhütte am Hausberg?«

»Ist das relevant für die Polizei?«

»Ja, weil ich Sie als Zeuge in Zusammenhang mit einem Mord befragen möchte. Wenn Ihnen das hier unangenehm ist, können Sie gerne morgen mit einem Anwalt bei uns vorbeikommen.«

Er machte eine Handbewegung, die sie als Einladung interpretierte, weiterzusprechen.

»Sie kennen Herrn Maurer?«

»Sicher, das ist doch dieser Makler.«

»Wann hatten Sie zum letzten Mal Kontakt mit ihm?«

»Am Freitagmorgen haben wir telefoniert. Er sagte, er habe geschäftlich in Vorarlberg zu tun, und wollte sich Anfang dieser Woche melden.«

Wenn dieser Zwetkow nicht log, dann hatte Martin tatsächlich vorgehabt, nach Oberstaufen zu fahren und seine anderen Geschäfte abzuwickeln. Das alles deutete nicht auf einen Selbstmord hin. Doch dann war am Hausberg etwas Schreckliches passiert.

»Heute ist Mittwoch. Hat er sich denn bei Ihnen gemeldet?«, fiel nun Kathi ein.

»Nein, aber ich war selbst bis heute Mittag in Innsbruck. Was sollen diese Fragen?«

»Sie wollen diese Hütte aber unbedingt haben, weil sie Teil

170

Ihres Gesamtkonzepts ist, nicht wahr, Herr Zwetkow?«, übernahm Irmi.

»Ich weiß zwar immer noch nicht, warum Sie das wissen wollen. Aber ja, ich wollte die Hütte haben, und ich werde sie auch bekommen.« Nun klang eine leise Drohung durch.

»Einen Titus Zwetkow überbietet man nicht?« Irmi lächelte.

»Frau … äh … Mangold war der Name? Was soll das alles?«

»Ihnen ist bekannt, dass es noch einen Interessenten gab?«

»Ja, aber wie gesagt: Ich habe den längeren Atem. Und nun würde ich die Damen bitten, mir endlich zu sagen, worum es geht. Sonst beende ich dieses Gespräch und verzichte gern auf ihre charmante Gesellschaft.« Er war offenbar auf der Hut.

»Sowohl Ihr Mitbewerber als auch Herr Maurer sind tot«, sagte Irmi ganz ruhig.

»Ach!« Zwetkow runzelte die Stirn und sah Irmi an. Tote Makler oder Kontrahenten konnten einen Titus Zwetkow nicht aus der Fassung bringen.

»Herr Zwetkow, davon hatten Sie keine Kenntnis?«

»Nein, ich habe bereits gesagt, dass ich selbst unterwegs war. Ich hätte morgen Kontakt zu Herrn Maurer aufgenommen.«

»Wissen Sie denn, wer Ihr Mitinteressent war?«, fragte Kathi.

»Nein, das interessiert mich auch nicht. Am Ende zählen die Zahlen.«

»Wären Sie denn bereit gewesen, ins Endlose zu bieten? Gibt es bei einer Immobilie nicht auch eine Schmerzgrenze?«

»Sicher, liebe Frau Mangold, aber Sie dürfen versichert sein, dass ich diese Grenze nie erreiche.«

»Das leuchtet ein, vor allem, wenn die Mitbieter vorher tot

sind.« Irmi lächelte souverän. Dieses Kranzbach inspirierte sie. Sie war sonst selten so cool.

Er bewahrte die Contenance. »Ich kann Ihnen dazu leider nichts sagen. Bedauerlich, der Tod von Herrn Maurer, das war ein professioneller Mann.«

»Herr Zwetkow, wo waren Sie denn am Freitag und Samstag?«, erkundigte sich Irmi.

»Da müsste ich meine Agenda ansehen. Meine Assistentin müsste das auch wissen.«

»Es wäre sehr schön, wenn wir das erfahren dürften.« Kathi sah ihn provozierend an.

Er zückte sein Smartphone und scrollte ein bisschen hin und her. »Ich war am Freitag in der Früh hier und bin dann nach Chur gefahren. Samstagabend kam ich zurück, um am Montagmorgen nach Innsbruck zu fahren.«

»Dafür gibt es Zeugen?«, hakte Kathi nach.

»Brauche ich denn welche?«

Nun war es offensichtlich, dass er sich lustig machte. Er nahm die beiden Landpomeranzen nicht ernst – mal ganz davon abgesehen, dass es ziemlich egal war, wo er gewesen war. Denn ein Titus Zwetkow räumte sicher niemanden höchstpersönlich aus dem Weg. Er hatte im Zweifelsfall Leute für solche Aktionen. An diesen Mann heranzukommen war quasi unmöglich.

Oder vielleicht doch nicht? Es war eine Idee, die plötzlich durch ihren Kopf fuhr. Probieren konnte sie es. Irmi erhob sich.

»Darf ich Sie einen Moment mit der Kollegin allein lassen? Ich müsste mal ...« Irmi lächelte etwas unsicher. Dann ging sie in den hellen Restaurantbereich und verbarg sich hinter einer Säule. Es war ein plötzlicher Impuls gewesen, und sie hatte keine Ahnung, woher der gekommen war. Sie zog den kopierten Zettel heraus und wählte die Nummer, die darauf notiert war. Während es läutete, ging sie wieder hinaus. Zwetkow hatte ein weiteres Handy herausgezogen und sagte: »Hello?«

Irmi kam näher und wedelte mit ihrem Handy. »Und da frage ich mich nur, warum sich Xaver Fischer Ihre Telefonnummer notiert hatte, Herr Zwetkow? Eine von wahrscheinlich mehreren Nummern, die Sie besitzen.«

Zum ersten Mal war die Langweile aus Zwetkows Gesicht gewichen. Zum ersten Mal nahm er sie wahr. Als Gegnerin, nicht als plumpe Dorfpolizistin. Irmi wartete. Würde er sie nun mit einem »was weiß denn ich?« abspeisen?

»Frau Mangold, ich möchte für den Moment von meinem Aussageverweigerungsrecht Gebrauch machen. Ich bin morgen bei Ihnen im Büro, mit meinem Anwalt.«

»Um halb zehn? Oder ist das zu früh?« Irmi hielt seinem durchdringenden Blick stand.

»Da bin ich bereits seit gut vier Stunden wach. Ich arbeite. Von nichts kommt nichts. Heißt es nicht so?«

Als sie das Hotel verließen, war Irmi so müde, dass sie kaum noch das Steuer halten konnte. Auch Kathi schwieg. Irmi setzte Kathi ab und fuhr dann bei Lissi vorbei, um die Tinktur abzuholen.

»Jessas, schaugst du schlimm aus. Geh um Himmels willen ins Bett!«, rief Lissi.

Irmi wollte noch nach Alfred fragen, aber auch dazu war sie viel zu fertig.

Sie rieb die Tinktur ein und schlief wie ein nasser Sack. Sofern nasse Säcke überhaupt schlafen konnten.

Am nächsten Morgen fühlte sie sich etwas besser. Das schöne Wetter von gestern hatte schon wieder aufgegeben. Aber so war es die ganze Zeit schon gewesen: einen Tag schön, am nächsten wieder Schmuddelwetter. Stabile Hochdruckgebiete waren wohl dem Klimawandel zum Opfer gefallen, ebenso wie der Altweibersommer. Und gerade der hätte ihr in ihrem Alter doch so gut getaugt.

Zwetkow war pünktlich an diesem Donnerstagmorgen. Auf die Minute. Sein Gesicht glich einer Maske. Der Anwalt war ein schicker Typ in einem Designeranzug, der sicher ein Vermögen gekostet hatte. Er legte ein Papier vor, das dokumentierte, wo Zwetkow und er selbst am Freitag und am Samstag gewesen waren. »Das können Sie ja sicher nachprüfen.« Er verzog keine Miene.

»Schön«, sagte Irmi nur.

Der Anwalt fuhr fort: »Um gleich auf diese Telefonnummer zu kommen. Mein Mandant hatte das Gefühl, dass mit Martin Maurer etwas nicht stimmt. Mein Büro hat ein wenig recherchiert. Wir haben herausgefunden, dass Maurer wohl pokern wollte. Die Interessenten gegeneinander ausspielen. Ich habe diesen Xaver Fischer ausfindig gemacht, ihm den Fall geschildert. Er war ein wenig … äh … begriffsstutzig. Ich habe ihm erklärt, dass Maurer ein übles Spiel mit uns allen spielt. Zwar bin ich mir nicht sicher, ob er das begriffen hat, aber er hat sich Zwetkows Nummer notiert und wollte anrufen. Er schien in jedem Fall sehr verwirrt darüber, dass es noch einen Interessenten gab.«

Zwetkow hatte seinen Anwalt reden lassen und machte auch nicht den Eindruck, als ob er den Mund wieder aufmachen wollte. Also wandte sich Irmi weiterhin an den Anwalt. »Aber gestern hat Ihr Mandant gesagt, er wisse gar nicht, wer der Mitbewerber sei.«

»Das wusste er ja auch nicht. Ich habe mit dem Mann telefoniert.«

Dagegen war wenig zu sagen. »Sie wollten die Hütte doch unbedingt haben!«, sagte Kathi mit Nachdruck.

»Nicht um jeden Preis, falls Sie das meinen. Können wir nun gehen?« Der Anwalt ignorierte Kathi und sah Irmi an.

Diese zögerte, ehe sie schließlich »Ja« sagte. Was hätte sie auch tun sollen?

Kaum waren die beiden Gentlemen draußen, schrie Kathi regelrecht los: »Wie kannst du die gehen lassen?«

»Wir haben keine Handhabe. Titus Zwetkow hat ein Alibi, genau wie der Anwalt auch.«

»Aber das haben die sich alles über Nacht fein ausgedacht!«

»Mag sein, Kathi. Aber genau das müssen wir beweisen.«

»So einer hat Handlanger!« Kathi war außer sich vor Wut.

»Mag sein, aber auch die müssten wir finden und zu einem Geständnis bringen.«

»Du kotzt mich an mit diesem ›mag sein‹«, schrie Kathi und rannte hinaus.

»Und du kotzt mich an mit deinem Gebrüll. Ich leite hier eine Mordermittlung. Dabei ermittle ich in alle Richtungen. Ich möchte den Herrn Hüttenwirt nicht vergessen und auch nicht, dass diese Stelle mit dem Kreuz einfach ein merkwürdiger Ort ist«, schrie Irmi hinter ihr her.

Es vergingen etwa zehn Minuten. Irmi las ein paar Mails, war unkonzentriert und unzufrieden.

Als Kathi wiederkam, war sie immer noch auf Krawall gebürstet: »Irmi, das muss ich dir jetzt schon mal sagen: Du bist völlig durch den Wind, seit dein Ex im Spiel ist. Wir haben zwei handfeste Verdächtige und werden schon noch was Belastendes finden. Was soll denn der Scheiß mit dem Kreuz? Das steht da halt. Es ging um diese Hütte. Die Leiche lag ganz in der Nähe der Hütte und zufällig halt unter dem Kreuz.

So what? Echt, Irmi, ich glaub, du verlierst grad den Bezug zur Realität.«

Kathi sah sie herausfordernd an. Irmi beherrschte sich, um nicht aufzubegehren, und fragte stattdessen Andrea, die hinter Kathi in ihr Büro gekommen war: »Und, Andrea, denkst du auch, es ist alles nur Zufall?«

»Na ja, also …«

»Was jetzt?« Das kam bissiger, als Irmi es eigentlich gewollt hatte. Und es traf Andrea, wo es doch Kathi hätte treffen müssen.

»Also, ich wüsste auch nicht …« Andrea brach ab.

Kathi mischte sich ein: »Das ganze Team meint, du solltest diesen Fall vielleicht besser abgeben.«

Irmi starrte von Kathi zu Andrea und retour. Dann sprang sie auf, stieß Kathi fast aus dem Weg und rannte zum Parkplatz. Startete ihr Auto und fuhr viel zu schnell nach Hause. Ihre Gedanken waren wirr. Ihr Herz raste, ihr Magen krampfte sich immer wieder zusammen. Sie konnte sowieso kaum essen.

Irgendetwas passte nicht. Sie hatten Verdächtige ohne Alibis, sie hatten Motive, aber sie hatten keine Beweise. Sie hatten viele schöne Hypothesen und sonst nichts. Und immer wenn Irmi gar nichts mehr einfiel, setzte sie auf ihren wirksamsten Nothelfer: ihre Bergschuhe. Im Gehen lag etwas Meditatives, im Gehen konnte man sich auf den Rhythmus der Schritte konzentrieren. Was hatte auf diesem Schild gestanden? »Gedanken bergauf!«

Auch ihre Gedanken mussten eine andere Richtung einschlagen und endlich ein Ziel erreichen. Sie sah immer wieder dieses Kreuz vor sich, und genau das war der springende Punkt. Über all den Befragungen, über all den Halbwahrheiten und Lügen stand immer noch dieses Kreuz. Wieso hätten

Franz Utschneider oder Zwetkow solch einen Platz wählen sollen?

Irmi rief kurz im Büro an. »Ich bin mal weg. Ihr könnt ja beim Chef vorsprechen, dass man mich abzieht.«

Sie legte auf, noch bevor Kathi etwas erwidern konnte. Dann zog sie ihre Bergschuhe an, kraulte kurz den Kater, bückte sich zu Wally hinunter, die schwer atmend im Korb lag. Alt werden war eine solche Pein – nicht nur als Mensch.

13

Am Laber war sie lange nicht mehr gewesen, aber angesichts ihrer Knie war ihr ein Berg lieb, den man ersteigen konnte, wo einen aber netterweise eine Bahn zu Tale trug. Warum manche Leute freiwillig hinauffuhren und stattdessen zu Fuß hinabliefen, war Irmi unverständlich.

Sie parkte an der Bahn und ging los. Langsam und stetig stieg sie die erste kurze Passage bis zum Forstweg, und dort schritt sie zügiger aus. Es lag Feuchte in der Luft. Irmi schwitzte und empfand das als befreiend. Sie bog in den Wald ein und sah die Soilealm vor sich liegen.

Um sie herum war es still, die Tiere waren ins Tal gegangen, der Bergsommer war zu Ende. Auf der Alm wechselten zwei junge Mountainbiker ihre Trikots und tranken aus einer Bike-Flasche. Wahrscheinlich war in das Wasser so ein Turbopulver eingerührt, das Bärenkräfte verlieh. *Er* hatte auf ihrer letzten Wanderung so etwas dabei gehabt. Irmi war dermaßen übel von dem Zeug geworden, dass sie seither wieder auf das beste Getränk vertraute, das es gab: klares Wasser.

Sie war lange nicht mehr hier gewesen, und der Blick über den Soile-See, der eher eine Sumpfwiese war, und hinüber in die Felszacken war erhebend. Gedanken bergauf! Beim letzten Mal, im Hochsommer, waren in den Felsen Haflinger herumgeturnt, als wären es Gämsen. Das alles waren Bilder, die man im Herzen verschließen konnte, schönere Bilder als jene, die momentan über die Leinwand zuckten.

Irmi stieg den Serpentinenweg hinauf. Das Gute am Wandern war einfach, dass man sich auf einfache Dinge konzentrieren musste. Aufs Gehen und auf einfache Gedanken. Wie weit war es noch bis zum Weißbier zum Beispiel? Nicht mehr allzu weit, stellte sie fest. Es ging vorbei an Felsgnomen. Ihr bot sich ein atemberaubender Blick Richtung Süden. Zwei ältere Wanderer kamen ihr entgegen und grüßten. Es war generell ruhig an einem Donnerstag unter der Woche, an dem das Wetter auch nicht sonderlich gut war.

Oben auf der Terrasse standen ein paar Leute, die allesamt so aussahen, als seien sie mit der Bahn heraufgekommen. Es war kühl, und wahrscheinlich würde es bald zu regnen beginnen. Irmi ging ins WC, wechselte ihr Shirt und nahm dann an einem Tisch Platz. Bei einem jungen Mann bestellte sie sich ein Weißbier, das auch prompt kam. Wenig später stand auch ein Leberkas mit Spiegelei vor ihr.

Sie fühlte sich trotz der deftigen Mahlzeit leichter als die Tage zuvor, sie war auch schmaler geworden, der Bund der Wanderhose saß ziemlich locker. All diese schlaflosen Nächte, das Rumoren in den Gedärmen, der Schmerz im Magen – das zehrte wohl. Etwas Gutes musste man Martin zugestehen: Schon zum zweiten Mal in ihrem Leben fungierte er perfekt als Diät.

»Noch eins?«

Irmi hatte versonnen in Richtung Berge geschaut. Als sie sich umdrehte und die Hüttenwirtin sah, rief sie: »Martina, Mensch! Wie schön! Ich hatte schon gedacht, du wärst gar nicht heroben heute. Setz dich, oder hast du keine Zeit?«

»Für dich doch immer. Lange nicht mehr da gewesen, Frau Kommissarin.« Martina lachte ihr herzliches Lachen.

»Ja, leider. Da wohnst du dort, wo andere Urlaub machen, nimmst dir vor, wenigstens abends mal in die Berge zu gehen, aber da sind Termine, und da ist der innere Schweinehund. Und du sitzt platt in der Küche und kannst grad noch den Suppenlöffel halten.«

Wie hatte der Allgäuer gesagt: Das Leben ist kürzer als dieser Löffel? Er oder Janosch hatten recht. Man rannte wie ein Hamster im Rädchen, bis man irgendwann mal hinausfiel und auf dem Käfigboden namens Leben liegen blieb. Immer wenn das Rad unerträglich schnell wurde, könnte man es eigentlich verlangsamen. Doch die wenigsten sahen die Zeichen, hörten die Botschaften, und wenn sie sie hörten, dann handelten sie nicht.

Martina nickte zustimmend. »Du hast einen komischen Fall grad, hab ich in der Zeitung gelesen. Der Tote am Hausberg. Bist du dran?«

»Ja, und der macht mir so zu schaffen, dass ich beschlossen hab, auf einen Berg zu laufen. Gut für den Kopf.«

»Schön, dass du meinen Berg genommen hast.«

»Danke. Der Fall ist wirklich ziemlich zäh.«

»Also, ich könnt das nicht«, sagte Martina. »Alle lügen dich an, du musst die Wahrheit rausfiltern, du musst immer misstrauisch sein, puh. Ich bewunder dich da sehr.«

»Bewundernswert ist da gar nichts.« Irmi überlegte kurz. »Alle lügen gar nicht. Sie sparen nur Teile aus, sie lassen sich die Informationen aus der Nase ziehen.«

»Ja, aber du musst ein sehr gutes Gespür für Menschen haben, oder?«

Martina, die Gute! Da traf sie den Punkt. Genau das war doch das Problem. Das Gespür, wo war das hingekommen? Und ohne dass sie so recht gewusst hätte, warum, wurden Irmis Gedanken zu Sätzen.

»Ich habe das Gespür verloren. Ich traue meinen Gefühlen nicht mehr. Ich traue meiner Menschenkenntnis nicht mehr. Ich glaube, ich bin jemand, der eigentlich sehr gut hinsehen kann und sehr gut zuhören. Der die Worte zwischen den Zeilen lesen kann, die, die mit unsichtbarer Tinte geschrieben sind. Ach, Martina. Irgendwie ist mir mein Gefühl für die Menschen abhanden gekommen.«

»Warum?«

In dieser schlichten Frage, in Martinas ruhiger freundlicher Stimme lag genau das Problem. Warum war sie so verwirrt?

Irmi überlegte. Dann sagte sie ganz leise: »Mein Exmann hat viel zerstört in meinem Leben. Ich hatte mich ganz gut wieder berappelt damals und ...« Irmi kam ins Stocken. Erzählte sie womöglich zu viel von dem aktuellen Fall? Sei's drum. »Durch diese Sache wird das Ganze wieder präsent. Vertrauen und Misstrauen, sich öffnen und sich zurücknehmen – ich finde die Balance nicht mehr. Und immer wenn ich das Gefühl habe, ich hätte einen Zipfel erwischt, kann ich ihn nicht festhalten. Immer wenn ich glaube, mein Gespür wiedergefunden zu haben, sind das nur Sekunden oder Minuten. Dann zweifle ich erneut. Verstehst du?«

»Ja. Aber einem Idioten in deinem Leben darfst du nicht so viel Macht über dich einräumen. Ich glaube ja nicht, dass du deinen Instinkt verloren hast.« Martina lächelte.

Touché! Vor Jahren hatte Irmi eine Frau kennengelernt, die die Fähigkeit besessen hatte, menschliche Schwingungen aufzunehmen. Keine dubiose Esoterikerin, keine Selbsthilfetante mit einem Zertifikat aus einem Wochenendseminar. Nein, eine tief christliche Frau, die ihr damals geraten hatte, sich den Satz einzuprägen: »Im Namen Jesu Christi nehme ich das nicht an!« Das sollte sie sagen, wenn ihr jemand Dinge erzählte, die sie gar nicht hören wollte. Von Martin und Sabine zum Beispiel. Offenbar hatte Irmi ein wenig ungläubig geschaut, denn die Frau hatte lächelnd nachgeschoben: »Den Jesus Christus können Sie auch weglassen. Es hilft auch zu sagen: Das nehme ich nicht an.«

Was Martina da sagte, war im Prinzip das Gleiche. Wieso setzte ihr Martin so zu? Wieso räumte sie ihm diese Macht über ihr Leben ein? Irmi kannte die Antwort: weil er ihr nie eine Chance zu einer Aufarbeitung gegeben hatte, nie eine Chance zum Gespräch. Er hatte sich verweigert, also musste sie sich auch verweigern. Die Zugbrücke hochziehen und seine Macht unterbinden. Unterscheiden zwischen Martin und dem Rest der Welt. Lernen, dass die Bösartigkeit eines einzelnen Menschen nicht auf alle anderen übertragbar war.

»Martina, du hast natürlich recht. Aber so einfach ist das nicht.«

»Nein, aber was ist schon einfach?«

Irmi lachte und fühlte sich auf einmal so viel freier. Als sie schließlich zahlte, ließ es sich Martina natürlich nicht nehmen, das Weißbier auszugeben, Irmi durfte nur den Leberkas bezahlen.

Ehe es Zeit wurde für die Bahn, trat Irmi hinaus und ging bis an die Kante, wo im Winter die steile Skiabfahrt begann. Sah hinunter, dann in die Berge. Legte den Kopf in den Nacken. Wind war aufgekommen, und erste Regentropfen fielen. Kalte Tropfen. Gedanken bergauf! Und auf einmal war sich Irmi sicher: Da war etwas, was sie nicht gesehen hatte. Das Kreuz war kein Zufall.

Als sie in der blauen Kabine saß, die nur elf Menschen fasste, trommelte der Regen gegen die Gondel. Bald würde es schneien.

Wie jedes Mal, wenn die Gondel am Mast hielt, musste Irmi grinsen. »Dieser Stillstand ist betriebsbedingt. This stoppage is a normal consequence of operation.« Ja, das musste man dem eiligen Touristen schon mitteilen – nicht dass er etwa dachte, er sei hier vergessen worden.

Wenig später saß sie im Auto. Beim Starten stellte sie fest, dass der Scheibenwischer erbärmlich quietschte. Das bemerkte sie nur, wenn es regnete. Bei Sonnenschein dachte sie natürlich nicht daran, das Quietschen zu beheben.

Am Ettaler Berg krochen ein paar Touristen wie Schnecken durch die nassen Kurven. Inzwischen schüttete es. *Er* nannte das plästern. Das war ein Ruhrpottbegriff für starken Regen. Es plästert, irgendwie ein nettes Wort. Und wenn man sich einen plästerte, dann schaute man zu tief ins Glas – oans, zwoa, g'suffa.

Irmi parkte ihr Auto vor dem Grundstück von Martins Nachbarin. Zögerlich ging sie näher, verharrte kurz vor der Türe, ehe sie klingelte. Die Garage stand offen, ein kleines gelbes Auto stand darin. Ums Eck kam ein roter Kater gelaufen, sichtlich genervt von dem Wetter, und maunzte sie vorwurfsvoll an.

»Ja, Alter. Fürs Wetter kann ich aber nichts.«

Sobald sich die Tür öffnete, schoss der Kater ins Haus.

»Ah, Frau Mangold.« Frau Mayr sah Irmi abwartend an.

»Dürfte ich Sie noch mal belästigen?«

»Sicher. Nehmen Sie wieder einen Kaffee?«

»Gerne«, sagte Irmi.

Diesmal war es fürs Salettl eindeutig zu unwirtlich. Irmi wurde in ein Wohnesszimmer geführt und nahm in einer Art Erker Platz, wo ein runder Tisch und eine halbrunde Bank standen. Die Tischdecke war türkis, die Polster ebenso, und mitten auf dem Tisch stand eine Glasvase mit orangefarbenen Blumen.

Es war gemütlich hier. Die Frau hatte es verstanden, aus einem eigentlich langweiligen Haus etwas zu machen. Irmi bewunderte Frauen, die so ein innenarchitektonisches Händchen hatten.

Der Kaffee kam in Bechern. Neugierig sprang der Kater auf den Tisch und inspizierte Irmis Tasse.

»Entschuldigen Sie. Man hätte James mal erziehen müssen.«

»Kein Problem, Frau Mayr. Unserer springt auch auf den Tisch, allerdings nur bei mir. Mein Bruder staubt ihn natürlich runter vom Tisch.«

»Sie leben mit ihrem Bruder zusammen?«

War das ein Vorwurf? Wies die Frage drauf hin, dass Irmi eine war, die in Beziehungsdingen versagt hatte und nun als alte Bauernjungfer mit dem Bruder alt werden musste? Sie schalt sich selbst und beschloss, nicht so empfindlich zu sein.

»Ja, wir haben eine kleine Landwirtschaft, der Bruder macht das im Vollerwerb, ich helf, wenn ich Zeit habe.«

»Das ist schön«, sagte Frau Mayr und lächelte. Nein, sie hatte mit der Frage nichts weiter bezweckt. »Ich habe leider keine Geschwister. Keine Kinder. Keine Eltern mehr. Man ist auf einmal so allein. Ich meine, man ist im entscheidenden Moment ja immer allein, aber eine Familie ist doch ein Rückhalt.«

Das war wohl so, trotz der Wahlverwandtschaften, die man schließen konnte. Was hätte sie ohne Bernhard getan? Er war ein Büffel, manchmal ein sturer Bauernschädel, aber er war eben Bernhard. Der sie kannte wie kein zweiter. Den sie kannte. Er war ihr Lebensrahmen. Ihre Heimat. Er trug eine gemeinsame Zeit mit den Eltern im Herzen. Und Irmi wusste, dass es letztlich ihr Bruder war, der die Mutter am meisten vermisste. Mit ihr war er weniger unsicher und weniger aufbrausend gewesen. Die Mutter hatte ihm den Halt gegeben, der ihn sicher machte. Irmi nahm sich vor, mal mit ihm darüber zu reden. Wenn es sich ergab. Ach was, es würde sich nie ergeben, denn bisher hatten sie auch noch nie über den Verlust der Mutter gesprochen. Irgendwie waren sie alle Treibgut. Nach außen mochte ihr Tun gewollt und geplant wirken, wenn sie auf den Wogen des Lebens dahinritten, doch in Wahrheit waren sie alle getrieben. Jeder auf seine Art.

Irmi lächelte und kraulte den Kater hinterm Ohr, der sich wie selbstverständlich auf ihrem Schoß niedergelassen hatte. »Vielleicht ist das eine indiskrete Frage, aber gibt's keinen Mann?«, fragte Irmi.

»Nicht mehr. Es gab einen, der mein Leben so lange verschwendet hat, bis er sicher sein konnte, dass ich die Kinderfrage abgehakt hatte. Er hat Kinder gehasst. Ich hätte gerne welche gehabt. Ich war vierzig, als ich ihn rausgeworfen habe. Im gleichen Jahr sind die Maurers nebenan eingezogen.«

»Da wäre doch noch Luft gewesen? Ich meine, für ein Kind.« Irmi sah ihr Gegenüber nicht an, sondern kraulte nur unentwegt den Kater.

»Theoretisch ja, praktisch nein. Es gibt Zeiten im Leben für so manches. Wenn man diese Zeiten überschreitet, macht man sich lächerlich. Vor sich selbst und vor den anderen.«

Irmi schwieg. Wenn Helga Mayr damals vierzig gewesen war, musste sie heute sechsundfünfzig oder siebenundfünfzig sein. Irmi hätte sie jünger geschätzt. Sie war schmal und sah irgendwie nicht ganz gesund aus.

»Drum haben Sie Ann-Kathrin so lieb gehabt?«

»Kommen Sie mir jetzt nicht mit diesen Theorien. Katzen als Kindersatz, Nachbarskind als Hilfe zur Bewältigung der eigenen Frustration.« Frau Mayr wurde lauter.

»So hab ich das nicht gemeint!«

»Ja, entschuldigen Sie, das glaub ich Ihnen. Wahrscheinlich bin ich da überempfindlich.« Sie schenkte Irmi Kaffee nach. »Aber es geht Ihnen um Ann-Kathrin? Deshalb sind Sie wieder hier?«

Kathi hätte sie an dieser Stelle sicher gestoppt. Sie hätte ihr vorgeworfen, immer zu viel preiszugeben, aber Irmi fand, dass sie der Frau die Wahrheit schuldig war.

»Ich will ganz ehrlich sein. Ich bin im luftleeren Raum. Es geht nicht nur um Martin, sondern auch um einen weiteren Toten. Wir wissen, dass zwischen beiden ein Zusammenhang besteht.«

Die Frau unterbrach sie: »Der Tote vom Hausberg? Ich hab in der Zeitung davon gelesen.«

»Ja, Martin hat für ihn gemakelt. Es ging um eine Immobilie von beträchtlichem Wert. Der Zusammenhang ist klar, es ist auch erwiesen, dass sie sich am Hausberg getroffen haben.« Irmi unterbrach sich kurz, weil der Kater, der draußen irgendetwas gesehen hatte, schwungvoll hochgeschossen war. Hinterlassen hatte er einen Teppich aus Haaren.

Die Nachbarin lächelte. »Er haart etwas. Frau Mangold, mir ist schon klar, dass Sie mir nichts erzählen dürfen, ich helfe Ihnen aber gerne, wenn ich kann. Falls Sie aber denken, dass ich mehr über Martins Leben weiß, Fehlanzeige. Wir hatten nur sporadisch Kontakt per Telefon und E-Mail. Ob er hier war, ob er diesen Mann gekannt hat, keine Ahnung.«

»Darum geht es mir auch gar nicht. Es geht darum«, Irmi atmete tief durch, »dass wir zwei Verdächtige haben und nicht weiterkommen. Mein Team hält mich inzwischen für etwas wunderlich, aber ich spüre, dass da mehr sein muss. Ich hoffe, das genügt Ihnen für den Moment. Sie sehen sich einer ratlosen Kommissarin gegenüber, die ein unbestimmtes Gefühl hat, das sie nicht fassen kann.«

»Und wie kann *ich* Ihnen helfen?«

»Können Sie mir mehr über den Tod des Mädchens erzählen?« Irmi zögerte. »Ich weiß, dass das weh tut ...«

Helga Mayr schwieg eine Weile und begann dann leise zu

erzählen: »Ann-Kathrin war wie gesagt ein gutes Mädchen. Reif, ich fand sie fast weise für ihr Alter. Und dann war sie ja mit Christian und der Oma zusammengezogen. An diesem Abend war sie mit ein paar Freundinnen bei so einer Bauwagenfete. In den frühen Morgenstunden sind sie an der Straße heimgelaufen. Haben rumgeblödelt, die anderen waren richtig betrunken, Ann-Kathrin gar nicht mal so sehr. Sie haben herumgealbert, und Ann-Kathrin ist auf die Straße gelaufen. Just in dem Moment kam ein Auto. Es war neblig, da war nichts zu machen. Sie war sofort tot.« Ihr traten Tränen in die Augen. »Wissen Sie, das Mädchen hat fast nie was getrunken. Auf dieser Fete hat sie wohl ein Bier und zwei Feiglinge gehabt, sie hat aber wirklich nicht besinnungslos gesoffen. Sie wollte ihren Auszug feiern. Ihre Freiheit, ihr neues Leben. Eine kurze Freiheit.« Mit einem »Entschuldigung« flüchtete die Frau vom Tisch und kam kurz darauf mit einem zerknüllten Tempo wieder.

Irmi schwieg eine Weile. »Was wurde aus diesem Christian? War er auch auf dieser Fete?«

»Nein, das war ein Mädelsausflug. Ich habe keine Ahnung, wo er heute lebt. Die Oma, also Martins Schwiegermutter, ist bald darauf gestorben. Aus Gram, würde ich sagen. Ihre Enkelin war ihr ein und alles.«

»Und Sabine ist seither in Freiburg?«

»Sehen Sie, die Polizei war da, ein Seelsorger und ein Kriseninterventionsteam. Eine Weile wurde über den Sinn dieser Bauwagen diskutiert, und nach zwei Monaten krähte kein Hahn mehr danach. Erst kam die Beerdigung der Tochter, dann die der Mutter. Und irgendwann ist Sabine zusammengebrochen. Sie hat noch eine Schwester in Freiburg. Die hat sie geholt. Martin ist nach Frankfurt gegangen, alles zerfiel in Stücke.«

Irmi war tief betroffen. Sabine tat ihr leid. Das Kind und die Mutter in einem so kurzen Zeitraum zu verlieren, das musste die Hölle sein. Und dann einen Partner zu haben, der keinerlei Rückhalt bot. Sie schämte sich für die Verwünschungen, die sie seinerzeit gegen Sabine ausgestoßen hatte. Sabine war doch auch nur ein Opfer von Martins Kälte geworden. Martin, der einfach zumachte und alles verdrängte, der davonlief und sich immer wieder neue Leben zurechtlog. »Wer hat das Mädchen denn überfahren?«, fragte Irmi.

»Das hat das Ganze noch tragischer gemacht. Es war eine Neunzehnjährige, die frühmorgens auf dem Weg zur Arbeit war. Sie fuhr täglich von Aidling nach München.«

»Keine Mitschuld?«

»Das hätte Martin gerne gehabt. Aber das Mädchen konnte gar nichts dafür.« Wieder schossen der Nachbarin Tränen in die Augen.

Was für eine Tragödie! Eine Sekunde an einer nebligen Landstraße hatte das Leben von so vielen Menschen zerstört. Irmi schluckte. Erhob sich langsam. Bedankte sich.

»Hat Ihnen das denn nun weitergeholfen?«, fragte Helga Mayr.

»Bestimmt«, sagte Irmi, obgleich sie keine Ahnung hatte, was ihr das nun gebracht haben sollte. Außer dass sie wieder ganz grauenvolle Magenschmerzen verspürte.

Langsam fuhr sie zurück. Auch jetzt lag Nebel über dem Moos. Wenn eine Gestalt urplötzlich aus dem Nichts aufgetaucht wäre, hätte sie ganz sicher nicht ausweichen können.

Die Diensthabenden schauten sie etwas verwundert an, dass sie um diese Tageszeit noch auftauchte und sich in ihrem Büro verschanzte. Intensiv las sie alle Protokolle, alle Aussagen bis hierher und konnte ihr vages Gefühl nicht verscheuchen. Sie waren auf dem Holzweg, auch wenn sich das

Team nun endgültig auf Zwetkow eingeschossen hatte. Oder den Hüttenwirt.

Irmi ließ das Video mit der sphärischen Filmmusik des »Adlers« laufen. Sie stand auf und ging zum Fenster. Draußen war es noch nebliger geworden, ab und zu irrlichterten Autoleuchten durch den Dunst, der das Licht so merkwürdig verzerrte. Irmi rutschte an der Wand hinunter und hockte am Boden. Lange saß sie so im Dunkeln, bis sie ihren Computer herunterfuhr und ins Auto stieg.

Zu Hause ging sie in den Kuhstall und blieb vor den Futterraufen stehen. »Na, Mädels, können wir tauschen? Ihr löst meinen Fall, und ich leg mich hier auf die faule Kuhhaut und käue wieder?« Die Mädels schauten sie äußerst kuhäugig an, ihre Lieblingskuh Irmi Zwo, eine Kuhoma im methusalemischen Nutztieralter, muhte leise. Leider würden ihr die Tiere auch nicht helfen können.

Bernhard war nicht zu Hause, worüber Irmi nicht unglücklich war. Ihr war nicht nach reden, heute nicht.

Sie duschte lange und viel zu heiß, ihr wurde richtig schwummrig, was auch daran liegen mochte, dass Irmi den ganzen Tag nichts gegessen, sondern nur Unmengen von Kaffee getrunken hatte.

14

Als sie am Freitagmorgen um acht auf der Polizeidienststelle in Murnau auftauchte, war sie froh, einen bekannten Kollegen zu treffen. Ein besonnener Mann, der ihrem Wunsch nachkam, die Akte der Todesfahrt herauszusuchen.

»Eine tragische G'schicht war das. Im Prinzip einfach ein Zusammentreffen unglücklicher Umstände und natürlich immer derselbe Ärger mit diesen Feten.«

Irmi wartete.

»Bei euch da unten ist das, glaub ich, gar nicht so vertreten, aber hier heraußen hat bald jede Gemeinde so einen Bauwagen oder eine Saufhütte im Wald. Mädchen im Koma, Jungs so besoffen, dass sie mit dem Moped im Graben landen, und Anrufe von Kids, die ihre Eltern anzeigen.«

»Wie?«

»Ach, das kommt öfter vor. Hatten wir erst kürzlich. Eine Achtzehnjährige hat völlig zugedröhnt mit einem ebenfalls zugedröhnten Typen vor dem elterlichen Haus herumgelungert. Der Vater kommt heim, will den Typen verjagen und die Tochter ins Haus komplimentieren. Es gibt Streit, der Typ beschimpft den Vater und schubst ihn. Die Tochter geht dazwischen und haut dem Vater die unmöglichsten Schimpfwörter um die Ohren. Daraufhin gibt er ihr eine Watschn. Der Typ flüchtet, und das Gör ruft uns an, um den Vater anzuzeigen. Wir fahren hin, schlichten und lassen auf Wunsch des Vaters die Kleine mal blasen. 2,2 Promille, die ging aber noch ganz aufrecht und redete, ohne sonderlich zu lallen. Bei diesen Mädels mit ihren fünfzig Kilo sind 2,2 Promille schon beachtlich, oder?«

»Eine reife Leistung. Schlimm, diese Schwarzgastronomie. Ich sage ja nichts gegen das eine oder andere Festzelt, aber das nimmt echt überhand. In und um Garmisch hat es das zwar weniger, aber schon im Ammertal gibt's diese Saufhütten zuhauf. Ich weiß nicht, was so toll dran sein soll, sich ins Koma zu trinken. Man hat ja nichts mehr vom Abend!« Irmi lächelte den Kollegen an, der überdies auch gar nicht schlecht aussah.

»Tja, Frau Mangold, das ist halt nicht unsere Generation, wir sind Auslaufmodelle.« Er lachte und wurde dann wieder ernst. »Wissen Sie, das Problem für uns ist, dass diese Eskapaden viel zu viel Personal binden, das besser anderswo unterwegs wäre. Aber die Gemeinden sind da uneinsichtig.«

»Als der Unfall passiert ist, gab es denn da keine Diskussion darüber?«, fragte Irmi.

»Ja, und was glauben Sie, ist passiert?«

»Nix G'scheites, nehm ich an.«

»Genau, es gab natürlich Proteste von besorgten Eltern, und dann sind sich die Dorfhonoratioren nicht schade genug gewesen, den Kids zu versichern, dass der Bauwagen natürlich nicht geschlossen wird. Dass man aber einen Fußweg anlegen werde, damit die Kids nicht an der Straße entlanglaufen müssen.«

»Das ist nicht Ihr Ernst?«

»Oh doch, das ist die Welt, in der wir leben, Frau Mangold. Gemeinderäte stehen dahinter, sogar die Herren Landräte. Seien Sie froh, dass Sie aus dem Tagesgeschäft raus sind. So ein sauberer Mord ...« Er lachte und wiegelte gleich ab. »Nein, natürlich nicht, ich beneide Sie nicht. Es geht um den aktuellen Fall in Garmisch? Warum interessieren Sie sich für meine Bauwagen-Komakids?«

»Wir haben nicht nur den Mann am Hausberg, wir haben

zwei Tote, der andere kam allerdings in Oberstaufen ums Leben. Das bleibt bitte unter uns. Wir haben versucht, möglichst wenig an die Öffentlichkeit dringen zu lassen. Dieser zweite Mann ist der Vater des Mädchens, das bei dem Autounfall ums Leben kam.«

»Ach!« Der Kollege überlegte kurz. »Er hieß Martin Maurer?«

»Erinnern Sie sich an ihn?«, fragte Irmi und hoffte, dass ihre Stimme neutral klang.

»Ja, er war ... wie formulier ich das am besten ... seltsam unbeteiligt. Seine Frau brach komplett zusammen, aber er war kalt wie Eis.«

»Selbstschutz? Männliches Verdrängen?«

»Selbstschutz sicher auch. Jeder geht anders um mit solchen Tragödien. Aber der Mann kam mir gefährlich vor, innerlich zerfressen. Ich hatte Bedenken, dass er irgendwann explodiert. Wissen Sie, der Mann kam mir vor wie eine tickende Zeitbombe. Sehen Sie einen Zusammenhang mit Ihrem Fall?«, fragte der Kollege.

»Deshalb möchte ich die Akte lesen und Sie bitten, das nicht an die große Glocke zu hängen. Ich bring die Akte genauso unauffällig zurück.«

»Natürlich – und viel Glück, Frau Mangold.« Das meinte er ernst, da war sich Irmi sicher. Da sie allen Fragen entgehen wollte, nahm sie die Akte mit nach Hause. Legte sie auf den Küchentisch, den sie erst mal von Kater befreien musste. Der maunzte unwirsch.

Wally lag derweil im Korb und hob nicht mal den Kopf. Es versetzte Irmi einen Stich. Sie wusste, dass die Hündin uralt war und Herzprobleme hatte, aber das wusste eben nur die Ratio. In den letzten Wochen war das Tier immer mehr verfallen, aber bisher hatte Irmi das Gefühl gehabt, dass Wally noch Lust am Leben hatte. Oder vielleicht wollte sie sich das auch nur einreden, um den Tag X, der früher oder später kommen würde, hinauszuzögern. Sie machte sich einen Kaffee. Wahrscheinlich würde sie demnächst an einer Kaffeevergiftung eingehen.

Dann schlug sie den Deckel der Akte auf. Ann-Kathrin war mit zwei Freundinnen – Stefanie Wagner und Laura Freimut – auf dieser Fete gewesen. Der Bauwagen stand auf dem Gemeindegebiet von Riegsee im Bereich Aidling, und die Mädchen waren zur Staatsstraße 2038 gegangen. Laura Freimut hatte ausgesagt, dass sie vorgehabt hätten, ein Auto anzuhalten. Deshalb waren sie nicht nach Riegsee gelaufen und über Froschhausen nach Murnau zurück.

Ausgerechnet dort, dachte Irmi. Die Stelle, wo die Straße von Aidling auf diese Staatstraße traf, war eine schlimme Ecke. Eine Rennstrecke, ein Berg, eine Kurve, die ungut zumachte. Die Mädchen waren links gelaufen. »Links gehen, Gefahr sehen«, dachte Irmi bitter. Was für ein Hohn.

Laura Freimut war als Letzte gegangen, vor ihr Stefanie und ganz vorn Ann-Kathrin. Sie hatten herumgeblödelt und Tanzschritte ausprobiert. Ann-Kathrin hatte wohl noch gesagt, dass es scheißweit bis Murnau sei und jetzt schon mal ein Auto kommen könnte.

Das Auto war gekommen. Die junge Frau mit dem Polo war plötzlich aus dem Nebel aufgetaucht und hatte Ann-Kathrin erfasst, die sofort tot gewesen war. Sie war hoch geschleudert worden und hatte sich beim Aufprall das Genick gebrochen. Die Fahrerin hatte sich Prellungen zugezogen und unter Schock gestanden. Den Notarzt hatte ein zweiter Autofahrer gerufen, der wenig später vorbeigekommen war, ebenfalls auf dem Weg zur Arbeit. Die anderen beiden Mädchen waren laut seiner Aussage völlig zusammengebrochen, Stefanie total hysterisch, während Laura in einer Art Schockstarre verharrt war. Beide mussten medizinisch betreut werden.

Es gab Skizzen vom Unfall, es gab Auswertungen der Reifenspuren. Die junge Fahrerin war mit nur fünfzig Stundenkilometern unterwegs gewesen, sie trug keinerlei Mitschuld. Es gab Schriftsätze der Versicherungen, Martin hatte einiges in Bewegung gesetzt, um zumindest eine Mitschuld zu erwirken, war aber gescheitert. Die junge Frau hieß Margit Geipel, stammte aus Aidling und war auf dem Weg zu ihrer Ausbildungsstätte in München gewesen, wo sie Buchbinderin lernte.

Die Akte umfasste auch ein paar Zeitungsartikel. Primär war es erst um die Fakten rund um den Unfall gegangen. Daraufhin war eine Flut von Leserbriefen eingegangen – die einen verdonnerten die Bauwagenfeten und das Komasaufen, die anderen wollten darin eben die Feierlust der Jugend sehen und verwiesen auf Einzelfälle, auf Ausreißer inmitten einer Schar netter bayerischer Jugendlicher. Nach dem Motto: Mir san mir.

Einen Brief fand Irmi besonders beachtlich:

Bayern, ein einig Volk der Trinker!
Wie sagte der FDP-Politiker Tobias Thalhammer so schön:
Die heutige Jugend ist gar nicht so negativ. In den Flatrate-
Partys will er keine neue Qualität sehen. Früher hätte es eben
»Goaßmaß- und Rüscherl-Partys« gegeben. Ja, wenn der
Herr Thalhammer aus dem Nähkästchen seiner Kindheit
plaudert, dann ist das wahrlich liberal zu nennen. Und dann
haben wir in Bayern ja auch noch den großen Günther Beck-
stein, der der Ansicht ist, dass man nach zwei Maß Bier noch
leichterdings Auto fahren kann. So werden die Flatrate-
Partys nicht verboten. Die Koalition setzt lieber auf ein

*Präventionspaket – wie das allerdings aussehen soll, verraten
sie nicht. SPD, Grüne und Freie Wähler sind mit ihren
Anträgen zur Eindämmung des Alkoholkonsums ganz un-
elegant an der Trinkermauer von CSU und FDP abgeprallt.
Wenn schon ganz oben keine Einsicht herrscht, was wollen
wir uns dann am Riegsee echauffieren? Ich kann der Familie
Maurer nur meine Anteilnahme versichern. Es tut mir
unendlich leid.*

Dr. Waldemar Müller, Habach

Ja, der Herr Müller hatte recht. Ohne Unterstützung von oben
sah es mau aus. Auch sie bei der Polizei brauchten eine Richt-
linie von der Legislative. Erst kürzlich hatte Irmi die Zahlen
aus dem »Jahrbuch Sucht« gesehen: Auf fast zehn Liter rei-
nen Alkohol brachte es jeder Deutsche im Jahresdurchschnitt.
Vor allem das Komatrinken nehme zu, warnte das Jahrbuch,
wenn der Gesamtkonsum auch gleich geblieben war. Doppelt
so viele Personen wie noch vor zehn Jahren waren vom Komatrinken betroffen, darunter vor allem Jugendliche und Senio-
ren. Doch, die Deutschen waren auch beim Trinken gründ-
lich. Deutschland lag beim Alkoholkonsum weltweit in der
Spitzengruppe – nach Luxemburg, Irland, Ungarn und Tschechien auf Platz fünf.

Irmi lehnte sich zurück, atmete tief durch und zückte dann
einen weiteren Leserbrief.

*Ja, Zefix, jetzt reds doch ned so an Schmarrn!
Bier gehört in Bayern zur Kultur. Es sollen nur die sich auf-
mandeln, die selber keinen Tropfen trinken und in ihrer
Jugend nicht auch mal über die Stränge geschlagen haben.
Einen Fetzenrausch haben wir doch alle schon mal gehabt.
Wir sollten froh sein, dass die Kinder daheim ein Angebot*

vorfinden und nicht nach München oder Garmisch fahren müssen. Oder gar bis Augsburg in irgendwelche Großdiskotheken. Mit einem Fetzenrausch an einer Straße entlangzulaufen ist tatsächlich dumm. Wo sind die Eltern dieser Kinder? Sollen die sie doch abholen, wenn sie denen schon erlauben, auf solche Feten zu gehen. Die sind doch nur froh, dass sie eine Ruh haben vor ihren Blagen, denen sie nimmer Herr werden. Aber man sucht die Verantwortung lieber bei den anderen – ich verstehe sehr wohl, dass sich der Gemeinderat da distanziert. Und ich mich auch. Da stellt man netterweise ein Grundstück für die Jugend zur Verfügung und soll dann schuld sein. I bin ned schuld. Schuld san scho die Eltern, die nimmermehr erziehn!

Xaver Fischer, Ohlstadt

Irmi starrte auf den Namen. Dann auf die Kopien weiterer Zeitungsberichte und Aussagen. Fingerte anschließend fieberhaft in den Kopien herum. Es dauerte eine Weile, bis sie begriff. Massive Bürgerproteste hatten den Gemeinderat auf den Plan gerufen, der sich natürlich in der Pflicht gesehen hatte, sich zu rechtfertigen. Er hatte den Bauwagen ja schließlich toleriert, nein, mehr noch, er hatte ihn sogar als Jugendtreff am Riegsee gutgeheißen. Natürlich hatte der Gemeinderat verlauten lassen, dass man nicht unter Kontrolle habe, was und wie viel dort getrunken werde. Die beiden verantwortlichen Burschen jedenfalls seien neunzehn und einundzwanzig Jahre alt und damit volljährig und mündig.

Pah, dachte Irmi. Genau so zieht ihr euch aus der Affäre! Schiebt die Verantwortung auf die beiden Jugendlichen, die offenbar nur vom nominellen Alter her erwachsen waren. Die beiden Jungs hatten angegeben, nichts außer Bier ausgeschenkt zu haben, und wenn hier Leute auftauchten, die schon mal vorgeglüht hatten, sei das ja nicht ihre Schuld. Und wenn ein Mädchen kleine Feiglinge in der Hosentasche hatte, sei das auch nicht ihr Problem. »Soll ich die durchsuchen?«, hatte der eine gesagt. »Dann bin ich gleich dran, weil ich die unsittlich berühr.«

Das konnte man nun glauben oder nicht. Irmi war davon überzeugt, dass da auch ganz andere Getränke über oder unter den Tresen gingen. Aber wenn alle zusammenhielten?

Inmitten der Diskussion war ein Mann ins Visier geraten, ein Landwirt, der den Grund für den Bauwagen zur Verfügung gestellt hatte. Ein Grundstück am Waldrand, sein Name: Xaver Fischer.

Fischer hatte sich als Wohltäter aufgespielt, der nun missverstanden wurde. Er hatte den Vorstoß des Gemeinderats unterstützt, dann eben einen besseren Weg für die Partygänger auszuweisen. Niemand hatte überhaupt in Erwägung gezogen, dass der ganze Bauwagen falsch sein könnte. Dass dieser Umgang mit Alkoholismus bei Jugendlichen der falsche war. Es war unglaublich! Fischer hatte die Eltern attackiert. Sie verletzten die Aufsichtspflicht, und für die neunzehnjährige Fahrerin hatte er auch nur ein »Pech halt« parat gehabt.

Irmi fragte sich, wie das alles auf Martin gewirkt haben musste. Dein eigenes Kind kommt ums Leben, und alle solidarisieren sich mit denen, die zumindest eine Teilschuld tragen. Niemand zeigt Rückgrat, du hast das Liebste verloren, und zusätzlich schlagen sie dir noch ins Gesicht. Eine Ohrfeige nach der anderen.

Und dann ist da ein Xaver Fischer, der selbstgefällige Leserbriefe an die Zeitung schreibt. Wie fühlst du dich? Im Stich gelassen. Niemand konnte es Eltern verdenken, wenn sie Selbstjustiz in Erwägung zogen – auch sie als Polizistin konnte solche Menschen verstehen. Wenn all die Instanzen, die eigentlich reagieren sollten, den Kopf einzogen und den Schwanz einklemmten, was blieb einem dann?

Martin war in einem ganz anderen Zusammenhang über Xaver Fischer gestolpert. Was, wenn er die Chance zur Rache genutzt und Fischer umgebracht hatte?

Für einen Moment war alle Energie aus Irmi gewichen. Es fiel ihr schwer, strategisch zu denken. Sollte sie als Erstes ihr Team informieren? Doch sie verwarf den Gedanken. Die hatten sich so auf den Russen eingeschossen! Außerdem musste sie erst einmal ihr aufgewühltes, verwirbeltes Inneres wieder in Balance bringen.

Sie beschloss, jenen Ort aufzusuchen, wo der Bauwagen stand. Solche Lokaltermine – offizielle oder ganz private – halfen ihr und setzten immer auch Emotionen und Ideen frei. Irmi parkte in Aidling an der Kirche St. Georg. Sie warf einen kurzen Blick in die Rokokokirche mit ihren bereits klassizistisch geprägten Altären. Dabei beruhigte sie sich, ihr Atem ging regelmäßiger. Der kleine Dorfladen war gerade geschlossen, ein Traktor schepperte vorbei.

Ein älteres Ehepaar in Wanderkleidung studierte eine Karte, und Irmi wurde unfreiwillig Zuhörerin des Gesprächs.

»Da steht doch Aidling! Und wir sind in Aidling. Wieso hat uns der junge Mann denn so einen Unsinn erzählt?« Der Mann wandte sich um und entdeckte Irmi. »Sind Sie von hier?«

»Nicht direkt, aber ortskundig.« Irmi lächelte.

»Wir sind doch in Aidling?«

»Ja, sind Sie.«

»Da hat uns vorher so ein Lümmel total veräppelt und behauptet, wir wären ganz woanders gelandet«, echauffierte sich die Frau.

Irmi grinste. »Er hat sie nicht veräppelt. Er hat Sie lediglich nicht verstanden. Man spricht den Ort ›Oaling‹ aus.«

Mit einem unterdrückten Lachen und einem »Schönen Tag noch« flüchtete sie. Immer diese Sprachprobleme! Eigentlich war sie den beiden dankbar. Solche kleinen Begebenheiten nahmen den schier ausweglosen Situationen ihres Berufslebens die Schwere.

Langsam ging sie dorfauswärts auf dem kleinen Sträßchen, das Richtung Höhlmühle führte. Nach einer Weile gelangte sie an einen Feldweg, wo an den Hang gelehnt ein Stadel stand – und der Bauwagen. Er war mit allerlei Totenköpfen besprüht, davor waren ein paar Gartenstühle verstreut. Eigentlich ein lauschiger Platz, Irmi bezweifelte allerdings, dass den Kids die Aussicht so wichtig war.

Es war ein Tag, an dem wieder Wolken zogen, und Irmi hatte fast das Gefühl, als werde sie von ihnen davongetragen. Sie ließ sich von den Wolken treiben und stieg hinauf auf die Aidlinger Höhe. Der Blick ging weit ins Gebirge. Der harsche Berg, der sich wie ein gewaltiger Dinosaurierrücken im Osten aus der Ebene erhob, war die Benediktenwand. Es folgten die oberbayerischen Kultberge Herzogstand und Heimgarten. Drunten lag der See. Die Moorlandschaft hatte sich in einer Palette von Rosé bis Dunkelrot verfärbt. Über allem lag ein bläulicher Dunst – jene Farbe, die dem Blauen Land den Namen gegeben und all die Maler inspiriert hatte. Schön, hier könnte man auch leben, dachte Irmi.

Sie war unschlüssig, was sie tun sollte, und stieg ein kurzes Stück in eine Wiesensenke, überkletterte einen Zaun und fand sich auf dem Höhenweg wieder. Den hatte sie immer schon mal gehen wollen, warum nicht heute? Das Laub raschelte unter ihren Füßen und verdeckte all die Wurzeln, die den Waldweg durchzogen. Man musste sich aufs Gehen konzentrieren, und das war gut so. Irmi hatte mal irgendwo gelesen, dass dies ein bronzezeitlicher Fernhandelsweg gewesen war und Aidling ein wichtiger Knotenpunkt. Die Wege waren weiland auf den Hügelkämmen verlaufen, die Täler waren versumpft, ein einziger Kampf gegen Morast und Stechmücken! Da fast alle Lasten in der frühen Bronzezeit auf dem Rücken von Menschen befördert wurden, hatte ein Trampelpfad genügt. Die Wege hatten bis ins 13. Jahrhundert eine große Bedeutung gehabt – bis die Waren weitgehend auf Wagen in den inzwischen trockengelegten Tälern transportiert wurden.

Eigentlich war es doch lächerlich, wie sehr man sich im Hier und Jetzt aufregte. Wo man doch nur einen Wimpernschlag lang Gast war auf der Erde.

Irmi stapfte weiter, stieg über einen ziemlich glitschigen Weg ab und landete an der Höhlmühle. Hier hatte sie einmal mit *ihm* gesessen, und er hatte wie so oft die Geschichte dieses wunderbaren Ortes gekannt. Der Besitzer der Ölmühle hatte um 1850 viel Geld in der Lotterie gewonnen und sich einen Traum erfüllt: das Forsthaus Höhlmühle, eine Mehl- und Getreidemühle mit Sägewerk und kleiner Schankwirtschaft. Im Jahre 1910 wurde die Höhlmühle von Ottmar von Poschinger-Camphausen gekauft, einem bayerischen Kämmerer, Rittmeister und Gutsherr auf Riegsee. Er baute das Anwesen in ein Forsthaus mit Gaststätte um – der Konzessionsantrag im Jahr 1911 an das Landratsamt Weilheim war übrigens das erste mit Schreibmaschine geschriebene Schriftstück, das die dortigen Mitarbeiter je gesehen hatten!

Damals hatten sie im Biergarten gesessen, heute ging Irmi lieber in die Stube hinein. Sie bestellte sich ein Hirschgulasch. Schließlich musste man auch mal was Ordentliches essen. Ein kleines Bier dazu – hier sah ja keiner, dass sie eine Preißnhalbe trank!

Als sie wieder hinausging, standen die beiden Wanderer aus Aidling an ihrem Auto und studierten wieder einmal die Karte.

Der Mann winkte ihr zu. Irmi kam näher.

»Fahren Sie zufällig nach Oaling?«, erkundigte sie sich lachend.

»Eigentlich nach Murnau«, meinte der Mann. »Diese kleine Straße führt doch da hin?«

»Ja, durchaus. Würde es Ihnen was ausmachen, den Schlenker über Oaling zu machen?«

Die beiden sahen Irmi zweifelnd an, die daraufhin ihren Polizeiausweis zückte.

»Kripo, ich bin sozusagen undercover unterwegs. Sie täten mir und der Gerechtigkeit einen großen Gefallen.«

Sie verbarg ihr Grinsen und versuchte ernst zu schauen. Die beiden waren so beeindruckt, dass sie fast salutiert hätten, als sie Irmi in Oaling aussteigen ließen. Das war sicher deren spannendstes Urlaubserlebnis gewesen. Irmi bedanke sich artig und winkte den beiden nach.

Von irgendwoher schlug es halb zwei. Sie hatte ihr Handy zwischenzeitlich ausgeschaltet, doch nun half es wohl nichts, sie musste sich in jedem Fall mal im Büro melden.

Kathi ging dran, und Irmi war versucht, das Handy vom Ohr wegzuhalten, so sehr brüllte ihre Mitarbeiterin in den Hörer: »Wo bist du denn? Ich versuch den ganzen Vormittag dich zu erreichen!«

»Wieso? Gibt's was Bestimmtes?« Gut, das war jetzt vielleicht keine sonderlich gute Antwort.

»Nein, du bist auch bloß die Chefin hier! Es macht uns gar nichts aus, wenn du einfach abtauchst!«, fauchte Kathi.

»Kathi, ich tauche nicht ab, ich war in Murnau bei den Kollegen und bringe euch ein paar sehr interessante Informationen mit.« Sie klang eisig, eigentlich wollte sie das gar nicht.

»Ach, und das musst du im Alleingang machen?«

Irmi lag schon auf der Zunge: Ja, weil ihr mit eurem verbohrten Russenwahnsinn ja sowieso keine breiter gestreuten Ermittlungen zulasst.

Stattdessen erklärte sie: »Kathi, das hat schon alles seine Richtigkeit. Ich muss noch ein oder zwei Gespräche führen. Wir treffen uns um vier im Büro.«

»Um vier? Da ist ja der Tag vorbei! Außerdem ist Freitag!«

»Aber noch nicht Dienstschluss, Kathi. Noch nicht ganz! Bis später.«

Irmi legte auf und wusste, dass sie um vier einer extrem schlecht gelaunten Truppe entgegentreten würde. Aber sie hatte einen Plan gefasst, und den würde sie durchziehen.

In Riegsee standen Alpakas auf der Weide, diese Andengesellen, die auf leisen Sohlen über die Weide schritten. Einer stand am Zaun, als Irmi ganz langsam vorbeirollte. Er schenkte ihr einen seelenvollen Blick. Alpakas waren so nette Viecher, aber Bernhard würde ausflippen, wenn sie mit dem Vorschlag einer Alpakazucht daherkäme. Da war er dann doch zu sehr Traditionalist, um sich solche neumodischen Tiere anzuschaffen.

15

Brischitts Golf stand im Hof, und als Irmi vorfuhr, kam die junge Frau gerade aus dem Stall. Sie hob lächelnd die Hand zum Gruß und schien sich wirklich zu freuen, Irmi zu sehen.

»Wollten Sie Ihr Fichtenmoped testen?«, fragte Brischitt.

»Ach, Brischitt …« Momentan war Irmi nicht zu mehr Worten in der Lage.

»Was zu trinken? Kaffee?«

»Bitte bloß ein Wasser. Was ich in letzter Zeit an Kaffee getrunken habe, war sicher mehr als ungesund.«

Irmi folgte Brischitt in die Stube und setzte sich auf die Bank. Bald kam Brischitt mit einem Krug Wasser und einem Glas zurück.

»Danke«, sagte Irmi und trank erst mal. »Brischitt, ich bin ziemlich ratlos. Und ich muss leider schon wieder an einem unangenehmen Thema rühren. Vor einem Jahr gab es einen tragischen Unfall. Ein junges Mädchen wurde nach einer Bauwagenfete von einem anderen jungen Mädchen überfahren. Erinnern Sie sich?«

»Sicher, das war so eine schlimme Geschichte.«

»Der Bauwagen stand auf Ihrem Grund, nicht wahr?«

»Ja, wir haben von der Mama her rund um Aidling etwas Grund und Wald.«

»Und wie kam es zu dem Bauwagen?«

»Ein paar Gemeinderatsmitglieder sind auf den Papa zugetreten, ob es denn okay wäre, den Wagen da aufzustellen. Sie haben ihm versprochen, dass da keine Flaschen rumliegen und der Grund in keinster Weise beeinträchtigt würde.«

Irmi überlegte kurz. »Was ich nicht ganz verstehe, Brischitt, da sind doch genug einheimische Landwirte, die Grund haben. Und es sind doch auch deren Kinder, die sich da treffen, wieso musste es denn ausgerechnet euer Grund sein?«

»Ja, aber das war es doch. Auf ihrem eigenen Grund wollten die keinen Bauwagen haben. Und dann lag unser Grund eben auch ziemlich günstig. Weit genug weg, dass sich niemand belästigt fühlt, aber immer noch nahe genug.« Sie klang resigniert.

»Ich habe die Akte gelesen. Ich finde es schon mehr als bizarr, dass der Gemeinderat das weiter befürwortet hat. Es ist doch ein Hohn für die Opfer, dass man nicht am Konzept zweifelt, sondern sogar noch vorschlägt, einen besseren Weg anzulegen. Weitersaufen, Komatrinken und dann auf sicheren Pfaden nach Hause. Irrsinn!«

»Ja schon, aber doch einfacher, als den Wagen zu schließen. Was glauben Sie, was da los gewesen wäre? Jugendfeindlichkeit, Spaßverderber, ewig Gestrige – das wollten die sich nicht sagen lassen!«

»Ich bin ja auch dafür, dass es Angebote für die Jugend gibt. Was wäre denn mit einem Jugendraum im Dorf gewesen? Da hätt sich doch ein Stadel gefunden, oder?«

Nun schaute Brischitt sie fast mitleidig an. »Frau Mangold, also Sie sind wirklich eine andere Generation. Ich mein jetzt nicht, dass Sie alt wären. Aber da sind Sie naiv. Einen Jugendraum mitten im Dorf will doch keiner! Da sieht ja jeder, dass der Sohn vom Bürgermeister der übelste Säufer ist, die Tochter vom Doktor die ärgste Schlampe, die sich von jedem knallen lässt. Jeder kriegt mit, dass die Buben von den bigottesten, honorigsten Bürgern mit Drogen dealen. So ein Bauwagen hat doch eine herrliche Alibifunktion. Man tut was für die Jugend – und hat sie abgeschoben, dorthin, wo man das Elend nicht sehen muss. So schaut's doch aus!«

Brischitt hatte recht, und es war eigentlich tragisch, dass eine junge Frau schon so pessimistisch war, was die Sicht auf die Erwachsenenwelt betraf. Draußen vor den Toren da sollte sich das Volk nur tummeln, wenn die Zugbrücken oben waren. Der Mensch war über das finstere Mittelalter nie hinausgewachsen. Und eigentlich ging so was ja auch lange gut. Nur dann hatte sich der Unfall ereignet.

»Und als der Unfall passiert war, geriet ihr Vater in die Kritik?«, fragte Irmi nach einer Weile.

»Ja, und das war schon gemein. Er konnte doch nichts dafür, diesmal wirklich nicht.«

»Er hat sich aber ziemlich vehement verteidigt. Er hat für den Wagen Position bezogen«, sagte Irmi und hoffte, dass das nicht wie ein Vorwurf klang.

»Ja, aber nur, weil sie ihn so angegriffen hatten. Das war doch auch wieder typisch. Die eigentlichen Verantwortlichen haben sich geduckt, auf einmal war der schuld, auf dessen Grund der verdammte Wagen stand. Papa ist ausgerastet. So war er immer: cholerisch, mit dem Kopf durch die Wand. Ich bin mir nicht mal sicher, ob das wirklich seine Meinung war, was er in dem Leserbrief damals geschrieben hat, aber er hat provoziert. So war er eben.« In ihren Augenwinkeln hatten sich ein paar Tränen gesammelt.

»Brischitt, es tut mir so leid, daran rühren zu müssen, aber wie hat der Vater des Mädchens reagiert?«

»Er hat alle verantwortlich gemacht. Den Gemeinderat, meinen Vater, er war sogar mal hier auf dem Hof und hat herumgeschrien. Mir kam das so vor, dass er gegen die Front des Gemeinderats nicht angekommen ist und sich deshalb eben auf eine Einzelperson gestürzt hat. Er war verzweifelt. Verständlich. Er hat gesagt, dass es ein Jüngstes Gericht gebe und dass mein Vater auch noch dran glauben müsse.«

Das Jüngste Gericht – abgehalten unter einem Kreuz am Hausberg?

»Brischitt, wissen Sie, was aus dem Vater geworden ist?«

»Nein, ich hab gehört, die ganze Familie sei zerbrochen. Schlimm, so was.«

»Der Vater hieß Martin Maurer, und er ist tatsächlich weggegangen. Er arbeitet in Frankfurt als Makler.« Ihr war bewusst, dass sie eigentlich »arbeitete« hätte sagen müssen, aber sie hatte ihre Gründe. »Sagt Ihnen das irgendwas?«

»Nein.«

»Und Sie haben auch nicht gewusst, dass Ihr Vater die Skihütte am Hausberg kaufen wollte?«

»Was wollte der?« Brischitt hatte die Augen weit aufgerissen.

»Die Franzhütte kaufen, die er so bekriegt hatte.« Irmi wartete. Brischitt musste das erst mal verarbeiten.

»Aber warum denn das?« Sie klang verzweifelt.

»Da kann ich nur spekulieren. Um den beiden Inhabern so richtig eine mitzugeben vielleicht? Ausgerechnet der ärgste Feind kauft deren geliebtes und gepäppeltes Baby, das den Kinderschühchen entwachsen ist und richtig viel Kohle abwirft.«

Brischitt hatte die Stirn gerunzelt, sie schien angestrengt nachzudenken.

»Aber die hätten doch nie an meinen Vater verkauft! Vorher hätten die diese Hütte lieber gesprengt!«

»Ja, so ähnlich hat das der Hüttenwirt, Franz Utschneider, auch formuliert. Aber nun kommt Martin Maurer ins Spiel. Er war dazwischengeschaltet und sollte den Deal klarmachen. Und wenn ich dem Hüttenwirt glauben will, dann hat er wirklich nichts von der Identität des Käufers gewusst.«

»Aber das wäre ja total mies!«, rief Brischitt.

»Ja, da wären Martin Maurer und Ihr Vater einen ganz bösen Pakt eingegangen – einen teuflischen Pakt. Brischitt, ich möchte Sie wirklich nicht in Verlegenheit bringen, aber Sie kannten Ihren Vater wie niemand sonst. Ihr Vater muss doch gewusst haben, wer Maurer war. Er kannte ihn seit dem Unfall. Wie wäre er mit ihm umgegangen? Und hätte er ausgerechnet in ihn ein so besonderes Vertrauen als Makler gehabt?«

Brischitt war es sichtlich unangenehm. Sie tat Irmi unendlich leid. Es war ein Scheißjob, den sie da auszuüben hatte.

»Also, mein Papa wollte diese Hütte kaufen, ja?«

Irmi nickte.

»Ich erinnere mich an ein komisches Gespräch. Wir saßen beim Essen, und das Telefon läutete. Mein Vater war plötzlich ganz seltsam. Er sagte: ›Was wollen *Sie* denn von mir?‹ Der Mensch am anderen Ende hat ziemlich lang geredet, und mein Vater hat zugehört. Ganz am Ende hat er gesagt: ›Na, dann ist das die Entschädigung für Ihre Beschimpfungen. Vergessen wir das. Nix für ungut.‹ Bald darauf hat mein Vater mit einem ›Ich melde mich‹ aufgelegt.« Brischitt atmete tief durch. »Ich hab ihn gefragt, worum es da gegangen war. Um welche Beschimpfungen. Und er hat ziemlich unwirsch geantwortet, dass es um einen Forstkollegen gehe, der ihn am Stammtisch als ziemlichen Trottel hingestellt habe und ihm jetzt, quasi als Entschädigung, einen Holzdeal vermitteln wollte. Er hat dann ganz schnell abgelenkt.«

Brischitt trank in hastigen Schlucken ihr Wasser.

»Jetzt, wo Sie mir das mit der Hütte erzählt haben, stelle ich mir vor, dass das dieser Maurer war. Er hat Papa die Hütte angetragen. Es ging nicht um Holz. Und vor allem: Einen Stammtischbruder hätte er nie gesiezt.«

Irmis Herz klopfte mal wieder ohne Rhythmus. »Brischitt,

wäre es Ihrem Vater denn nicht trotzdem komisch vorgekommen, ausgerechnet mit Maurer Geschäfte zu machen?«

»Na ja, also … Nein, ich glaube eigentlich nicht. Er war zwar cholerisch, aber nicht nachtragend. Er hätte das wirklich auf so eine Nix-für-ungut-Ebene gehoben, glaub ich. Und außerdem …« Sie schluckte. »… war er einfach zu selbstgefällig. Für ihn war das längst Schnee von gestern.«

Oh ja, Schnee, der sich über eine Skihütte legte. Schnee, der das Grab von Ann-Kathrin Maurer zugedeckt hatte. Ein brummender, schnell explodierender Xaver war auf einen taktierenden Martin Maurer getroffen. Helle Dramatik gegen dunkle Verbissenheit. Martin war immer nachtragend gewesen. Letztlich hatte Fischer gar keine Chance gehabt, er war arglos in den Tod gelaufen. Martin hatte immer schon perfide Fallen gestellt.

Doch wer war dann für Martins Tod verantwortlich? Er selbst? Die Selbstmordtheorie kam ihr so abwegig vor – andererseits wäre es ja wirklich vermessen gewesen zu behaupten, dass ausgerechnet sie Martin gekannt hatte.

Brischitt war aufgestanden und zum Fenster gegangen.

»Frau Mangold, wollen Sie sagen, dass Martin Maurer meinen Vater ermordet hat? Aus Rache?«

»Brischitt, ich will gar nichts sagen. Wir verfolgen momentan viele Spuren.« Na ja, die anderen in ihrem Team taten das vielleicht, sie befand sich hingegen auf einem privaten Kreuzzug. »Wir finden den Mörder, ich versprech es Ihnen.« Nun klang sie wie dieser CSI-Miami-Futzi Horatio. Der konnte immer so schön amerikanisch staatstragend sein.

»Aber Sie müssen Martin Maurer befragen. Haben Sie ihn schon befragt, Frau Mangold?«

»Das, liebe Brischitt, würde ich gerne tun. Aber Maurer ist tot.«

So, nun war es raus. Es wäre klüger gewesen, das nicht zu verraten, aber Brischitt tat ihr leid. Sie wollte nicht taktieren, nicht hier. Nicht wie Martin werden.

»Tot?«

»Ja.«

»Schon lange?«

»Nein, das nicht.« Verdammt, das Ganze entglitt ihr. Brischitt war klug und einfühlsam. Sie schaltete schnell.

»Sie wollen sagen, er hat meinen Vater umgebracht, und hinterher war er dann auch tot? Frau Mangold, jetzt reden Sie mit mir! Es geht um meinen Vater. Ich habe ein Recht, das zu erfahren. Sie erwarten von mir ja auch Kooperation.«

Was sie nun tat, tat sie ungern. Aber Angriff war die beste Verteidigung. »Also gut. Ja, Ihr Vater wurde ermordet, und einen Tag später Martin Maurer. Der käme als Täter zwar in Frage, aber wer hat dann Maurer ermordet? Jemand, der Ihren Vater rächen wollte? Das wäre zumindest naheliegend.« Das war nun wieder so ein Fall von Verfertigung der Gedanken beim Reden. Sie hatte vorher in Erwägung gezogen, dass sich Maurer selbst getötet hatte. Und nun entwarf sie ein ganz neues Szenario. Maurer ermordet Fischer, jemand kommt dazu, vielleicht auch nur zufällig, und rächt Fischer, indem er Maurer meuchelt.

Brischitt starrte Irmi an. »Und Sie können sich vorstellen, dass das jemand aus meiner Familie war? Das ist es doch? Das wollen Sie mir durch die Blume sagen?«

Irmi spürte, wie weh sie Brischitt tat. Die junge Frau hatte ihr vertraut, fast so was wie Freundschaft verspürt, und nun das!

»Brischitt, ich muss allen Spuren folgen, so ist das nun mal. Und das ist eine Möglichkeit, die ich in Erwägung ziehen muss.«

»Ach, und nun fragen Sie mich, wo ich am Tag der Ermordung meines Vater war? Das wissen Sie doch: Ich war mit meinem Lkw unterwegs. Ich bin Montagabend zurückgekommen und hab den Zettel an der Türe gefunden. Und wann wurde dieser Makler ermordet? Passe ich da ins Bild?« Sie klang bitter.

»Brischitt, der Lkw hat doch sicher einen Fahrtenschreiber, es wird ganz leicht zu beweisen sein, wo Sie waren. Dann sind Sie aus dem Schneider.«

Bevor Brischitt antworten konnte, rumpelte es im Gang, und man hörte schon durch die Türe eine laute Stimme: »Hans ist der gleiche Sturschädel, wie er immer war. Ich glaub, das wird mit dem Alter noch schlimmer.«

Die Tür ging auf und schepperte gegen den Türstopper. Herein schoss eine kleine Frau. Irmi schätzte sie um die fünfzig. Ihr Kurzhaarschnitt war pfiffig, die karottenorange Farbe hätte bei neunundneunzig Prozent aller Frauen unmöglich ausgesehen, vor allem in dem Alter. Ihr aber stand die Farbe ebenso gut wie die enge Jeans in Dunkeldenim und die beiden T-Shirts, die sie übereinander gezogen hatte. Auf dem orangefarbenen Kurzarmshirt stand: *10 reasons why dogs are better than husbands.*

Der erste Grund stand gleich auf der Frontseite des Shirts: *They are better listeners. A dog will snuggle right up to you and hang on every word you say. Your husband won't!* Die anderen neun Gründe standen vermutlich auf der Rückseite.

Das war also die kanadische Tante. Ein kanadischer Wirbelsturm in Orange. Und obwohl Brischitt eben noch tief verstört gewesen war, huschte nun ein Lächeln über ihre Lippen.

»Ach, hallo! Besuch!« Die Tante streckte Irmi die Hand hin. »Caro Fischer, ich bin die Tante.«

»Ich bin die Kommissarin Irmi Mangold, hallo.«

»Oh, was führt Sie her? Gibt es was Neues über meinen Bruder?«

»Ja, Frau Mangold verdächtigt uns. Das ist neu.« Brischitt sprach sehr leise mit einem Tremolo in der Stimme.

Caro Fischer hatte die Stirn gerunzelt und war auf die Bank geglitten. »Also, Schätzchen, jetzt mal der Reihe nach.« Wer mit Schätzchen gemeint war – sie oder Brischitt –, blieb offen, aber weil Brischitt zu reden begann, nahm Irmi mal an, sie hätte das Schätzchen auf sich bezogen. Außerdem war Irmi dankbar, gerade nichts sagen zu müssen. Und sie war froh um diese Tante. Die würde ihrer Nichte in jedem Fall guttun.

Brischitt fasste das Gespräch mit Irmi zusammen, chronologisch und leicht zu verstehen, und schloss: »Und nun kann es also sein, dass dieser Martin Maurer den Papa ermordet hat und jemand anderer den Maurer.«

Tante Caro hatte geschwiegen. Obwohl sie so ein Lavaköpfchen war, blieb sie nun ganz ruhig und sachlich. »Ich verstehe also richtig, dass Xaver diese Hütte kaufen wollte?«

Irmi nickte.

»Es tut mir leid, das sagen zu müssen: Aber das sieht ihm ähnlich. Nie aufgeben. Lieber Unsummen ausgeben für so einen albernen Racheakt. Männer! Was für alberne Männlichkeitsspielchen. Balzrituale. O my god!«

Da konnte ihr Irmi gar nicht widersprechen. »Frau Fischer …«

»Ach, sagen Sie doch bitte Caro zu mir, I hate that German formal behaviour.«

Irmi lächelte. »Gut, Caro, es ist wirklich nur eine Option, aber wir müssen jede Möglichkeit durchdenken. Ihr Bruder war am Hausberg, Herr Maurer auch. Er hätte Gelegenheit gehabt, ihn zu töten.«

»Und weil er selber tot ist, besteht die Annahme, jemand hätte das Verbrechen beobachtet und dann meinen Bruder gerächt, indem er Maurer ebenfalls getötet hätte?«, fragte Caro nach.

»Das ist zumindest denkbar«, meinte Irmi.

»Dann nehmen Sie auch an, dass es sich um jemanden gehandelt hat, der Xaver mochte. Also Familie oder Freunde?«

»Ja, auch das liegt erst mal nahe.«

»Also, ich war in Kanada, das ist leicht zu beweisen. Brischitt war in Rom.« Sie blitzte Irmi mit wachen Augen an.

»Ja, aber Ihr Bruder Hans war beispielsweise ganz in der Nähe. Er hat Xaver nämlich da hochgefahren.«

»Ja, das hat er mir auch erzählt. Aber er ist dann doch gleich umgekehrt.«

»Wenn er das beweisen kann, hat er auch kein Problem«, sagte Irmi.

»O my god!«, rief sie wieder. »Da bin ich ja in einen Krimi hineingeraten. Frau Mangold, wir tun natürlich alles, um Sie zu unterstützen. Warten Sie, ich schreib Ihnen meine Handynummer hier in Deutschland auf.« Sie notierte die Nummer mit schwungvollen Zahlen. »Frau Mangold, es wäre schön, wenn Sie den Fall zu einem Ende brächten. Es ist nämlich schwierig, in so einer Situation zu trauern und Abschied zu nehmen.«

»Ich weiß«, sagte Irmi, die inzwischen aufgestanden war. Sie gab Caro die Hand, dann Brischitt und versuchte ihren Blick zu erhaschen, aber diese sah zur Seite.

Es war leider so, dass sie in ihrem Job nette Menschen vor den Kopf stoßen musste. Und es begab sich leider auch immer wieder, dass die Netten eben auch ihre dunklen Seiten hatten. Hatte sie nicht kürzlich erst gesagt, dass die schlimmsten Verbrechen innerhalb der Familie passierten?

Ihr fiel ein, dass sie den streitbaren Hans total aus dem Blickfeld verloren hatten. Es waren definitiv drei Männer am Berg gewesen: Martin und Xaver – und Hans, der sich zumindest in der Nähe aufgehalten hatte. Warum hatte sie eigentlich nie in Erwägung gezogen, dass er dem Bruder gefolgt war? Und warum hatte sie auch niemals ernsthaft erwogen, dass Martin Xaver ermordet hatte?

Weil sie mal mit ihm verheiratet gewesen war. Weil sie sich selber schützen wollte vor noch mehr Schmerz. Martin war der größte Fehler ihres Lebens gewesen, aber wenn er nun auch noch ein Mörder war? Wie sollte sie das aushalten?

Außerdem hatte sie bisher kein Motiv gehabt. Jetzt gab es eins: der Vater, der seine Tochter rächen will. Der Vater, der das von langer Hand geplant hatte. Der sein Opfer ausspioniert, seine Gewohnheiten erforscht hatte. Der gewusst haben musste, dass Fischer auf die Idee anspringen würde, die Hütte zu kaufen.

Sie brauchte eine letzte Sicherheit und stand erneut vor dem Haus der Nachbarin Helga Mayr. Diesmal schien sie am Weggehen zu sein. Sie trug eine Jacke und zog gerade ihre Stiefel an.

»Vielmals Entschuldigung, dass ich schon wieder störe. Aber würden Sie mit mir zu dem Ort kommen, wo Ann-Kathrin verunglückt ist?«

»Das ist Gedankenübertragung. Ich wollte da gerade hin und Blumen mitnehmen. Ein Gesteck. Erika, Grabblumen, ach, was rede ich. Bin gleich da.«

Sie verschwand um das Haus herum, Irmi blieb unschlüssig stehen. Schon kam Frau Mayr wieder und hatte nun einen Topf aus Keramik dabei, in den Heidekraut gepflanzt war und in dem ein paar Zweige von Hagebutte und Buchsbaum steckten. Auf einem Holzstab thronte eine schwarz bemalte Keramikkatze, die Irmi durchdringend aus grünen Augen ansah. Sie schien zu sagen: Jetzt tu doch mal was. Irmi schluckte.

»Ich kann fahren. Ich setz Sie nachher wieder ab«, sagte sie, um überhaupt was zu sagen.

Helga Mayr nickte, nahm auf dem Beifahrersitz Platz und hielt das Gesteck auf dem Schoß. Irmi fuhr an der Kaserne vorbei, bog ab Richtung Bad Tölz, passierte Hofheim.

»Am besten biegen Sie nach Aidling ab und parken rechts. Wir gehen dann die paar Meter zu Fuß. Hier kann man ja nicht anhalten. Die rasen wie die Irren.«

Oh ja, das war die Rennstrecke Richtung Autobahn, die kannte Irmi nur zu gut. Sie stellte ihren Wagen ab, und die beiden Frauen gingen ein kurzes Stück an der Straße entlang. Das Kreuz am Straßenrand war schlicht. Irmi war hier sicher schon oft vorbeigekommen, ohne es wahrzunehmen. Weil auch sie raste, wie die ganze Welt mit Tunnelblick irgendwelchen Zielen zusteuerte, deren Erreichen anscheinend von einigen wenigen Minuten abhing, die man am Ende gespart hatte. War das entscheidend am Ende eines Lebens? Wie schnell man gewesen war?

Die Nachbarin hatte eine Gartenschere mitgebracht, mit der sie das hohe Gras ein wenig beschnitt. Vor dem Kreuz saßen ein paar Plüschtiere, die etwas mitgenommen aussahen.

»Ann-Kathrin hat Tiere geliebt. Vor allem Pferde.«

Helga Mayr setzte das Gesteck ab und faltete die Hände. Ihre Augen waren geschlossen, und als sie sie wieder öffnete, rannen ihr die Tränen über die Wangen. Stumme Tränen – die schlimmsten, die es gab. Sie folgten auf die heißen Tränen der ersten Verzweiflung. Irmi schluckte und kämpfte gegen ihre eigenen Tränen an.

In rascher Folge rasten vier Autos an ihnen vorbei, die

Motoren und Reifen auf dem Asphalt waren so laut, dass es wehtat. Irmis Blick glitt über die Landschaft und wanderte dann zurück zum Kreuz. Es war aus hellem Holz, das zu verwittern begann. Es war eine Miniaturausgabe des Kreuzes am Speichersee. Auf einmal fröstelte sie.

Langsam gingen die beiden Frauen wieder zum Auto. Zurück fuhr Irmi über Riegsee. Es war, als könne sie diese dröhnende Straße nicht mehr ertragen. In Murnau ließ sie Helga Mayr aussteigen. Ihr »Wiedersehen« war sehr leise.

»Ach, Frau Mangold, sie ruht nun in Frieden«, sagte sie.

Diese Frau würde auch nicht zur Ruhe kommen, dachte Irmi auf dem Weg nach Garmisch-Partenkirchen. Sie sah auf die Uhr. Es war viertel vor vier. Nun würde sie auch noch zu spät kommen.

Um zehn nach vier stand sie im Büro. Kathi saß auf ihrem Platz, Andrea auf einem Schreibtisch, und Sailer hockte rittlings auf einem Holzstuhl.

»Hallo zusammen. Entschuldigt, ich bin etwas zu spät.«

Kathi gab ein grunzendes Geräusch von sich, aber Irmi ignorierte es.

»Gut, es tut mir leid, dass ich euch hab hängen lassen, aber es war ziemlich wichtig.«

»Aha!«, meinte Kathi mit aggressivem Unterton. »Wir hätten auch was Wichtiges.«

»Ja, bitte?«

»Wir wissen jetzt, wo Zwetkow war. Und der Anwalt. Sie hatten ein Meeting in Chur. Es gibt Zeugen.«

»Aber das heißt dann doch eher, dass Zwetkow nichts nachzuweisen ist und seine Geschichte stimmt?«, fragte Irmi.

»Zumindest, wenn er nicht einen gekauften Mörder auf Fischer angesetzt hat«, fügte Andrea hinzu.

»Was bei so einem ja durchaus sein kann. Aber du hast ja

sicher eine neue heiße Fährte aufgetan, der du heute den ganzen Tag gefolgt bist, oder.«

»Ja, das habe ich tatsächlich«, gab Irmi zurück und versuchte, sich von Kathi nicht provozieren zu lassen. Langsam begann sie zu erzählen – von der Akte, vom Zusammenhang zwischen Martin Maurer und Xaver Fischer. Sie verlas die beiden Leserbriefe und sah in die Gesichter ihrer Mitarbeiter. Sailers Mund stand offen, Andreas Augen waren weit aufgerissen, nur Kathi gab sich cool. Aber Irmi wusste, dass deren Spürsinn angestachelt war. Kathi musste jetzt bloß ein bisschen auf beleidigt machen.

Dann berichtete Irmi von ihrem Gespräch mit Brischitt und deren Tante Caro und legte ihre Theorie dar, dass Xaver Fischer von Martin Maurer ermordet worden war und später wiederum ein Familienmitglied Martin Maurer ermordet hatte.

Es blieb eine Weile still, bis Sailer ausstieß: »Des is ja ein Ding!«

Andrea war sofort Feuer und Flamme. »Ich sag euch, wie das war! Der Maurer hat natürlich den Fischer geködert. Hat ihn umgebracht, dann passt das auch mit dem Kreuz. Der Platz war absichtlich so gewählt.«

Ja, dachte Irmi – vor allem, wenn man das kleine Holzkreuz am Straßenrand kannte.

Andrea fuhr fort: »Der Hans, was ein neugieriger Typ ist und einer, der ja auch nichts aus der Hand geben kann, der schleicht dem Bruder hinterher, beobachtet den Mord und verfolgt Maurer. Natürlich hat er nicht gleich eine Gelegenheit, sich zu rächen und folgt ihm deshalb nach Oberstaufen. Als Maurer hilflos in seinem Wickel liegt, ist das *die* Gelegenheit für Hans Fischer. Und schon kann er den Maurer töten! Genau, so war das!«

»Zwischenfrage«, unterbrach Irmi. »Warum ist er nicht zur Polizei gegangen? Er hätte ein Kapitalverbrechen doch melden können. Jeder täte das.«

»Nicht Hans Fischer. Der traut der Polizei nichts zu. Das ist ein Selfmademan, der hat es eher mit der Selbstjustiz.«

Da lag Andrea wohl nicht ganz falsch.

Kathi, die nun genug geschmollt hatte, hielt es nicht mehr aus und fuhr dazwischen: »Ha, da habt ihr aber eine Sache total vergessen! Lass den Hans Fischer den Mord beobachten, okay. Aber wie weit war er entfernt? So nah, dass er die Spritze gesehen hat? Es hat ja eine Weile gedauert, bis Fischer gestorben ist. Der hat doch seinem eigenen Bruder nicht beim Verrecken zugesehen, oder? Außerdem konnte er gar nicht wissen, dass Maurer Insulin verwendet hat. Und wenn, dann ist es äußerst unwahrscheinlich, dass er Maurer am nächsten Morgen mit Insulin tötet. Leute, der Mann war Jäger! Der konnte schießen, der hätte vielleicht ein Zielfernrohr verwendet oder Schalldämpfer. Ich glaub das nicht. Das war ganz anders.«

Irmi musste ihr zustimmen. Das Insulin hatte sie die ganze Zeit schon gestört, aber sie wollte es gern von jemand anderem hören.

»Soso, und was ist stattdessen passiert?«, fragte Andrea in einem provozierenden Ton.

»Martin Maurer hat auf jeden Fall Xaver Fischer ermordet. Vor dem Hintergrund mit der überfahrenen Tochter hatte er ja Grund genug.«

Andrea unterbrach sie: »Dann hätte er aber eher den Gemeinderat ermorden müssen, den Bürgermeister. Wieso ausgerechnet Fischer? Der hatte doch bloß den Grund zur Verfügung gestellt!«

»Falsch, Andrea. Fischer besaß auch noch die Frechheit, die Eltern anzugreifen. Er hat Martin Maurer ja wohl sehr deut-

217

lich unterstellt, dass die Eltern die Aufsichtspflicht verletzt hätten. Das muss für Maurer ein Schlag ins Gesicht gewesen sein, oder. Vermutlich hat er das Ganze von langer Hand geplant. Erst hat er Fischer ermordet und dann sich selbst umgebracht. Mit demselben Insulin. Der Bericht aus der Gerichtsmedizin sagt doch ganz klar: Er kann es auch selber gewesen sein. Und wenn er nicht diese dämlichen Handschuhe angehabt hätte, hätten wir von Anfang an seine Fingerabdrücke auf der Spritze gehabt und gewusst, dass es Suizid war, oder.«

Kathi war sich absolut sicher. Irmi musste nun doch einwenden: »Er wirkte aber auf seine Mitarbeiterin gar nicht depressiv.«

»Ach, komm, Irmi. Der muss auf niemanden suizidgefährdet gewirkt haben. Er hatte einen kühl kalkulierten Plan. Er hatte nichts zu verlieren. Er hatte doch schon alles verloren, der Maurer.«

Irmi sagte nichts, doch in ihrem Kopf arbeitete es weiter. Martin war doch ein feiger Hund gewesen. Ein Martin Maurer brachte sich nicht um. Doch wie sollte sie das den anderen plausibel machen?

Sie dachte über ihr Gespräch mit Martina am Laber nach. An diesem Tag war etwas mit und in ihr passiert. Sie hatte sich auf einmal wieder klarer gefühlt und zumindest für eine kurze Zeit ihrem Instinkt wieder vertraut. Der hatte sie noch einmal ins Leben der Familie Maurer geführt. Wohin würde ihr Instinkt sie nun lenken? Sie musste Ruhe bewahren und durfte ihr Team nicht wieder verwirren.

»Ich schlage Folgendes vor«, sagte Irmi. »Ich rede mit der Staatsanwaltschaft und lege unsere bisherigen Ergebnisse vor. Die Staatsanwaltschaft muss ja letztlich entscheiden. Ich würde gerne darauf hinwirken, dass wir uns die Familie

Fischer noch einmal genauer ansehen. Wann ist Caro Fischer aus Kanada gekommen, wann war Brischitt wo? Und besonders auffällig natürlich: Wo war Hans Fischer, nachdem er den Bruder angeblich abgesetzt hatte?«

»Ich glaub das nicht, dass der Maurer sich selber umgebracht hat.« Andrea überlegte kurz. »Und stellt euch mal vor, was das für die Familie bedeutet: Sie kann sich nur auf eine Annahme stützen. Maurer hat Brischitts Vater und Caros Bruder getötet und dann sich selbst. Wirkliche Beweise hat es keine. Das ist doch furchtbar für die Angehörigen.«

Kathi schenkte Andrea einen Blick, der besagte: Was bist du nur für ein armseliges Weichei. »Wir sind nicht dazu da, das herauszufinden, was den Verwandten guttut. Wir suchen die Wahrheit. Und die ist bekanntlich selten angenehm.« Sie blickte in die Runde. »So, Leute. Ich gehe jetzt. Ich muss Sophia abholen, und außerdem kann hier ja eh jeder kommen und gehen, wie es ihm gefällt. Vielleicht ermittle ich auch mal unterwegs und zieh die Überraschung dann aus dem Hut wie ein Zauberer sein Kaninchen, oder.«

Eigentlich hätte Irmi reagieren müssen, denn das war ein Affront gegen sie als Vorgesetzte, den sie so nicht hätte durchgehen lassen dürfen. Stattdessen sagte sie ruhig: »Wir brechen an dieser Stelle für heute ab.«

»Morgen ist aber Samstag!«, rief Kathi empört. Wahrscheinlich hatte sie ein Date mit Sven.

»Das hat uns noch nie gestört. Außerdem habe ich die Privatnummern der Staatsanwaltschaft und bespreche morgen mit denen, wie wir weiter vorgehen. Ich würde auch gern die Rechtsmedizin bitten, noch mal DNA-Abgleiche zu machen. Vielleicht gibt es ja doch einen Beweis, dass Maurer Xaver Fischer ermordet hat.«

Wenigstens das, dachte Irmi, denn sie stimmte Andrea aus

tiefstem Herzen zu. Sie wollte Brischitt wenigstens den Mörder liefern. Das war sie ihr schuldig. Xaver Fischers Tochter hatte mehr verdient als eine Hypothese.

»Schönen Abend euch«, sagte Irmi und erhob sich. Kathi rauschte hinaus, Irmi warf Andrea einen aufmunternden Blick zu und ging dann ebenfalls. Sie war erschöpft. Immer mit Menschen reden zu müssen, die man entweder eines Verbrechens bezichtigte oder der Lüge überführen musste, das laugte aus. Immer nur Menschen zu begegnen, bei denen sich so viel Schwärze auf die Seele gelegt hatte, zehrte auch an einer Optimistin wie ihr. Sie würde sich ein Bad einlassen, dazu ein Bier trinken und dann hoffentlich gut schlafen können.

Als sie die Tür aufsperrte, kam ihr Kater entgegen, der seltsam verstört wirkte. Warum, sah sie, als sie in die Küche trat. Wally saß vor dem Wassernapf, den Kopf gebeugt, um zu trinken, doch es war ihr offenbar zu anstrengend. Ihre Knochen staken aus dem struppigen Fell, sie war nicht viel mehr als ein bepelztes Skelett. Mühsam hob die Hündin den Kopf, und den Blick, den sie Irmi zuwarf, würde sie ihr Leben nicht mehr vergessen. Tränen schossen in ihre Augen. Es war Zeit, Abschied zu nehmen.

Wally war der Hund, der den Kopf auf die Tastatur ihres Laptops gelegt hatte. Sie war der Hund, der zahllose Stunden zu ihren Füßen verbracht hatte. Auch vor Wally hatten sie Hunde gehabt, aber Wally war etwas ganz Besonderes. Irmi hatte sie schon in ihren ersten Lebenssekunden gesehen, dieses nasse Etwas. Sie war jene in dem Wurf gewesen, die, kaum hatte sie die Augen offen, geknurrt hatte, sie, diese kleine, kühne, streitbare Hundedame.

Irmi hob Wally vorsichtig hoch, sie wog fast nichts mehr. Behutsam hüllte sie sie in eine Decke und trug sie in die Stube. Bettete sie auf die Couch. Dann versuchte sie Bernhard zu erreichen, doch sein Handy war aus. Weder im Schützenheim noch in seiner Lieblingskneipe war er.

Dann wählte sie die Nummer von *ihm*, doch nur die Mailbox meldete sich. Sie wusste nicht, welche Zeit bei ihm gerade war, was er gerade machte. Es war immer so: Wenn es drauf ankam, war sie allein. Allein mit den schrecklichen Entscheidungen.

Sie rief die Tierärztin an, nicht Bernhards Kuhdoktor. Die Tierärztin, eine Freundin aus Kindertagen, kam dreißig Minuten später. Irmi hatte die Tür angelehnt gelassen und saß im Halbdunklen mit Wally auf dem Schoß. Die letzte halbe Stunde saßen sie so. Wally, in eine Fleecedecke verpackt, die Augen riesig, die Füße und die Ohren trotz der warmen Decke kalt wie Eis.

Wally schlief leise ein, das verzweifelte Herz, das rasende Herz, das taktlose Herz durfte endlich aufgeben. Mit so einem Loch in der Herzklappe hatte man keine Chance, auch nicht als Hundekämpferin, die so gerne leben wollte. Leben wollen heißt nicht unbedingt auch leben können.

»Sie hatte so ein schönes Leben, ein tolles Hundeleben, auch ein langes«, sagte die Tierärztin und reichte Irmi ein Taschentuch.

Irmi schluchzte auf.

»Sie hatte auch einen schönen Tod. Sie war nicht allein.« Die Ärztin schenkte Irmi einen liebevollen Blick und ging. Irmi saß da mit dem toten Hund, Kater war neben sie gesprungen, und sie hielten Totenwache. Irmi hätte nicht sagen können, wie lange es dauerte, bis Bernhard kam.

Er erfasste die Situation, und er sagte nichts. Ging hinaus und kam nach zehn Minuten wieder.

»Komm!«, sagte er ganz leise. Er nahm die Hündin auf den Arm und reichte Irmi die Hand.

Der Mond spitzte durch die Wolken und erhellte das Loch, das Bernhard ausgehoben hatte. Er legte den Hund samt der Decke vorsichtig in die Grube und begann sie zuzuschaufeln. Irmi weinte und weinte, die Tränen rannen ihr die Wangen hinunter, eine Flutwelle an Tränen. Tränen wegen Wally, wegen Martin, wegen ihres ganzen Lebens.

Bernhard hatte zwei Flaschen Bier aufgemacht und reichte seiner Schwester die eine. Im Mondlicht konnte sie sehen, dass auch er weinte. Er hatte Irmi den Arm um die Schulter gelegt und sagte leise, mit einer von Trauer und Schmerz belegten Stimme, die Irmi nur sehr selten bei ihm gehört hatte: »Sie hatte es vorher gut, und jetzt hat sie es auch gut.«

Nun lag Wally bei den anderen im Gräberfeld unter den Obstbäumen. Wo schon zwei Hunde und etliche Katzen lagen, überfahren, herausgerissen aus dem kunterbunten, spannenden Katzenleben. Wally war langsam gegangen, sie war verfallen, jeden Tag kritisch beäugt, ob sie noch Freude am Leben habe, ob die guten Stunden die schlechten überwogen.

Irmi wusste es ja: Sie war eine gute Freundin, eine gute Mitbewohnerin gewesen. Sie hatte gewusst, wann es Zeit war, loszulassen. Aber es schmerzte so sehr. Wieder würde ein Tier am PC-Bildschirm der Tierärztin gelöscht sein, Leben sind so leicht zu löschen. Wally würde nicht mehr zurückkommen.

Sie tranken das Bier, Bernhard war noch mal weggegangen und hatte Irmi ein dickes Fleecehemd geholt. Irmi war auf einen alten Biergartenstuhl gesunken und starrte ins Nirgendwo. Kater strich herum, und als Bernhard einen großen Stein auf die frische Erde legte, sprang Kater drauf und schaute von seinem erhöhten Platz zu Irmi hinüber.

Sie musste ein klein wenig lächeln, so war das Leben, ein

Kommen und Gehen, ein ewiger Kreislauf, wenn auch manchmal ziemlich anstrengend.

»Magst du nicht reingehen?«, fragte Bernhard. »Es ist saukalt, und es wird Frost geben.«

»Gleich«, sagte Irmi und sah Bernhard nach, der, gefolgt von Kater, über die taufeuchte Wiese ins Haus ging.

Nun war sie allein mit Wally, lange.

Irgendwann läutete ihr Handy. *Er* war es.

»Hallo«, sagte Irmi.

Er hörte sofort, dass etwas nicht stimmte. »Was ist passiert? Irmi, was ist los?«

Unter Schluchzen brach es aus ihr heraus: »Wally ist tot. Ich weiß, sie ist nur ein Hund, sie …«

»Irmi, sie ist nicht nur ein Hund. Sie war Wally. Ach, Scheiße!«

Jetzt schniefte er und hatte Mühe zu sprechen. Eigentlich war es doch skurril, dass Irmi nun ihn trösten musste.

»Es war das Beste. Es musste sein. Jeden weiteren Tag hätte sie sich quälen müssen.« Nein, sie tröstete nicht ihn, sie tröstete sich selbst.

»Ich würde dir so gern helfen. Wenn ich nur da sein könnte!«

Er meinte das ernst, das wusste Irmi. Aber er war nicht da. Er war nie da, wenn es drauf ankam.

»Mach du mal deinen Job. Wie läuft es denn?«, fragte Irmi.

»Ach, es läuft. Ich hasse dieses Essen, diese klimatisierten Hotels, ich möchte heim zu …«

Er brach ab. Er wollte heim. Ja – nur sein Zuhause war nicht ihr Zuhause, seins war das mit seiner Frau und den Töchtern. Dass seine innere Heimat bei ihr lag, mochte stimmen. Aber das nützte ihr rein gar nichts.

»Und was macht deine Arbeit? Dein Fall?«

»Ach, das ist eine längere Geschichte. Ich möchte deine Handyrechnung nicht strapazieren.« Irmi wusste, dass sie ihm mit so einem Satz wehtat.

»Okay, ja, was immer es ist, vertrau auf deinen Instinkt, ja?«

»Ja«, sagte Irmi. Was wollten die bloß alle mit ihrem Instinkt. Sie sah auf ihr Handy, es war halb zwei. Ihre Zähne klapperten. Bernhard saß in der Stube, er war in Vaters Lehnstuhl eingenickt. Auf seinen Wangen konnte man die Spuren getrockneter Tränen sehen. Irmi löschte die Lampen und ließ ihn sitzen.

Gegen halb drei stieg sie aus der Badewanne. Derweil hatte sie noch zwei Bier getrunken und fühlte gar nichts mehr.

Als der Wecker läutete, war es sieben. Normalerweise stand sie zwei Stunden früher auf und ging mit Bernhard in den Stall.

Sie tapste in die Küche hinunter, der Kaffee lief durch, auf dem Boden stand ein leerer Hundekorb. Irmis Augen füllten sich wieder mit Tränen.

Sie zog sich an. Der Blick nach draußen verhieß einen strahlenden Tag. Um halb acht kam Bernhard in die Küche.

»Entschuldige, ich wollte dir helfen, aber der Wecker ging erst um sieben los.«

»Ich hab ihn verstellt. Du musst doch ein bisschen schlafen«, sagte Bernhard und schenkte sich Kaffee ein.

Bernhard war ein Guter. Brummig, unzugänglich, aber ein Guter. Er sah zum Hundekorb, dann zu Irmi. Er wirkte hilflos, wirklich wie ein kleiner Bruder.

»Soll ich den Korb wegräumen?«, fragte er.

»Wie du möchtest«, antwortete Irmi und ging durch den Raum. Sie blieb kurz bei Bernhard stehen und drückte seine Schulter, ganz kurz.

224

16

Als sie ihr Büro betrat, war es kurz nach acht. Kathi rauschte in ihrer typischen geräuschvollen Art herein, gefolgt von Andrea.

»Wie siehst du denn aus?« Kathi stutzte. »Heiße Nacht oder was? Friday Night Fever?«

»Eher eine sehr kalte. Wir haben gestern Nacht Wally beerdigt«, sagte Irmi und tat alles, um nicht schon wieder loszuheulen.

»Oh nein!«, rief Andrea. »Das tut mir so leid. Aber sie war schon alt, oder?«

Ja, aber wer durfte denn entscheiden, was eine angemessene Lebenszeit für ein Tier war? Kleine Hunde wurden zwölf, große sieben Jahre alt? Katzen mindestens fünfzehn? Und bei Menschen empfand man einen Tod in den Achtzigern als vernünftige Lebenszeit. Natürlich war Wally alt gewesen, aber weh tat der Abschied dennoch. Irmi schluckte und sagte lediglich: »Ja.«

Sailer war im Türrahmen aufgetaucht und sagte: »Aber bei Ihnen, Frau Irmgard, hot sie a herrlichs Leben g'führt. Des is wenig Viechern vergönnt. Ned amoi den Menschen, den meisten, moan i.«

Irmi sah Sailer überrascht und dankbar an. In Sailer schlummerten ein gutes Herz und eine klare Sicht auf die Dinge des Lebens.

Kathi war aufgestanden und hatte für alle Kaffee geholt. Das war ihre Art, »Entschuldigung« zu sagen. »Sie kommt bestimmt in den Hundehimmel«, sagte sie.

»Ja, nun«, meinte Irmi. »Ich rede jetzt gleich mit der Staats-

225

anwaltschaft und sag euch Bescheid, wie wir weiter vorgehen. Um neun im Besprechungszimmer.«

Das Gespräch verlief etwa so, wie sie es erwartet hatte. The King was not amused über das, was sie vorzuweisen hatte. Man war der Meinung, dass das alles zu dünn sei, und eigentlich wolle man die Akten nun allmählich schließen. Man fand nämlich auch, dass man ja nicht ewig Leute in einer solchen »causa« binden könne. Und im Prinzip seien ja genug Indizienbeweise vorhanden. Xaver Fischer und Martin Maurer waren ja definitiv am Hausberg gewesen und hatten sich beide den juckenden Ausschlag von derselben Pflanze eingefangen. Maurer hatte ein Motiv gehabt, Fischer zu ermorden und sich hinterher selbst umzubringen. So was kam ja wohl häufig genug vor.

»Das kennen Sie doch nur zu gut! Ein Amoklauf und dann Selbsttötung. Nichts Ungewöhnliches, Frau Mangold.« Er hatte ja recht – und dennoch wollte sie das nicht akzeptieren. »Wo ist eigentlich Ihr Problem, Frau Mangold?« war der Satz, der Irmi aufschrecken ließ.

Ihr Problem war, dass sie einen privaten Kreuzzug führte. Tief drinnen wusste sie das. Ohne eine Beteiligung von Martin hätte sie selbst darauf gedrungen, die Akten zu schließen. So aber gelang es ihr, zumindest noch etwas Zeit herauszuschlagen, um sich Hans Fischer noch mal vorzuknöpfen.

Als sie im Besprechungszimmer auftauchte, saßen die anderen schon da. Diesmal hatte Kathi richtigen Cappuccino geholt, das war wohl wirklich ein Versuch, ein paar Wogen zu glätten.

Irmi teilte den anderen die Entscheidung der Staatsanwaltschaft mit.

»Wenn wir sonst nichts mehr finden, müssen wir davon ausgehen, dass es ein Mord mit einem nachfolgenden Selbstmord ist. Nichts Ungewöhnliches in unserem Geschäft.« Jetzt plapperte sie auch noch die Sätze der Staatsanwaltschaft nach, um sich zu beruhigen, um Andrea zu beruhigen. Sie verteilte die Aufgaben und zog sich an ihren Schreibtisch zurück.

Kurz darauf kam Kathi herein.

»Danke für den Cappu«, sagte Irmi.

»Du kannst ihn sicher brauchen nach der Nacht. Aber für Wally war es so doch am besten.«

Irmi nickte.

Kathi drückte sich noch ein bisschen im Zimmer herum. Irmi runzelte die Stirn. »Was ist los?«

Kathi brauchte ein paar Sekunden, bis es aus ihr herausbrach: »Ach, Scheiße, ich dachte wirklich, dass du total den Realitätsbezug verlierst. Dass du jede Objektivität eingebüßt hast. Dass du einfach überfordert bist. Total überfordert, oder.«

Irmi wartete.

»Aber irgendwie kann ich den Gedanken einfach nicht loswerden, dass es noch nicht zu Ende sein kann. Nicht wegen der Angehörigen, wie unser Seelchen Andrea meint. Klar ist es für die grausam, aber mir geht's einfach drum, dass ich einen Mörder nicht frei rumlaufen lassen will, weil wir zu blöd waren. Weil wir was übersehen haben.«

Irmi betrachtete Kathi. Deren schmale Gestalt. Die Haarsträhnen, die ihr vor die Augen fielen. Das Engelsgesicht mit der Seele eines Teufelchens. Kathi war eine Landplage, aber sie hatte Biss. Sie gab nie auf. Sie beugte sich nicht. Ihre Methoden waren nicht die besten, aber man konnte Kathi wahrhaft nicht vorwerfen, dass sie kein Rückgrat besaß. Kathi war so weit vom Opportunistentum entfernt, wie die Erde vom Jupiter.

»Wenn wir etwas übersehen haben, dann lassen wir einen

227

Doppelmörder ungestraft davonkommen«, sagte Irmi dann. »Der Hüttenkauf ist eine Sackgasse, nehmen wir das mal als gegeben an. Der Unfall von Ann-Kathrin Maurer ist der Knackpunkt. Martin hat Fischer gehasst. Aber wenn Martin sich nicht selber umgebracht hat, wer hat ihn dann getötet? Das muss doch jemand gewesen sein, der ihn so gehasst hat, dass er ihn am liebsten tot sehen wollte. Und komm mir jetzt bitte nicht mit der Theorie, dass es sich um zwei Morde handelt, die gar nichts miteinander zu tun haben!« Irmi versuchte ein Lächeln. »Dann lauf ich hier schreiend raus!«

»Nein, das mach ich nicht. Ich hab kürzlich mal einen Krimi im Fernsehen gesehen, da haben zwei schlechte Kommissare gearbeitet, und da ist genau so was passiert. Am Ende waren es zwei Mörder. Ich wollte den Drehbuchautor schon verklagen. So ein Schmarrn, total konstruiert. Da fällt diesen Flachwichsern ...«

»Kathi, zügle deine Zunge. Denk dran, du bist ein Vorbild – als Polizistin und als Mama«, sagte Irmi und hoffte, dass Kathi die leichte Ironie verstanden hatte.

Hatte sie, denn sie fuhr fort: »Mein Arbiter Elegantiae, vielen Dank. Also nicht den Flachwichsern, sondern den Schreiberlingen. Denen fällt nichts ein, und dann gehen neunzig Minuten Krimi mit so einer Lösung zu Ende. Der hat sich doch einfach keine Mühe gegeben, der Typ! Die Fernsehkrimis werden eh immer schlechter, ich schau das bloß noch zur Abschreckung.«

»Arbiter Elegantiae – seit wann bist du Altphilologin?«

»Ach, das hab ich von Sven. Gefällt mir. Klingt gebildet.«

»Ein Veganer mit Latinum, der Architektur studiert. Muss ja ein interessanter Typ sein. Facettenreich!« Irmi grinste.

Und wie so oft war sie von Kathis Offenheit überrascht. »Ja, facettenreich ist ein gutes Wort. Ich befürchte nur, dass ich da weniger schillernd geschliffen bin. Er hat ein bisschen viele Facetten, die ich nicht verstehe.«

»Läuft's nicht so gut?«, fragte Irmi.

»Im Bett super, sonst aber komm ich nicht an ihn ran. Man kann auch nicht einfach was ganz Normales mit ihm machen. Also ich mein, mal essen gehen oder einen doofen Film sehen. Oder mal an der Isar Inlineskaten. Das ist seiner Meinung nach eine amerikanische Zeitverschwendung für Weiber, die ihre fetten Ärsche in Form bringen wollen. Bei ihm ist alles, was er tut, eine Lebensäußerung, nichts darf banal sein. Die Filme, die er ansieht, sind völlig schräg. Und Sport muss immer extrem sein. Er klettert am DAV-Felsen und im Isartal, aber dann alles über Schwierigkeitsgrad sechs und möglichst ohne Sicherung. Er geht mit ein paar Kumpels sogar S-Bahn-Surfen.«

»Kathi, du bist Polizistin! Das ist doch krank. Der spielt mit seinem Leben!«, rief Irmi.

»Er sieht das nicht so. Er sagt, das alles sind Grenzerfahrungen, die ihn weiterbringen. Kürzlich ist er zur Rushhour mit verbundenen Augen über die Leopoldstraße gelaufen.«

»Kathi, sei mir nicht böse, aber der Typ ist irre. Rette dich vor ihm!«

»Ja, aber dann ist er wieder so süß. Er kocht für mich. Er hat mir ein Lied komponiert in einer Sprache, die es gar nicht gibt.«

»Kathi, wer solche Grenzerfahrungen braucht, hat ein Persönlichkeitsproblem. Das ist ähnlich wie bei den Leuten, die sich selbst verletzen. Da ist etwas mit seinem Selbstwertgefühl sehr im Argen, das sag ich dir. Er ist nicht so cool, wie er tut. Tief drin ist der Knabe kaputt.« Sie suchte Kathis Blick. »Pass auf dich auf. Der Typ tut dir weh. Wer nicht auf sich selbst achtet, geht auch nicht achtsam mit anderen Menschen um.«

Achtsam, ja das war ein schönes Wort und Achtsamkeit eine vom Aussterben bedrohte Fertigkeit. Das Wort selbst sollte man besser unter Naturschutz stellen, so wie blümerant, Flegel und Hupfdohle. Wie Labsal oder Schlüpfer. Letzterer hieß heute doch Hipster oder Panty.

Kathi sah Irmi an. »Ich weiß das irgendwie, aber dann ... dann ...« Sie sah unglücklich aus, verletzlich und sehr jung. Sie liebte diesen Typen, und das machte sie schwach. Irmi wusste, dass auch Kathi eine Getriebene war. Selten zufrieden, immer auf der Suche. Natürlich wirkte so ein Typ wie eine Droge auf Kathi, die immer hinter die Kulissen sehen wollte.

Und für Irmi als Beobachterin war es nicht schwer zu durchschauen, dass Kathi den typischen Kapitalfehler vieler Frauen beging: Sie wusste sehr wohl, dass dieser Sven beziehungsunfähig war, sie bezog das aber lediglich auf alle anderen Frauen, nicht auf sich selbst! *Sie* war ja schließlich anders, viel schöner und cooler. *Sie* war auserwählt, diesen Sven auf die richtige Beziehungsspur zu lenken. Doch so einer war nicht umlenkbar, denn das Problem lag in Svens kaputtem Inneren, in seiner verzwirbelten Psyche. Aber leider musste Kathi das selber herausfinden. Und es würde schmerzen.

Irmi lächelte ihre Mitarbeiterin ein bisschen wehmütig an. »Kathi, auch wenn ich jetzt wie deine Großmutter kling: Du wirst in ein paar Tagen dreißig. Das ist nur eine Zahl, ich weiß. Aber es gibt im Leben für alles eine Zeit. Plus oder minus fünf Jahre. Die einen kapieren es früher, die anderen sind Spätzünder. Aber irgendwie sind die Zeiten fürs Studentengeplänkel vorbei. Dir tät mal eine Beziehung gut, wo einer dein Leben mitträgt. Wo einer das Soferl mag und mit in euer Leben einschließt. Ein Mann, der dich auffängt und dir guttut. Das ist wahrscheinlich ein eher unspektakulärer Typ, schau dir halt mal so einen an.«

»Sagt die Fachfrau für glückliche Beziehungen. Respekt, du bist ein tolles Beispiel, oder.«

Das klang nun gar nicht so bissig wie sonst, eher gutmütig.

»Ja, völlig richtig, ich hab's nicht hingekriegt. Aber du hast noch gute zwanzig Jahre, bis du so alt bist wie ich. Du kannst es besser machen. Wenn ich dir nur als schlechtes Vorbild dienen kann, dann ist auch schon viel gewonnen.« Irmi lächelte.

»Du meinst, ich sollte heiraten, und dann klappt es? Weißt du, wie viele Ehen geschieden werden? Deine ja wohl auch.«

Ja, ihre auch.

Kathi hatte die Stirn gerunzelt. »Was war mit diesem Martin, der dich bis heute so aus der Bahn wirft? Auch wenn er heute tot ist. Hast du gedacht, er sei der Richtige?«

Hatte sie das gedacht? »Ja, ich hatte das Gefühl, ich sei angekommen. Die Suche sei beendet. Es war für sehr kurze Zeit ein Gefühl, sich zurücklehnen zu können, ein gutes Gefühl war das.«

»Aber das Gefühl ist nicht geblieben, oder?«

»Nein.« Und Irmi begann zu erzählen. Von der Bösartigkeit in diesem Menschen. Von ihrem Unvermögen, das rechtzeitig erkannt zu haben. Von einem Menschen, der immer seine Masken für die Außenwelt übergestülpt hatte und dessen Inneres so zerstört gewesen sein musste.

»Weißt du, wir sind ja sogar von Berufs wegen neugierig und wollen hinter die Dinge sehen. Doch Martin hat sich keiner meiner Befragungen je gestellt, ihn konnte ich auch leider nicht per Staatsanwalt oder Inhaftierung zum Reden zwingen. Er ist mir alle Antworten schuldig geblieben.«

»Scheiße!«, sagte Kathi.

Irmi war froh, dass nun keine Plattheiten wie »du musst trotzdem loslassen« aus Kathis Mund kamen. Das wusste sie alles, hatte sie immer gewusst.

231

»Dann müssen wir aber wenigstens rausfinden, warum er tot ist. Wer das war. Wenn ich dir so zuhöre: Der hat sich nicht selber umgebracht. Der war eine feige Sau, eine ganz schön feige Sau!«

Irmi musste lachen, unter Tränen, die in ihre Augen geschossen waren. Im entscheidenden Moment war Kathi immer da, sie brauchte anscheinend nur jedes Mal die Umwege, das Auflehnen, die Aggressionen, um letztlich doch auf den Punkt zu kommen. Das war eben Kathis Weg.

Ihr eigener Weg, ständig durch die Täler der Tränen zu wandeln, war sicher auch nicht besser. Und Irmi war unendlich froh, dass Kathi ihr helfen wollte, das Rätsel um Xaver Fischer und Martin Maurer zu lösen. Egal wie es ausgehen würde. Und wenn es tatsächlich ein Selbstmord gewesen war, dann wollte Irmi wenigstens Beweise.

»So«, sagte Kathi, »kann ich mir diese Akte des Unfalls einfach mal durchlesen? Also nicht, dass ich dir nicht traue ... Ich mein nur, vielleicht fällt mir was auf, was dir nicht aufgefallen ist.«

»Nur zu gern.« Irmi nestelte an ihrem Rucksack und förderte die Akte zutage. »Da, bitteschön. Was immer dir auffällt ...« Es lag Hoffnung in ihrer Stimme.

»Gut, du gehst so lange um den Block, holst uns noch einen g'scheiten Cappuccino, und dann legen wir los. Wir sind nämlich gut. Saublöd, aber saugut!«

Irmi lachte. Das tat gut. Sie war heilfroh, dass jemand anders mal das Zepter in die Hand nahm. Zwanzig Minuten lief sie ziellos in der samstäglich hektischen Stadt umher. Als sie mit ihren Cappuccinos zurück war, fand sie Kathi am Telefon vor. Sie erhaschte ein paar Wortfetzen, in denen immer wieder »Johannes« vorkam.

Irmi setzte die Pappbecher ab und ging zur Toilette. Sie sah schauderhaft aus, faltig und mit Schatten unter den Augen. Manchmal würde sie nur allzu gern der Werbung mit ihren großartigen Wundercremes glauben. Eine Woche schmieren und als Ergebnis ein faltenloser Teint. Bei Frau Schiffer oder Frau Ludowig funktionierte das. Die hatten leider nur weit bessere Maskenbildner als sie daheim im Bauernhofbadezimmer, das sie eigentlich seit Jahren renovieren lassen wollte. Als Irmi zurückkam, sah Kathi bestürzt aus.

»Okay, jetzt bist du auch der Meinung, dass Martin es selber war? Du hast nichts gefunden und willst mir schonend beibringen, dass wir aufgeben sollen. Ist es das?« Irmi versuchte witzig zu klingen.

»Nein.«

»Nein, was?«

Kathi war aufgestanden, tigerte kurz durch den Raum und setzte sich dann rittlings auf den Stuhl. »Ich habe die Akte gelesen, das ist ja eine scheußliche Geschichte. Und diesen Xaver Fischer würde ich ja sogar am liebsten post mortem für seine Selbstgefälligkeit umbringen. Die Eltern sollen aufpassen! Pah! Ich weiß ja nicht, was Brischitt für ein Kind war, aber phasenweise hast du keinen Zugriff mehr auf deine Kinder. Aufpassen, das ist doch der Hohn. Na ja, jedenfalls bin ich dann über einen Namen gestolpert. Margit Geipel aus Aidling.«

»Das war die Fahrerin des Unfallwagens«, sagte Irmi.

»Ja, genau, und der Name ist mir so bekannt vorgekommen. Und dann ist es mir eingefallen. Meine Freundin Yvonne, die mit der WG, in der auch Sven wohnt, hat einen Kumpel, der Johannes Geipel heißt. Ich hab ihn auch mal auf einem Fest getroffen, ein sehr Netter. Sieht auch wahnsinnig gut aus, dunkle Locken, grüne Augen, toller Körper. Ich glaub, Yvonne hätt ihn sich gern unter den Nagel gerissen, aber sie hat mal so was gesagt wie: Der Johannes blockt alles ab, was mit Gefühlen zu tun hat – ist auch kein Wunder nach all dem. Ich hab damals nicht nachgefragt, weil in dem Moment Sven was von mir wissen wollte. «

Irmi wartete.

»Also, ich hab Yvonne gerade angerufen.«

»Ja, und?«

»Johannes ist fünfundzwanzig, studiert Geografie in München und hat eine Schwester. Die heißt Margit und war ein ganz tolles Mädchen. Künstlerisch begabt, sie lernte Buchbinderei, wollte aber später was mit Kunst machen. Sie hat damals tatsächlich das Auto gefahren und war natürlich total fertig, weil sie einen Menschen überfahren hatte. Yvonne hatte wohl auch mal ein langes Gespräch mit Johannes, sie ist eine gute Freundin von ihm und hat akzeptiert, dass da nicht mehr geht. Johannes hat erzählt, was das für eine Hexenjagd auf seine Familie gewesen ist. Dein Martin ...«

»Das ist nicht mein Martin!«, begehrte Irmi auf.

»Dieser Martin Maurer hat natürlich den Geipels schwere Vorwürfe gemacht. Ist ja irgendwie verständlich, dass einer um sich schlägt, wenn sein Kind getötet wird. Was aber weniger gut war: Er hat Margit mehrfach gestellt, hat sie belästigt mit seinen immer gleichen Vorwürfen. Margits Vater hat dann eine einstweilige Verfügung erwirkt, dass Martin Maurer sich dem Haus und der Familie Geipel nicht mehr hat nähern dürfen. Es gab auch eine Verhandlung, wo Margit Geipel in allen Punkten freigesprochen wurde. Keine Mitschuld, sie hat das Mädchen nicht sehen können. Ich habe die Unterlagen von der Staatsanwaltschaft angefordert.«

»Ja, das geht auch zum Teil aus der Akte hervor. Und?«

»Margit Geipel hat das alles nicht gepackt. Sie wurde schwer depressiv, hat zwei Selbstmordversuche unternommen.

Sie kam dann für zwei Monate in eine Klinik, war zwei Wochen daheim und hat ein drittes Mal versucht, sich mit Tabletten umzubringen. Johannes hat sie gerade noch rechtzeitig gefunden, und zwar im Stall ihres Pflegepferdes. Und auch nur, weil er den Hausschlüssel vergessen hatte und auf der Suche nach seiner Schwester war. Margit Geipel ist nun in einer psychiatrischen Anstalt irgendwo in Österreich. Wo genau, wusste Yvonne nicht.«

Irmi hatte begonnen, im Raum herumzugehen. »Wo sind die Eltern?«

»Die Mutter ist schon vor zehn Jahren weggegangen, sie hat die Kinder beim Vater gelassen. Muss ein super Typ sein, Johannes lässt wohl auf seinen Vater gar nichts kommen.«

»Und wo ist dieser Vater?«

»Wusste Yvonne auch nicht. Er war wohl einer dieser klassischen, ständig mobilen Tierärzte – bis die Frau weggelaufen ist. Dann hat er in einer Gemeinschaftspraxis in Penzberg gearbeitet, wo er sich mit einer Kollegin immer tageweise abgewechselt hat, damit er viel bei den Kindern sein konnte. Johannes hat Yvonne erzählt, dass sein Dad sein großes Vorbild sei. Warte mal, ich zeig dir mal ein Bild von Johannes.«

Er war wirklich sehr hübsch, zumindest soweit man es auf dem Display von Kathis Kamera beurteilen konnte. Er hatte sein Langarm-T-Shirt hochgeschoben. Seine muskulösen Arme waren tätowiert. Johannes also. Was sollte sie mit dieser Information anfangen? »Das war letzten Sonntag, als ich in München bei Sven gewesen bin. Er war auch da.«

Kathi lehnte immer noch über dem Stuhl, bis sie aufsprang und der Stuhl mit einem Krachen umfiel. »Margits Vater hatte allen Grund, sowohl Xaver Fischer als auch Martin Maurer zu hassen. Die beiden sind schuld, dass seine Tochter nun im Irrenhaus sitzt.«

Irmi schwieg. Natürlich hatte sie diesen Gedanken auch gefasst, aber wohin würde der sie bringen?

»Geipel ist Tierarzt. Der kann Spritzen setzen. Der hat Zugang zu Insulin!«

Auch das war richtig. Für einen Tierarzt war es sicher einfacher, an Insulin heranzukommen und es zu injizieren. Aber sie bewegten sich schon wieder im Reich der Hypothesen.

»Hast du diesen Johannes denn selber gesprochen?«, fragte Irmi.

»Wollte ich, aber er ist auf einer Exkursion, sagt Yvonne. Irgendwo in den Alpen. Die übernachten wohl auf einer Hütte, und anscheinend gibt es da kein Netz. Ich mein, selbst wenn, dann ist das ja kaum die richtige Umgebung, um solche Fragen zu stellen, oder.«

Kathi zeigte so was wie Einfühlungsvermögen, das grenzte fast an ein Wunder.

Irmi überlegte. »Dieser Johannes wohnt also in München?«

»Ja, die Adresse hätte ich.«

»Gut, aber er hämmert ja momentan irgendwelche Steine oder kippt Salzsäure drauf, nehm ich an.«

»Wieso Salzsäure?«, fragte Kathi überrascht.

»Das machen diese Geos, ob Geologen oder Geografen, um Kalk nachzuweisen«, erklärte Irmi.

»Echt! Was du alles weißt.« Das klang weder ironisch noch bösartig. Kathi musste gerade eine sehr sanfte Phase haben.

»Kathi, kannst du rausfinden, wo Geipel senior wohnt und wo genau diese Margit untergebracht ist? Ich müsste mal ein paar Minuten nachdenken.«

»Ja, klar, ich check das. Und jetzt setz dich wieder hin, du machst einen ja ganz nervös mit deinem Rumgerenne.«

Als Kathi draußen war, sank Irmi auf den Stuhl. Klaus Geipel, ein Mann, der durch die Hölle gegangen sein musste. Der Xaver Fischer und Martin Maurer sicher mehr als einmal verwünscht hatte. Aber selbst wenn sie annahm, dass er der Mörder sein könnte, blieben da so viele Fragen: Warum dieser Ort am Hausberg? Wie hatte er die beiden Männer dazu gebracht, dorthin zu kommen? Und wenn er gewusst hatte, dass sie sich dort treffen würden, dann woher? Was für ihn sprach, war das Insulin. Irmi stutzte. Verwendete man für Tiere dasselbe Insulin? Sie griff zum Hörer und rief ihre Tierärztin an.

»Geht's einigermaßen?«, fragte die. »Es tut mir selber immer so weh, wenn ich ein Tier einschläfern muss. Das sind die schwarzen Seiten meines Berufs.«

»Ja, es geht. Es muss. Rational weiß ich ja, dass es am besten für sie war. Du, ich müsste dich was ganz anderes fragen. Tiere haben auch Diabetes, oder?«

»Ja, das gibt es sogar recht häufig, vor allem bei Hunden.«

»Und sie kriegen Insulin?«

»Ja, auch das ist richtig.«

»Das gleiche wie Menschen?«

»Na ja, das Caninsulin ist ein Mischinsulin, das aus zwei Komponenten besteht: einem Langzeitinsulin, das den Grundbedarf abdeckt, und einem kurzwirksamen Insulin. Das sorgt dafür, dass die Kohlenhydrate, die dein Hund zu den Hauptmahlzeiten erhält, abgebaut werden können. Drum muss man Caninsulin nach einer kohlenhydrathaltigen Mahlzeit spritzen. Verrätst du mir auch noch, warum du das wissen willst?«

Irmi ignorierte die Frage. »Würde man mit Caninsulin auch einen Menschen töten können? Mit Humaninsulin funktioniert das nämlich.«

»Na, ich denke schon, so unähnlich ist das ja nicht. Käme auf die Dosierung an und auf den Zustand des Menschen.

Was hat er gegessen, wie schwer ist er und so weiter. Worum geht es hier eigentlich? Irmi, jetzt red schon.«

»Du stirbst, wenn du nicht dicht hältst. Es geht um meinen aktuellen Fall. Zwei tote Männer, die mit Insulin getötet wurden. Ich habe Anlass zu glauben, dass es Caninsulin sein könnte.«

»Weil ein Tierarzt unter Verdacht steht?«, brachte es ihre clevere Freundin auf den Punkt.

»Eventuell«, sagte Irmi gedehnt.

»Also, ich weiß ja nicht. Als Tierarzt nehm ich Rohypnol oder ein Medikament, das man Hunden mit Epilepsie gibt. Im Prinzip ist das das Medikament, das die Schweizer Sterbehelfer verwenden. Das wäre weit einfacher als Insulin. Da ist der Verlauf nämlich nie genau vorherzusagen.«

»Würde die Pathologie feststellen können, dass es Caninsulin war?«, fragte Irmi.

»Puh, keine Ahnung. Da musst du die fragen.«

Irmi fiel noch etwas ein. »Was nimmt man für Spritzen?«

»Caninsulin ist ein sogenanntes U-40-Insulin, das heißt, in einem Milliliter Flüssigkeit stecken vierzig Einheiten Insulin. Das lässt sich kaum in einer normalen Spritze dosieren. Deshalb gibt es ganz feine Insulinspritzen mit längeren und etwas dickeren Nadeln, Hunde haben ja dickere Haut als Menschen.«

Irmi stutzte: Der Gerichtsmediziner hatte gesagt, dass die Nadel ziemlich dick gewesen sei. Was, wenn sie nun endlich auf dem richtigen Weg war? Einen verzweifelten Mann des Mordes zu überführen war keine schöne Vorstellung. Warum waren nicht immer die Fieslinge die Mörder? Drum hätte ihrem Team ja auch der Russe so gut gefallen.

»Vielen Dank für die Infos. Und behalt das bitte für dich, ja?«

»Sicher. Alles Gute.«

Als Irmi danach den Rechtsmediziner auf seiner privaten Handynummer anrief und ihn bat, festzustellen, ob das Insulin vielleicht Caninsulin gewesen war, erntete sie ein Schnauben. »Geht das denn nicht?«

»Doch, unser Labor kann das schon feststellen. Ein bisschen Zeit müssen Sie mir aber geben. Und wie ich Sie kenne, interessiert es Sie nicht, dass Wochenende ist.«

»Ganz genau! Könnten Sie mir die Kurzform bitte per SMS schicken. Ich muss ins Ausland«, erklärte Irmi.

»Na gut, ich werde meine dicken Fingerchen auf die Tasten quälen. Grüß Sie, Frau Mangold.«

Kaum hatte Irmi das Gespräch beendet, kam Kathi ins Büro. »Was schaust denn so?«

»Ich hab die Patho gebeten festzustellen, ob es auch Caninsulin gewesen sein könnte.« Und sie begann zu erzählen.

Kathi hörte zu, ohne sie zu unterbrechen. Dann sagte sie: »Und du hast gut daran getan. Margit Geipel hält sich in einer Klinik in Lienz in Osttirol auf. Ihr Vater Klaus Geipel ist auch da, hat sich eine Ferienwohnung gemietet. Ich weiß sogar, wo!«

»Ich frag jetzt nicht, woher du das weißt, oder?«

»Nö, besser nicht. Aber manche Leute in Österreich schulden mir einen Gefallen.«

»Wo ist er denn gemeldet?«

»Immer noch in Aidling. Das Haus steht offenbar leer. Aber das kann er uns sicher selber erklären, wenn wir nach Lienz fahren.«

»Kathi, wir dürfen uns nicht verrennen. Wir dürfen jetzt keinen Fehler machen.«

»Schön und gut. Aber ohne Geipel kommen wir nicht weiter. Du willst doch jetzt nicht aufgeben?«

»Nein, das nicht«, sagte Irmi gedehnt.

»Dann fahren wir morgen früh, oder. Ich hab das mit Mama schon ausgemacht, sie fährt mit Sophia eh morgen weg und passt auf, dass sie Montag in die Schule geht. Wir könnten einmal übernachten. Ich hab da schon mal nachgesehen, was es an Hotels gibt.«

Irmi lächelte wehmütig. Verzog den Mund. »Ich hätte zwei Übernachtungen in Lienz. Einen Gutschein. Der verfällt Ende des Jahres eh.«

»Hä?«

»Na ja, also …«

»Ach! Dein süßer Lover wollt mit dir nach Lienz, aber er hatte nie Zeit. Ist es das?«

»Ja, er hat so einen Beraterjob und bekommt öfter Hotelgutscheine.«

»Er wird aber weniger begeistert sein, wenn ich mitfahre. Du wahrscheinlich auch nicht. Mit mir das Bettchen zu teilen ist ja doch was anderes!« Kathi lachte.

»Der Gutschein verfällt. Das Jahr ist bald um. Also fahren wir.« Irmi klang trotzig. Der Oktober war bald vorbei. Nebel lagen schon jetzt über dem Land. Der November würde sie alle lähmen, und schon war die Adventzeit da, und *er* würde von seiner Familie vereinnahmt werden. Wieder ein Weihnachten, das sie allein mit Bernhard verbrachte. Dieses Jahr sogar ohne Wally.

»Gut, dann bis morgen. Fahren wir so, dass wir gegen Mittag unten sind?«, fragte Kathi. »Das wird ein richtiger Sonntagsausflug.«

»Wir können das auch nur als Ausflug deklarieren. Wir deklarieren das am besten gar nicht. Das trägt die Staatsanwaltschaft nie mit«, meinte Irmi.

»Dann ist es halt ein Ausflug. Einfach so. Außerhalb der

240

Dienstzeiten. Wenn du schon deinen kostbaren Gutschein opferst.«

»Klar, ein Ausflug.«

Sie mussten beide lachen.

Irmi kaufte noch ein, damit Bernhard was im Kühlschrank hätte. Als sie die Küche betrat, war Wallys Korb noch immer da. Kater lag drin. Irmi schossen Tränen in die Augen. Tränen der Wehmut.

Es war doch gut, dass Bernhard den Korb hatte stehen lassen.

17

Sie reisten beide mit leichtem Gepäck. Beide mit einem kleinen Köfferchen.

Angesichts der Noblesse des zu erwartenden Ambientes hatte Irmi ihren einzigen guten Blazer eingepackt, den sie mal in einem Anflug von Wahnsinn gekauft hatte. Genau genommen war es ein schwarzer Gehrock mit ganz feinen Nadelstreifen. Damals hatte sie ihn auch noch zu klein gekauft, weshalb sie ihn bisher kaum getragen hatte, doch als sie ihn jetzt aus dem Schrank zog und hineinschlüpfte, hatte er auf einmal gepasst. So wie eine schwarze Jeans, die Irmi eigentlich auch schon aufgegeben hatte. In dieser Kombi sah sie ungewohnt aus. Souveräner, als sie sich momentan fühlte.

Letztes Jahr hatten sie bereits einen Ausflug gemacht, hinüber zum Brünnstein mit einem Abstecher nach Innsbruck. Irmi hatte auch diesmal das Gefühl, dass allein das Unterwegssein ihr half, freier zu atmen. Oben in den Felbertauern gerieten sie in einen richtigen Schneesturm, dann verschluckte sie die Tunnelröhre. Auf der anderen Seite, jenseits des Alpenhauptkamms, schien die Sonne. Die Straße war wie leer gefegt, irgendwie waren sie zwischen allen Saisonen unterwegs. Und am Sonntag gab es auch keine Lkw. Vor Lienz wurde der Verkehr etwas dichter.

»Die Nusser haben echt keine Bebauungspläne«, sagte Irmi, die sich immer wieder über den architektonischen Wildwuchs der Nachbarn wunderte. Reutte war auch so ein Beispiel. Einige hätten es kühn genannt, wie sich die unterschiedlichsten Baustile ins Lechtal hineinzogen. Kathi, die

Halbösterreicherin, sagte nichts. Dafür staunte sie, als sie am Grandhotel Lienz vorfuhren.

»Wow!«

Hier konnte man eigentlich nicht von architektonischer Kühnheit sprechen. Es war vielmehr ein klassisches Hotel, in einem klassischen Architekturstil, frei von Modeströmungen, frei vom Anbiedern an Trends. Irmi hatte dem Internet entnommen, dass es brandneu war, aber es wirkte so, als wäre es immer schon Teil von Lienz gewesen.

Sie wurden freundlich begrüßt und auf ihr Zimmer geleitet, das sich als Grand Deluxe Suite mit über fünfzig Quadratmetern entpuppte.

»Wow!«, sagte Kathi nochmals. »Jetzt bin ich den beiden Toten fast dankbar. Nun entführt uns der Fall schon in das zweite schöne Hotel. Und diesmal dürfen wir hier sogar übernachten!«

»Ja, und wir nehmen jetzt erst mal einen Tee auf der Terrasse«, sagte Irmi.

»Geht auch ein Eiskaffee – oder isst du nix mehr?«, fragte Kathi.

»Wieso?«

»Na, du hast doch sicher schon acht Kilo abgenommen, oder.«

»Nicht absichtlich.«

»Umso besser. Also Eiskaffee?«

»Natürlich, und zwar mit Sahne!«

Es lag eine südliche Milde in der Luft – trotz der fortgeschrittenen Jahreszeit. Man konnte sogar die Ärmel des Pullovers hochschieben, so warm war es, und durch Sonnenbrillengläser in die Welt blinzeln. Die Isel rauschte beruhigend vorbei, es war fast wie Urlaub.

Nach einer Weile meinte Irmi: »Auch wenn du dich schwer

trennen kannst von dieser Terrasse, wir sollten dann mal los.«

»Los ist gut. Gehen wir jetzt einfach überfallartig zu diesem Klaus Geipel?«

»Was willst du sonst machen?«

»Zu Margit Geipel gehen? Sagen, dass ich 'ne Freundin von ihrem Bruder bin. Dass ich zufällig in der Gegend wär und grüßen soll.«

Irmi überlegte kurz. »Aber was willst du sie fragen? Wenn sie dir überhaupt antwortet. Und dann dürfen wir nicht vergessen, dass ihr Vater uns richtig Ärger machen kann.«

»Das ist eine Mordermittlung.«

»Kathi, du kennst die Regeln. Wir sind inoffiziell hier. Wir haben keinerlei Amtshilfeabkommen in der Tasche. Ich glaub auch nicht, dass die Osttiroler unser Eindringen so toll fänden.«

»Alle Tiroler sind nette Menschen, Osttiroler besonders«, sagte Kathi.

»Ja, du Trullerin, alles klar. Wir können uns diese Klinik ja mal von außen ansehen.«

Ein nicht besonders intelligenter Vorschlag, aber so hatten sie ein wenig Galgenfrist. Die beiden wanderten hinein in das mittelalterliche Lienz mit seiner umlaufenden Stadtmauer und erreichten den Hauptplatz.

»Wie schön! In Österreich kennen die meisten ja nur Wien, Salzburg, Innsbruck – dabei wäre es hier viel gemütlicher«, sagte Kathi.

Das stimmte. Leute saßen vor den Cafés, andere schlenderten auf dem Sonntagsspaziergang vorbei. Irmi und Kathi gingen durch ein paar weitere Gassen und über Plätze und erreichten schließlich die Klinik. Sie hatte eine unauffällige Front zur Straße hin und schien von einem parkartigen

Grundstück umgeben zu sein, das seinerseits von einer hohen efeubewachsenen Mauer begrenzt war.

»Ich geh da jetzt rein.« Kathi war auf dem Sprung.

»Dann komm ich mit!« Das war immer noch besser, dachte Irmi, als hier draußen herumzulungern. Außerdem konnte sie vielleicht Schlimmeres verhindern, wenn Kathi wie immer so unbedacht voranpreschte. Im Gebäude tat sich ein heller Gang auf, und rechts war eine Art Rezeption, wo Kathi ihr Anliegen vortrug: »Meine Tante und ich sind auf der Durchreise und haben uns gedacht, wir könnten die Margit besuchen.«

Die junge Frau an der Rezeption war sehr freundlich und winkte plötzlich einer Ärztin: »Frau Dr. Mühlmann, da sind zwei Damen, die gerne Margit Geipel besuchen würden. Sie kennen Margits Bruder und würden ihr Grüße überbringen.«

Die Ärztin war klein und zierlich und höchstens Mitte dreißig. »Grüß Gott, der Johannes war lange nicht mehr hier. Ich befürchte nur … Ach was, kommen Sie mit.«

Sie ging voran und verließ das Haus durch einen Seiteneingang. Dann führte sie Kathi und Irmi in den Park, der wie der Garten eines verwunschenen Märchenschlosses wirkte. Umgeben von Büschen stand eine Bank, auf der die Prinzessin saß. Wächsern blass, mit langen dunklen Haaren. Ihre Augen blickten ins Leere. Sie war schön und zerbrechlich. In ihren Händen hielt sie ein paar Stängel mit Kleeblättern, die schon etwas welk hinabhingen.

»Margit hat sich ausgeklinkt aus der Realität, wenn ich das mal so salopp sagen darf. Sie spricht nicht mehr. Das ist eine Schutzfunktion des Körpers«, erklärte die Ärztin. »Margit, du hast Besuch«, wandte sie sich an die Patientin, doch die junge Frau reagierte nicht.

»Ich kann Ihnen nur wenig Hoffnung machen, aber setzen Sie sich ruhig zu ihr. Darüber freut sie sich«, sagte die Ärztin und ging davon.

»Hallo, Margit!«, probierte Kathi, und Irmi schickte ebenfalls ein »Hallo« hinterher.

»Ich bin die Kathi. Ich treff den Johannes ab und zu in München. Ich hab Freunde in München, die haben eine WG, da kommt der Johannes oft zu Besuch. Und weil wir heute in Lienz sind, dacht ich, ich sag dir Grüße vom Johannes.«

Nichts.

»Johannes hat mir erzählt, dass du wahnsinnig toll malen kannst. Er hat ein paar Bilder von dir. Die sind klasse. Du musst unbedingt auf die Kunstakademie gehen.«

Nichts.

Kathi warf Irmi einen hilfesuchenden Blick zu, doch die schüttelte ganz leicht den Kopf.

»Margit, malst du hier auch Bilder?«

Nichts.

»Was malst du denn so? Malst du was, wo du …«

Bevor Kathi weiterreden konnte, hatte Irmi ihre Nägel in Kathis Unterarm gekrallt. Das war bei Irmis Landfrauenhänden zwar weniger tragisch, weil ihre Nägel eh so kurz waren, aber Kathi zuckte trotzdem zusammen. Irmi wollte keinesfalls zulassen, dass dieses Mädchen ausgerechnet von ihnen in die Vergangenheit zurückgeholt wurde. Dazu gab es speziell ausgebildete Ärzte.

»Dem Johannes geht es gut. Er studiert auch fleißig, und er geht zum Klettern. Diese Jungs in den Felsen kommen mir vor, als hätten sie Saugnäpfe an den Fingern. Mir ist es schleierhaft, wie die sich da festhalten können«, sagte Irmi.

Mein Gott, es war grauenvoll, irgendwas daherzuplappern und keine Antwort zu erhalten. Es mochte ja Leute geben, die so etwas konnten. Ganz sicher gab es sogar Kandidaten, für die Margit die perfekte Gesprächspartnerin wäre. Eine, die man zutexten konnte, ohne mit Widerworten rechnen zu müssen. Die perfekte Freundin für monologisierende Egomanen.

»Ja, der Johannes ist echt toll«, schickte Kathi hinterher.

Dann saßen sie da, es war still – bis auf die Geräusche von ein paar Autos, die wie aus einer anderen Welt in den Park drangen. Als der Schatten kam, wurde es sofort kühl.

»Magst du nicht reingehen?«, fragte Irmi und hoffte, dass bald eine Schwester kommen würde oder die Ärztin. Sie war so hilflos wie selten. Und wütend. Da saß dieses schöne Kind, das eine glänzende Zukunft vor sich gehabt hätte, und war nichts mehr als eine leere Hülle.

»Ja, dann begleiten wir dich hinein – und wie gesagt: Der Johannes denkt sehr viel an dich«, sagte Kathi. Irmi hörte, wie ihre Stimme kippte, und sah weg. So hatte sie Kathi noch nie erlebt. Aus den Augenwinkeln nahm sie eine Bewegung wahr: Margit hatte Kathis Arm genommen und ihr die welken Kleeblätter in die Hand gelegt.

»Danke, Margit, danke. Das ist sehr …« Kathis Stimme brach, Tränen rannen ihr über die Wangen.

In dem Moment kam die Ärztin. »Oh, haben Sie ein Geschenk bekommen? Das ist aber lieb von dir, Margit. Sehr lieb. Kommst Du mit, Margit?«

Die junge Frau erhob sich und ging wie eine Aufziehpuppe neben der Ärztin her. Im Haus bog sie wie ferngesteuert nach rechts ab und ging die Treppe hinauf. Am ersten Absatz blieb sie stehen. Kathi und Irmi winkten. Von oben sanken noch ein paar Kleeblätter nieder, dann ging Margit weiter. Kathi lief unter die Treppe und sammelte den Klee auf. Ihre schmalen Schultern zuckten.

»Es ist hart, wenn man das zum ersten Mal sieht«, sagte die Ärztin.

»Gibt es denn eine Prognose?«, wollte Irmi wissen.

»Sicher, wir arbeiten hier nur mit traumatisierten Menschen. Traumata ganz unterschiedlicher Ausprägung. Was wir brauchen, ist Zeit und Geduld. Margit reagiert inzwischen wieder auf Reize. Das haben Sie ja an den Kleeblättern gesehen. Sie nimmt wieder Kontakt zu ihrer Umwelt auf. Ich glaube fest daran, dass sie irgendwann ein normales Leben führen kann.« Die junge Ärztin lächelte. »Sie entschuldigen mich? Und danke für den Besuch. Margit hat sich sehr gefreut.«

Sie verschwand im Raum hinter der Rezeption.

Schweigend gingen sie zum Ausgang und hinaus in die Gasse. Irgendwann gelangten sie zum Café Zeitlos in der Zwergergasse, eine Mischung aus Teestube und Loungebar. Jetzt am frühen Abend war wenig los. Eine Frau in Irmis Alter saß in Ökogewandung da, von der Irmi gedacht hatte, dass sie seit den frühen Achtzigern ausgestorben sei.

Irmi bestellte zwei Tee mit Rum und zwei Stücke Sachertorte. Sie brauchte etwas, das wärmte und sie aus dem Schockzustand riss. Und sie brauchte Schokolade.

Als Kathi ihre halbe Torte gegessen hatte, begannen die Tränen wieder zu fließen. Ziemlich lange. Irmi reichte ihr ein Papiertaschentuch.

»Das ist so unfair!«

»Ach, Kathi, wann wäre das Leben je fair gewesen.«

»Tut mir leid, dass ich so …so …«

»Das muss dir nicht leid tun«, sagte Irmi lächelnd. Kathi Haudrauf Reindl ließ so selten etwas nach außen dringen. Heute hatte Irmi die Chance bekommen, hinter ihre Fassade zu sehen.

»Geht's wieder? Können wir zum Vater von Margit fahren?«, fragte Irmi nach einer Weile.

»Sicher.«

Sie liefen zurück zum Hotel, das nun im Abendlicht dalag, und ließen sich an der Rezeption den Weg nach Dölsach erklären. Nach einigen Irrfahrten auf kleinen Wirtschaftswegen erreichten sie den Ort. Sie parkten und standen etwas unschlüssig herum, weil Hausnummern fehlten. Aus einem Obstgarten kam eine Frau mit wilder Mähne. »Kann ich helfen?«

»Wir suchen Klaus Geipel, der soll hier irgendwo wohnen.«

»Der Klaus? Seids Bekannte aus Bayern?«

»Ja, genau.«

»Der Klaus wohnt da drüben. Ich bin die Silvana. Sein Auto ist aber noch nicht da. Wollts so lange reinkommen? Es wird saukalt.«

Sie sprach einen liebenswerten Dialekt und ging hinüber zu einem Haus, dessen Garten ein reines Kunstwerk war. Skulpturen, Wurzeln, Blumen – ein herrliches Stillleben. Das Innere des Hauses entpuppte sich als ein weiteres Juwel.

»Eine Schnapsbrennerei?«, fragte Irmi überrascht.

»Ja, ihr seht verfroren aus. Ich lass euch mal was probieren.«

»Äh, ich muss aber noch Auto fahren«, wandte Irmi ein.

»Du sollst dich auch nicht betrinken, sondern bloß kosten.«

Samtig rann die Flüssigkeit ins Glas, Irmi nippte vorsichtig und stutzte. Normalerweise war ihr der Schnaps zu kratzig im Hals, der hier hingegen ging runter wie Öl. Aber wonach schmeckte er bloß? Silvana lächelte, als wollte sie sagen: Ja, trau dich.

»Okay, er schmeckt nach Karotten«, sagte Irmi zögerlich.

»Genau, ich brenn auch Rote Beete. Alles, was man einmaischen kann und genug Zuckergehalt hat, kann einen schönen

Schnaps ergeben. Der Urgroßvater hat schon gebrannt, und seit 1994 haben wir eine neue Anlage, den Kessel hat der letzte Kupferschmied aus Stams gemacht. In Nordtirol draußen.«

Sie schenkte wieder etwas ein, das sich als Apfel-Ingwer entpuppte. »Vogelbeere ist auch ein Klassiker. Sechzehn Leute aus der Familie und Bekanntschaft klauben eine Woche lang Vogelbeeren. Das sind sechshundert Stunden Arbeit! Entlohnt wird bloß mit Brotzeiten! Der Klaus war auch dabei.« Sie sah auf die Uhr. »Er kommt gleich. Er macht Urlaubsvertretung für den Tierarzt hier. Wir hoffen alle, dass er bleibt. So ein netter Mann. Und dann diese Tragik mit dem Madl. Es trifft immer die Netten.«

Irmi nickte verständnisvoll. »Wie lange ist die Margit denn schon hier?«

»Ein paar Monate. Am Anfang ist der Klaus noch immer hin und her gefahren von Bayern nach Lienz, seit drei Monaten wohnt er hier fest bei der Nachbarin in der Ferienwohnung. Damit er näher bei dem Madl ist.«

»Wann war er denn zum letzten Mal zu Hause in Bayern?«, fragte Irmi und hoffte, dass Silvana die Frage nicht merkwürdig fände.

»Ach, das ist schon eine Weile her. Die Urlaubsvertretung macht er seit drei Wochen, und das Gute am Klaus ist ja, dass er Tag und Nacht kommt. Unser Viechdoktor hat die Patienten nämlich am Wochenende immer in die Klinik geschickt. Der Klaus ist immer parat. So wie heute.«

Irmi sah zu Kathi hinüber. Wenn der Herr Viechdoktor immer parat war, hatte er sicher keine Zeit gehabt, zwei Tage in Garmisch und Oberstaufen zu verweilen. Verdammt, waren sie schon wieder auf dem Holzweg? Silvana war hinausgegangen, man hörte eine Tür, dann kam sie zurück: »Das Auto vom Klaus ist jetzt da.«

250

»Danke, was sind wir denn schuldig?«, fragte Irmi.

»Nix, Freunde von Klaus sind mir doch nix schuldig!«

»Dann möchte ich aber was mitnehmen!«, sagte Irmi. »Was empfiehlst du mir denn?«

»Apfelbrand mit Chili?«

»Klingt gefährlich. Genau den nehm ich – und einmal Karotte.«

Silvana reichte Irmi die beiden Flaschen und gab ihr noch zwei Gläser mit eingewecktem Paprikamus mit. »Eins für euch und eins für den Klaus!«

Sie ging noch mit vor die Tür und wies auf das Haus schräg gegenüber. »Die Glocke, wo nix drauf steht. Passt gut auf euch auf. Servus!«

»Man möchte am liebsten hier bleiben. Die Menschen sind alle so angenehm. Ich versteh diesen Klaus, auch wenn der Anlass ein trauriger ist, hier kann man leben«, sagte Irmi.

»Na, ich glaub nicht, dass du deinen Hof verlassen würdest, auch wenn die Werdenfelser sture Hackstöcke sind, oder.«

»Sag mal, ist das nicht Blödsinn, was wir hier machen?«

»Ist es nicht. Der Mann ist Tierarzt, kein Jurist. Dem wird das nicht sonderlich komisch vorkommen, wenn die Polizei aus Garmisch hier auftaucht.«

»Gott erhalte deinen Glauben, das kann uns so was von Ärger einbringen!«, rief Irmi.

»Dann drehen wir halt um. Haben ein paar Souvenirs gekauft, übernachten in einem schönen Hotel, warum auch nicht. Haben wir eben einen Teamintegrationsausflug unternommen zur Kommunikationsbildung oder so.« Kathi sah Irmi provozierend an.

»Kathi, es heißt Teambildung!«

»Egal, also was jetzt?«

»Läute!«

Es schrillte, ein altmodischer Ton. Wenig später polterte es auf der Treppe, und die Tür ging auf. Klaus Geipel war groß und schlank. Er hatte auffallend grüne Augen und die feinen Gesichtszüge der Tochter. Seine dunklen Haare waren auf circa acht Millimeter gekürzt, er hatte graue Schläfen und sah wirklich gut aus. Geipel gehörte zu den Männern, die tatsächlich mit dem Alter attraktiver werden – so wie Sean Connery oder Richard Gere.

»Notfall? Hund oder Katze?«, fragte er und sah die beiden Kommissarinnen aufmerksam an.

»Notfall? Ja, irgendwie schon. Kathi Reindl und Irmi Mangold aus Garmisch. Von der Kripo. Dürften wir reinkommen?«

»Ist was mit Johannes?« In dieser Frage lag eine solche Panik, die nur ein Mensch verspüren konnte, der schon ein Kind verloren hatte. Fast verloren hatte. Zumindest verloren an eine andere Welt.

»Nein, aber es geht um zwei Männer, die Ihnen bekannt sein dürften.«

»Kommen Sie«, sagte er und stieg die Treppe hinauf. Sie betraten eine typische Ferienwohnung. Vom Flur gingen drei Türen ab, eine davon führte in die offene Küche mit Eckbank, die durch ein halbhohes Mäuerchen vom Wohnzimmer abgetrennt war. Die Möblierung war nicht mehr ganz auf dem aktuellsten Stand, in Ferienwohnungen packte man ja gerne mal das abgetragene Mobiliar. Trotzdem war die Wohnung gemütlich. Auf dem Küchentisch türmten sich Unterlagen und Medikamentenschächtelchen. Klaus Geipel lächelte entschuldigend und machte eine Handbewegung in Richtung Wohnbereich.

»Möchten Sie was trinken? Die Auswahl ist allerdings ziemlich mau. Kaffee, Leitungswasser, Bier.«

»Danke, gar nichts. Wir hatten gerade schon eine kleine Verkostung bei Ihrer Nachbarin. Das hier soll ich Ihnen geben.« Irmi reichte ihm das Glas.

»Ah, lecker! Das ergibt die beste Pastasoße, die man sich vorstellen kann. Ich bin ja sonst weniger der Koch.« Er stellte das Glas ab und nahm sich ein Bier aus dem Kühlschrank.

»Wirklich nichts?«

»Danke. Sie wohnen seit einigen Monaten ganz hier?«, fragte Irmi.

»Ja, aber ich nehme an, das wissen Sie, sonst wären Sie ja nicht hier. Um was für Männer geht es?«

»Xaver Fischer und Martin Maurer.«

Er schwieg.

»Sie kennen die beiden?«

»Sicher, aber auch das wissen Sie doch bereits. Also, was ist los?«

»Beide sind tot. Ermordet«, sagte Kathi, während Irmi ihn beobachtete.

Er war kein cooler Zockertyp, das hatte sie sofort bemerkt. Er war ein Mensch, der sich sehr viel Mühe gab, mit seiner Vergangenheit zu leben. Der jeden Morgen sich selbst Hoffnung zusprechen musste. Er wirkte beherrscht, und Irmi konnte sich vorstellen, wie viel Energie ihn das kostete. Energie, die eigentlich längst verbraucht war. Es war über die Monate bestimmt zermürbend, das eigene Kind so zu erleben. Und es wurde doch immer schlimmer, je länger man das Leiden eines geliebten Menschen mit ansehen musste.

»Wer hat das getan?«, fragte er.

»Das wissen wir nicht. Sie?«

Er lachte kurz auf. Ein müdes Lachen. »Ja, das habe ich mir oft ausgemalt, das können Sie mir glauben. Aber in Gedanken zu morden ist erlaubt – die Gedanken sind frei.«

»Und was denken Sie jetzt? Hurra?«, fragte Kathi.

»So schnell bin ich nicht. Ich muss das erst mal verdauen. Und ich kann auch nicht triumphieren, falls Sie das annehmen. Dazu bin ich zu müde.«

»Herr Geipel, Sie können uns ja sicher sagen, wo Sie letzten Freitag und Samstag waren?«

»Nicht in Deutschland. Ich war hier. Moment.«

Er ging zu seinem überladenen Küchentisch und fischte einen Timer heraus.

»Also, am Freitag habe ich drei Kälbern auf die Welt geholfen. Einem Hütehund den Fuß geschient, ein Schaf versorgt, das sich mit Stacheldraht angelegt hat. Natürlich ist das alles verzeichnet. Sie können die jeweiligen Tierbesitzer gerne besuchen. Am Samstag haben sich alle Pferde verschworen, drei Koliken, zwei Lahmheiten, dazwischen Kälber.«

Irmi wollte gerade etwas sagen, als ihr Handy mit dem Ton eines anklopfenden Spechts eine SMS meldete.

»Entschuldigung«, sagte sie und überflog rasch die Nachricht:

Frau Mangold, ich weiß ja nicht, warum ich mich auf so einen Blödsinn eingelassen habe, und das am Sonntag. Aber unser Labor hat tatsächlich nachgewiesen, dass das Caninsulin war. Mit freundlichen Grüßen aus der Rechtsmedizin

Irmi tat alles, um die Fassade zu wahren und nicht herauszuplatzen. Das konnte doch kein Zufall sein. Alles passte. Sie schluckte.

»Herr Geipel, das wird sich ja, wie Sie sagen, leicht feststellen lassen.«

»Dann habe ich also ein Alibi?« Er lächelte leicht. »Wieso eigentlich ich?« Er überlegte kurz. »Sie glauben, ich hätte ein

Motiv wegen meiner Tochter? Ja, das hätte ich. Aber ich morde nicht. Das macht Ann-Kathrin Maurer nicht mehr lebendig, und meine Tochter holt es nicht aus ihrer inneren Emigration. Außerdem hatten diese beiden Herren sicher auch andere Feinde als mich.«
»Warum glauben Sie das?«, fragte Kathi.
»Martin Maurer ist ein bösartiger Wicht. Ein Mensch ohne Selbstbewusstsein, der sich auf Kosten anderer größer gemacht hat. Auf Kosten seiner Frau zum Beispiel, dieses armen Hascherls. Und Fischer ist ein sturer Bauernschädel, der eine einmal eingeschlagene Bahn nicht mehr verlässt, auch wenn er den Abgrund sieht, in den er rennt.«
»Sie urteilen hart, Herr Geipel!«, sagte Irmi.
»Hart? Frau Mangold, Sie kennen vielleicht die Akten. Aber da steht nicht, was für Sätze mir die beiden an den Kopf geworfen haben. Das Schlimmste war, als ich draußen auf den Höfen hören musste: ›Die kleine Geipel ist im Irrenhaus.‹ Die Väter jener Kinder, die auch in diesen Bauwagen gehen, haben uns am Stammtisch durch den Dreck gezogen. Xaver Fischer hat laut getönt, Margit solle sich nicht so haben. Und Martin Maurer ließ die Botschaft kursieren, dass Gott Margit gestraft habe. ›Die Geipel ist im Fegefeuer‹, hat er gesagt. Als ob der jemals etwas mit Gott am Hut gehabt hätte.«
Irmi spürte wieder diese Übelkeit, die in ihr aufstieg. Das war Stammtischniveau, private Dinge an die Öffentlichkeit zu zerren. Meist steckte Bitterkeit dahinter. Und Neid. Und Ablenkung von den eigenen Schuttbergen, die man schon gar nicht mehr wegkehren konnte. Da hätte man schweres Gerät gebraucht.
»Ich war es aber nicht, weil es mir nicht geholfen hätte. Margit auch nicht. Ich bin froh, hier zu sein. Die Distanz hilft mir ein bisschen.«

Mit einem Seitenblick auf Kathi sagte Irmi: »Die beiden Männer wurden mit einer hohen Dosis schnell wirkenden Insulins getötet.«

Er stutzte. »Ach, und da glauben Sie, Tierärzte zum Beispiel könnten ja Spritzen setzen? Das können aber auch die Kollegen von der Humanmedizin, Krankenschwestern und natürlich die Diabetiker selber.«

»Ja, das mag sein, aber hätten die denn dieses spezielle Insulin? Was, wenn das Insulin Caninsulin war?«

Klaus Geipel fixierte Irmi mit seinen grünen Augen. »Wie bitte?«

»Die Rechtsmedizin hat nachgewiesen, dass die Tötung mit Caninsulin erfolgt ist. Darüber verfügen Tierärzte, Apotheken und Menschen, die einen zuckerkranken Hund besitzen. Unter unseren sonstigen Verdächtigen gab es keine Diabetiker – weder menschliche noch tierische, Herr Geipel. So leicht hat man doch keinen Zugang zu Insulin!«

Geipel trank sein Bier mit einem Schluck aus. Er wirkte auf einmal viel älter. Die Schatten unter seinen Augen waren schlagartig schwärzer geworden.

»Herr Geipel, wo lagern Sie Ihr Insulin?«

»Na, hier, in den Kästen in meinem Wagen und …«

»Und?«

»Zu Hause habe ich noch eine Apotheke. Ich bin ja nur übergangsweise hier, bis Margit …«

»Wer hat Zugang zu Ihren Medikamenten daheim?«

»Niemand. Der Schlüssel liegt in einem Safe im Schreibtisch. Die Kombination kennt niemand. Betäubungsmittel müssen gut verwahrt werden.«

»Und dort bewahren Sie auch das Insulin auf?«

»Nein … äh … das lagert in einem Kühlschrank. Aber der ist auch gut verschlossen.«

»Wer hat Zugang?«, wiederholte Irmi.

»Ja, aber das Haus steht doch leer!«, rief Geipel.

»Wer?«

Sie alle schwiegen, bis Kathi sehr leise sagte: »Johannes hat doch sicher einen Schlüssel für das Haus? Er wird doch ab und zu aus München kommen und nach dem Rechten sehen, oder.«

»Johannes würde doch nie ... Oh Gott. Ich hätte ihn nicht allein lassen dürfen!«

»Herr Geipel, Johannes ist erwachsen. Er ist ein stabiler Junge mit intaktem Freundeskreis in München. Margit brauchte Ihre Hilfe. Sie haben doch alles ganz richtig gemacht!«, rief Irmi. Ihr wurde auf einmal ganz heiß, dann sehr kalt, und sie spürte, wie der Geschmack nach Schnaps mit einer Woge von Sodbrennen von irgendwoher aufstieg.

»Nichts habe ich richtig gemacht. Ich habe falsch entschieden, wenn Johannes tatsächlich diese beiden ...«

»Ermordet hat? Mit Ihrem Insulin, Herr Geipel. Trauen Sie ihm das zu?«, fragte Kathi sehr leise.

»Nein, natürlich nicht.«

Irmi und Kathi schwiegen. Man traute jemandem nur selten einen Mord zu, das war ja das Problem ihrer Arbeit.

Geipel war völlig am Ende. »Johannes hat Margit so sehr geliebt. Liebt sie noch. Er hat das nie verwunden. Johannes wurde völlig aus der Bahn geworfen, dann hat er Fuß gefasst in München. Alles schien sich einzurenken, aber wahrscheinlich wurde er tief drinnen immer verbitterter.«

»Herr Geipel, momentan ist das alles nur eine Annahme. Würden Sie uns morgen gleich in der Früh nach Hause begleiten?«, fragte Irmi ganz sanft.

»Sicher!«

»Ich kann Ihnen nicht verbieten, dass Sie Johannes vorwarnen. Er ist momentan auf einer Exkursion und per Handy schwer erreichbar. Sie können es natürlich trotzdem versuchen. Aber falls Johannes wirklich etwas damit zu tun hat, macht jeder Fluchtversuch alles noch schlimmer«, sagte Kathi. »Ich kenne ihn, ich meine, auch privat. Ich traue ihm das nicht zu. Es wird sich bestimmt alles klären.«

Selbst Kathi war völlig neben der Spur. Sie erfuhr gerade im ganz Kleinen, wie es ist, wenn jemand aus dem engeren Bekanntenkreis des Mordes bezichtigt wird. Irmi hatte solche Situationen schon öfter erlebt. Sie kannte diese innere Auflehnung, dieses: Das kann doch nicht sein …

Irmi mischte sich ein: »Herr Geipel, die Kollegin hat recht: Je eher wir mit Johannes reden können, desto besser. Vielleicht erweist sich alles als Irrtum.« Ja, genau, und das Caninsulin suchen wir dann bei einem Hundebesitzer, dachte Irmi. Hans Fischer hatte einen Weimaraner und einen Dackel, vielleicht war einer von denen zuckerkrank. Sie fühlte sich wie auf einer Schiffsschaukel: Beständig wippte sie von einer zur anderen Möglichkeit. Sie konnte das Gefährt nur leider nicht anhalten.

Geipel sah inzwischen aus wie ein Gespenst. »Ich will ihn nicht warnen. Ich weiß, dass er auf einer Exkursion ist. Seit Donnerstag. Er kommt morgen Mittag nach München zurück. Ich werde ihn nach Aidling bitten. Allerdings auch einen Anwalt, das ist doch korrekt?«

»Sicher, das ist Ihr gutes Recht.«

»Sie werden von mir nicht erwarten, dass wir im Konvoi fahren, oder?«, bemerkte er voller Zynismus.

»Nein, Herr Geipel, wir sehen uns morgen gegen Mittag in Aidling. Ich muss allerdings veranlassen, dass Sie das Gebäude ohne uns nicht betreten dürfen. Damit Sie keine Beweise vernichten können.«

Geipel starrte Irmi an.»Würden Sie nun bitte gehen?«

»Sicher.« Als sie schon auf der Treppe standen, sagte Irmi: »Es tut mir aufrichtig leid.«

Geipel schloss wortlos die Tür hinter ihnen.

»Oh Scheiße!«, sagte Kathi.

Im Dunklen fuhren sie ins Hotel zurück, das so üppig illuminiert wie eine Filmkulisse wirkte. Kathi war gefahren und Irmi hatte derweil Andrea angerufen, um sie zu beauftragen, zusammen mit Sailer Geipels Haus zu bewachen. Auch nachts. Andreas Einwände wegen der Staatsanwaltschaft oder irgendwelcher Polizeibestimmungen hatte Irmi abgewiegelt.»Gefahr in Verzug, ansonsten nehme ich alles auf meine Kappe.«

»Oh Scheiße!«, sagte Kathi nochmals.»Und jetzt?«

»Es hat keinen Sinn, jetzt noch nach Hause zu fahren. Wir fahren ganz früh. Außerdem müssen wir was essen.«

»Im Hotel?«

»Nein, ich glaube, das ist mir momentan zu nobel. Sind wir da nicht an so einem Lokal vorbeigekommen, das ganz gemütlich aussah. Eine Brauerei oder so?«

»Meinst du das Gösser Bräu im Alten Rathaus?«

»Ja, genau.«

Schweigend liefen sie durch das abendliche Lienz. Im Wirtshaus bestellten sie sich einen steirischen Salat mit Kürbiskernöl und Speckwürfeln. Dazu tranken sie Gösser, Irmi drei an der Zahl, was definitiv zu viel war. Und Kathis zwei Marillenschnäpse waren sicher auch nicht der Weisheit letzter Schluss gewesen.

In dieser Nacht schlief Irmi erstaunlich gut, sie erwachte nur ab und zu von Kathis leichtem Schnarchen. Das Hotel kredenzte ihnen schon um sieben Uhr Frühstück. Irmi beschränkte sich auf Cappuccino und Joghurt, während Kathi richtig zuschlug. »Na, hör mal, wann krieg ich wieder so ein geniales Frühstücksbüfett?«

Irmi lag schon die Bemerkung auf der Zunge: Mit deinem menschenverachtenden Veganer sicher nicht. Sie konstatierte, dass diese ganze Geschichte sie zeitweise richtig zynisch machte. Böse Gedanken machten sich auf und wurden zu Worten, die man besser nicht aussprach.

18

Um eins waren sie in Aidling. Andrea und Sailer saßen im Wagen vor dem Haus.

»Also, Frau Irmgard, jetzt müssen Sie mir aber scho …«

»Später, Sailer, später«, wiegelte Irmi ab. »War was los?«

»Naaa«, sagte er unter Gähnen.

»Na ja«, mischte sich Andrea ein. »Ein gelber Twingo ist sehr langsam vorbeigefahren. Zweimal.«

Ein Twingo? Wo hatte Irmi zuletzt einen gesehen? Verdammt, sie konnte sich nicht erinnern.

»Wir gehen mal kurz zu den Nachbarn. Und Sie lassen weiter niemanden durch«, sagte Irmi.

Die Nachbarin hatte natürlich längst Witterung aufgenommen und anscheinend hinter der Türe regelrecht gelauert. Irmi spähte auf das Klingelschild. »Frau Wild, nehme ich an?«

Die Frau nickte. Sie war im Rentenalter und hatte sicher viel Zeit. Das war gut. Irmi zeigte ihren Ausweis. »Frau Wild, wir sind von der Kripo. Können Sie uns zufällig sagen, wann Johannes in letzter Zeit mal im Haus drüben war?«

»Ja, natürlich. Letztes Wochenende.«

»Geht das genauer?«

»Er kam am Donnerstag. Wann er gefahren ist, weiß ich nicht. Ich schau doch nicht immer da rüber. Er studiert in München. Netter Bursche. Er kommt immer zum Waschen heim. Er wäscht selber. Ist ja niemand mehr da.« Sie nickte zur Bestätigung.

Johannes war also da gewesen und hätte sich durchaus diese Spritzen besorgen können. Ob er zu nachtschlafender Zeit nach Oberstaufen aufgebrochen war, würden sie auch noch beweisen. Kathi sagte gar nichts mehr. Sie kämpfte mit sich. Ihr guter Freund ein Mörder?

»Frau Wild, herzlichen Dank. Wenn wir noch Fragen haben, kommen wir rüber.«

»Ja, halt! Was ist da drüben los? Wurde eingebrochen?« Da passierte endlich mal was, und nun wurden ihr diese Infos vorenthalten! Frau Wild war sichtlich enttäuscht.

»Äh ... ja, so was ähnliches, Frau Wild. Jetzt müssen wir aber weiter.«

Irmi dirigierte Kathi mit einer Kopfbewegung auf die Straße. In diesem Moment fuhr Klaus Geipel vor. Parkte. Stieg aus. Er sah furchtbar aus.

»Können wir?«, fragte Irmi.

Geipel ging wortlos zur Tür und sperrte auf. Sie betraten das Gebäude, das früher einmal ein Bauernhaus gewesen sein musste. Es hatte einen breiten Gang, von dem links die Küche abging. Jemand hatte das Haus sehr feinfühlig renoviert, ohne seinen behäbigen Charme zu zerstören.

»Wo wären die Medikamente?«, fragte Irmi.

Klaus Geipel geleitete sie nach rechts, wo ein kleines Wartezimmer lag. Von dort gelangte man in einen Praxisraum, an den sich eine Kammer anschloss. Darin standen zwei schwere Schränke mit Sicherheitsschlössern und eine Art Kühlschrankvitrine. Die Schränke waren versperrt, an der Vitrine baumelte ein aufgezwicktes Schloss.

»Was war da drin?«, erkundigte sich Irmi.

Geipel schwieg.

»Insulin?«

»In den großen Schränken sind die Betäubungsmittel und solche Sachen. In der Vitrine waren Medikamente, die man leicht kühlen muss.«

»Fehlt etwas?«

262

»Das kann ich so nicht sagen.«

»Herr Geipel!«

»Ich kann das wirklich nicht sagen. Ich bin seit Monaten ein Durchreisender.«

»Aber Sie müssen das alles doch irgendwo dokumentieren?«, bemerkte Kathi.

»Ja, muss ich. So wie Sie kein Recht hatten, einfach in Österreich zu ermitteln. In Extremsituationen lassen wir wohl alle die Bürokratie mal außen vor!«, rief Geipel aufgebracht.

»Herr Geipel, haben Sie Johannes erreicht?«

»Ja, er kommt. Und ich habe ihm nicht gesagt, weshalb ich ihn hergebeten habe!«

»Der Anwalt?«

»Ist ebenfalls auf dem Weg hierher.«

»Dann warten wir«, beschloss Irmi und betrachtete den Kühlschrank.

Draußen waren Schritte zu hören. Sailer polterte herein.

»Da sind zwei Männer, die zu Ihnen wollen. Ein jüngerer und ein älterer.«

»Lassen Sie die Herren durch!«

Die Herren waren Geipels Sohn und der Anwalt. Als Johannes Kathi sah, war er völlig verwirrt. »Kathi, was machst du hier? Was ist eigentlich los? Papa wollte mir nichts sagen.«

»Johannes, es ist …« Kathi brach ab.

»Grüß Gott, ich bin Irmi Mangold von der Kripo, und Kathi ist meine Kollegin. Wir müssten mit Ihnen reden!«

Johannes starrte Irmi verunsichert an. Eine jüngere Ausgabe seines Vaters ohne dessen Schmerz in den Augen. Ja, wenn man Anfang oder Mitte zwanzig war, war der Typ sicher ein Hauptgewinn. In höherem Alter wohl erst recht.

»Johannes, was sagen Ihnen diese Schränke?«

»Dass einer offen ist.« Seine Verunsicherung schlug sich

in seiner Stimme und in seiner ganzen Körperhaltung nieder.

Irmi pokerte: »Ich habe die Spurensicherung angefordert. Aber was die herausfinden werden, kann ich Ihnen sagen. Am Schloss werden Ihre Fingerabdrücke sein.«

Der Anwalt schaltete sich ein: »Johannes, du sagst nichts!« Und an Irmi gewandt: »Und wenn es so wäre, heißt das gar nichts. Sein Vater hat ihn sicher mal gebeten, etwas für ihn zu holen. Natürlich sind da Abdrücke drauf.«

»Wir werden zudem beweisen können, dass es sich um ein identisches Caninsulin handelt. Das sieht alles nicht gut aus«, sagte Irmi und sah Johannes an. »Wo waren Sie am Freitag und am Samstag letzter Woche?«

»Keine Ahnung«, kam es trotzig.

»Ich sag es Ihnen. Sie waren hier. Sie haben den Schrank geöffnet, das Insulin entnommen, haben Spritzen aufgezogen und sind zum Hausberg, wo Sie Xaver Fischer ermordet haben. Und am nächsten Tag Martin Maurer in Oberstaufen. Woher wussten Sie, dass die Herren dort sein würden?«

Das war leider der Knackpunkt in der Geschichte. Das war der Haken, an dem sich ihre Indizienbeweise erhängen würden. Wenn sie die Anwesenheit von Johannes Geipel nicht beweisen konnten, sah es schlecht aus.

»Das wusste ich nicht!«, sagte Johannes erwartungsgemäß, doch Irmi spürte, dass er log.

Mittlerweile war der Hase mit seinen Leuten eingetroffen. Irmi nahm ihn beiseite und bat ihn, gleich vor Ort einen Vergleich der Fingerabdrücke vorzunehmen. Der Anwalt hatte nichts dagegen, dass Johannes Geipel seine Abdrücke hinterließ. Irmi ahnte, wie er plädieren würde. Sie bewegten sich auf sehr dünnem Eis.

Die Abdrücke stimmten überein, was Irmi nicht sonderlich

überraschte. Sie würde Johannes Geipel verhaften müssen, so ungern sie das auch tat.

Klaus Geipel hatte die ganze Zeit geschwiegen, nun brach es aus ihm heraus: »Johannes, das darfst du nicht getan haben! Ich hab doch nur noch dich!« Er stürzte auf seinen Sohn zu und umfasste ihn. Johannes stand mit hängenden Armen da. »Klaus!«, polterte der Anwalt. »Die haben nichts in der Hand! Jetzt reiß dich zusammen. Und du, Johannes, bist still!«

»Frau Irmgard ...«

»Sailer, nicht jetzt!« Der hatte wirklich ein Talent, im falschen Moment aufzutauchen.

»Aber da ist schon wieder wer. Sagt, es wär wichtig. Das ist ja ein Bienenschlag hier.« Sailer war nun wirklich sauer. Er schob Überstunden, und niemand hatte ihn aufgeklärt, worum es eigentlich ging.

»Ja, wer ist es denn?«, fragte Irmi unwirsch.

»A Frau, die wo sagt, sie kennt Sie.«

»Ja, ich komme.« Irmi trat auf den Gang. Dort stand Helga Mayr. An der Straße parkte der gelbe Twingo, natürlich. Sie hatte so ein Autochen doch in der Garage von Maurers Nachbarn gesehen.

»Frau Mangold, ich möchte eine Aussage machen. Ich habe Martin Maurer und Xaver Fischer getötet!«

Irmi kapierte gar nichts mehr. Die Frau lief an ihr vorbei und schoss in den Medikamentenraum.

»Johannes, du hältst die Klappe! Du hast dir nichts zuschulden kommen lassen. Ich habe die Morde soeben gestanden.«

Alle starrten sie an. Sie stand da, umringt von Menschen, die alle wie schockgefrostet wirkten, bis Klaus Geipel schließlich ausstieß: »Helga, oh Gott!«

Es brach ein beispielloser Tumult los, den Kathi mit einem stimmgewaltigen »Stopp, alle ruhig!« unterbrach. Irmi war ihr dafür sehr dankbar. Sie selbst musste sich erst einmal fassen. In Sekunden huschten Bilder vorbei, Bilder von ihren Treffen mit der Nachbarin. War sie so blind gewesen? Und ein Satz drängte heran. »Ach, Frau Mangold, sie ruht nun in Frieden«, hatte die Frau damals gesagt. Irmi erinnerte sich an deren Blick. Helga Mayr hatte ihr etwas sagen wollen. Nämlich, dass sich »nun« etwas geändert hatte. Und mit dem Tod von zwei Männern hatte sich definitiv etwas geändert.

Irmi übernahm wieder die Regie. »Ich möchte zuerst Herrn Klaus Geipel allein sprechen. In der Küche, bitte. Kathi, Andrea, Sailer, ihr bleibt bitte bei den anderen.«

Irmi ließ sich am Küchentisch nieder, alles in ihr bebte. »Helga? Sie nennen Frau Mayr Helga?«

»Helga Mayr war vor Jahren meine Tierarzthelferin. Sie hat dann wegen Brustkrebs aufgehört, sie hat die Krankheit aber besiegt.«

»Sie wissen, dass Helga Mayr die Nachbarin von Maurers war?«

»Ja, das machte die Situation noch unerträglicher. Ich wusste, dass Helga die Tochter der Maurers sehr gern mochte. Auch ich kannte das Mädchen. Johannes kannte sie. Margit kannte sie. Ein prima Mädchen, im Gegensatz zu ihrem despotischen Vater. Ich kannte auch Sabine Maurer, die war ein paar Mal, als Ann-Kathrin noch klein war, mit Meerschweinchen bei uns. Sie kam mir damals schon sehr verunsichert und sehr hektisch vor.«

Irmi hätte die Frage stellen wollen: Warum erfahre ich das erst jetzt? Und gleichzeitig wusste sie, dass diese Frage sinnlos war. Warum hätte einer der Beteiligten damit hausieren gehen sollen? Wo doch alle zu vergessen suchten.

Heute war ein Tag, an dem sie am liebsten ihren Job an den Nagel gehängt hätte. Was hieß das schon, Gerechtigkeit zu suchen, damit andere Recht sprechen konnten? So viel Elend in einer Familie, und nun würde sie, Irmi Mangold, dem Vater endgültig den Boden unter den Füßen wegziehen. Sie versuchte bei der Sache zu bleiben.

»Haben Sie Helga Mayr denn öfter getroffen?«

»Selten. Ich war ja wenig da. Sie hat aber die Blumen gegossen und nach dem Rechten gesehen. Frau Wild gleich nebenan wollte ich nicht fragen, das ist so ein Tratschweib. Helga habe ich vertraut.«

Helga Mayr hatte das Haus von Maurers und von Geipels gehütet, alles lief bei ihr zusammen. Und sie, Frau Hauptkommissar, hatte die Zeichen nicht gesehen. Aber bei aller Selbstkritik: Sie hatte die Zeichen auch nicht sehen können. Oder doch?

»Wusste Frau Mayr denn, wo die Schlüssel sind?«

»Nein, das wusste sie nicht. Das wusste niemand. Wirklich!«

»Danke, Herr Geipel, warten Sie bitte draußen?«

Irmi bat Kathi herein und setzte diese kurz ins Bild. Über die Gespräche mit Helga Mayr, sogar darüber, dass Frau Mayr sie erkannt hatte, weil sie vor vielen Jahren vor dem Haus der Maurers spioniert hatte. Irmi hatte eigentlich eine Schimpftirade erwartet wegen all ihrer Alleingänge, aber Kathi sagte nur: »Dann hören wir uns Frau Mayr mal an.«

Helga Mayr wirkte gefasst. Sehr ruhig. Fast befreit.

»Frau Mayr, würden Sie uns das Ganze bitte schildern?«, bat Irmi. »Vor allem den Teil, den ich noch nicht kenne.« So ganz gelang es ihr nicht, die Bitterkeit zu unterdrücken. Diese Frau war ihr so sympathisch gewesen.

»Das Ganze – wie sie das nennen – hat vor vielen Jahren

begonnen. Ich war in der Praxis Geipel beschäftigt, musste aber leider aufhören, weil ich eine Krebserkrankung hatte. Ich kannte die Geipels schon länger als die Maurers, die ja bekanntlich später ins Haus neben dem meinen gezogen sind. Ich hätte bei Klaus Geipel gerne später wieder gearbeitet, aber als er dann diese Stelle in Penzberg angenommen hat, ging das nicht. Man hat sich aus den Augen verloren und erst wiedergetroffen, als der Unfall passiert war. Ich kann gar nicht beschreiben, wie es war, als ich erfahren hatte, dass ausgerechnet Margit Geipel meine Ann-Kathrin überfahren hatte. Ich habe Klaus natürlich aufgesucht, wir waren beide wie Überlebende nach einem Schiffbruch. Ich war Klaus oder Margit nie böse – es gab so viele Opfer in dieser grauenvollen Geschichte. Nur Opfer!«

»Und zwei Täter?«, hakte Irmi nach.

»Es gab mehr Täter. Den Bürgermeister, diesen ganzen selbstgefälligen Gemeinderat. Diese Amigos und Spezln, die alle ihren Kopf aus der Schlinge gezogen hatten. Die lieber wegsahen als hinschauten, was ihre missratenen Kinder da so trieben. Und dann ist Alkoholismus ja auch nur ein Kavaliersdelikt.«

So ähnlich hatte das Brischitt auch formuliert. Irmis Magen rebellierte wieder.

»Warum dann aber Fischer und Maurer?«

»Xaver Fischer war der Schlimmste. Völlig uneinsichtig. Anstatt wenigstens betroffen zu sein und fein stad, hat er überall herumgebrüllt, dass die Eltern versagt hätten. Er hat Klaus verhöhnt. Es ist unerträglich, wie satt und völlig unreflektiert ein Großteil der Menschheit ist. Fischer war das Paradebeispiel.«

»Und Martin?«

»Martin? Das fragen gerade Sie doch nicht wirklich? Er

hat sein Kind verloren und ist – mal abgesehen von dem einen oder anderen Ausraster gegen Klaus' Familie und gegen Xaver Fischer – zur Tagesordnung übergegangen. Er hat Sabine auf dem Gewissen. Ist einfach abgehauen. Ich hab noch nie jemanden so gehasst wie diesen Mann. Nicht mal meinen eigenen.« Sie lachte kurz auf.

»Aber warum dann jetzt? Warum am Hausberg?«, fragte Kathi. »Woher wussten Sie das alles?«

»Weil ich es eingefädelt hatte«, sagte sie schlicht.

»Wie?«

»Ich treffe mich mit ein paar Damen regelmäßig zum Walken. Wir kehren dann immer in Froschhausen beim Wirt ein. Dort sitzt Xaver Fischer immer mal wieder mit ein paar Waldbauern. Und jedes Mal, wenn er mich traf, ließ er einen dummen Spruch los. Zum Beispiel über meine Gaben an Ann-Kathrins Kreuz. Unter polterndem Gelächter seiner Kumpane sagte er zum Beispiel: ›Passt bloß auf, dass ihr nicht selber überfahren werd, wenn ihr da immer so Plüschviecher aufbaut. Is des a Altar für Plüschviecher?‹«

Irmi schluckte. Eine unbestimmte Ahnung stieg in ihr hoch. Sie konnte sie noch nicht richtig fassen, aber da war etwas.

»Ich bin ruhig geblieben und habe immer gewusst, dass mein Tag kommen wird. Oh ja!«

»Und er kam?«, fragte Irmi.

»Sehen Sie, Frau Mangold, ich habe Sie ja eigentlich nicht belogen, nur hab ich gewisse Dinge ausgespart. Ich hatte eben doch öfter Kontakt zu Martin. Er war ein Kontrollfreak, er wollte immer mal Rapport über sein Haus. Er war auch ab und zu mal da. Ich wusste, dass er sich in Oberstaufen eingemietet hatte. Er war so was von unsensibel, dass er mich sogar mal eingeladen hat, doch einen Ausflug nach Staufen zu machen und mit ihm essen zu gehen. Er prahlte ein bisschen mit seinen Verkäufen, und ich wusste, dass er diese Hütte in seinem Portfolio hatte. Ich wusste auch, dass das die Hütte war, die Xaver Fischer so bekriegt hat. Es war relativ einfach, am Stammtisch in Froschhausen mal fallen zu lassen, dass die Hütte zu verkaufen sei. Und mir war klar, dass Martin Maurer speziell bei Fischer anspringen würde. Und sei es nur, um ihn übers Ohr zu hauen. Ich war mir sicher, dass er ihn anrufen würde. Wenig später saß Martin bei mir in der Küche. ›Erinnerst du dich noch an Fischer, dieses Aas?‹, hat er mich gefragt. Ich hielt mich bedeckt, gab aber die Entrüstete, dass dieser Fischer so unverfroren sei, mit Martin Geschäfte zu machen. Nach allem, was er Ann-Kathrin angetan hätte … Und Martin ließ raus, dass er Fischer zu einem hohen Preis treiben und ganz am Ende dann doch an einen russischen Großinvestor verkaufen wolle. Es ging ihm nicht nur um die hohen Geldsummen, sondern darum, Fischer vorzuführen. Er hatte sich das alles schon wunderbar zurechtgelegt.«

Dann hatte Zwetkow tatsächlich nicht gelogen. Er hatte sich die Nummer von Fischer besorgt, weil er Martin nicht getraut hatte. Weil seine markante russische Spürnase gewittert hatte, dass Martin ein unsauberes Spiel spielte.

»Und wie kam es dann zu diesem Showdown am Hausberg?«

»Ich wusste, dass Martin sich da mit Fischer treffen wollte, um ihn noch mal so richtig ›heiß zu machen‹, wie er sich ausgedrückt hat.«

»Und Sie sind da hin, mit zwei Insulinspritzen bewaffnet?«

»Nein, nur mit einer. Ich wusste, dass Martin ganz wenig Zeit eingeplant hatte, weil er zurück nach Oberstaufen musste. Tatsächlich ist Martin relativ schnell wieder Richtung Tal verschwunden. Ich hab Fischer zufällig beim Wandern getroffen und bin mit ihm ein Stückchen abgestiegen. Bis zum Kreuz. Er hat gewitzelt, dass das ja aussehe wie das an der Straße. Es war relativ einfach, die Spritze zu setzen. Er hat das im ersten Moment auch gar nicht überrissen. Dann hat er begonnen, herumzubrüllen, ist losgerannt und gestolpert. Stürzte den Hang ein Stück hinunter, blieb liegen.«

»Frau Mayr, so ein Insulinschock ist kein schöner Tod. Das dauert eine Weile«, sagte Irmi.

»Nun, das ließ sich nicht ändern«, sagte Helga Mayr.

»Und wieso Insulin?« Kathi hatte Mühe, angesichts dieses Todesengels ruhig zu bleiben.

Helga Mayr sah Kathi freundlich an. »Ich kann nicht schießen. Ich würde auch niemanden erwürgen. Sonstige Gifte habe ich nicht vorrätig. Ich hätte lieber Rohypnol genommen, als Tierarzthelferin kenn ich mich ein wenig aus. Aber ich konnte bei Geipels beim besten Willen die Schlüssel nicht finden. Das Insulin lag im anderen Schrank. Es war die einzige Möglichkeit. Ich habe ein wenig im Internet recherchiert. Auch dass man in einem Großteil der Fälle Insulin gar nicht nachweist, weil die wenigsten Pathologen auf die Idee kommen, eine postmortale Zuckerbestimmung zu machen.«

»Und Martin?« Irmi fiel diese Frage schwer, sehr schwer.

»Nun, der hat mich ja fast erwartet. Er hatte mich schließlich eingeladen, zu kommen. Dass ich so früh eintreffen würde, hat ihn überrascht. Er kam aber leider nicht mehr rechtzeitig aus seinem Wickel heraus. Ich kann ihnen gerne meine Parkquittung vom Hausberg für die fragliche Zeit und einen Tankbeleg aus dem Allgäu zeigen. Ich war dort. Ich habe per Karte bezahlt, das können sie ja sicher nachprüfen.«

Irmi atmete tief durch und blickte auf das Aufnahmegerät. Sie wäre am liebsten in den Boden versunken, hätte sich einfach in Luft aufgelöst, wäre durch die Wände diffundiert. Sie fröstelte. Es war kühl in diesem unbewohnten Haus.

»Wann haben Sie das Insulin denn genommen?«

»Am Freitag in der Früh. Ich war beim Blumengießen.«

»Da war Johannes im Haus!« Irmi versuchte ihren Blick zu erhaschen, aber sie sah weg.

»Er wird noch geschlafen haben. Studenten schlafen lange.«

»Warum waren Johannes' Fingerabdrücke auf dem Schrank?«, hakte Irmi nach.

»Gott, er ist der Sohn. Da wird er schon mal was rausgeholt haben! Johannes wusste nichts, warum sollte er?«

Irmi nickte Kathi zu. »Frau Mayr, wir sind gleich wieder da.« Sie gingen hinaus, den Gang entlang in ein anderes Zimmer. Es war wohl Geipels Büro. Ein gemütlicher alter Ledersessel stand vor einem Kamin, der leider kalt war. Irmi hätte etwas Wärme vertragen.

»Und?«, fragte Irmi.

»Na ja, es könnte so gewesen sein.«

»Einen Scheißdreck könnte es!«, schrie Irmi. Kathi zuckte regelrecht zurück. »Lass mich bitte kurz allein. Bitte!« Mehr brachte sie nicht heraus. Kathi stolperte hinaus. Verwirrt, aber ohne zu maulen.

Irmi setzte sich auf die Sessellehne. Ihre Finger glitten über das Leder. Helga Mayr log. Vielleicht nicht komplett, aber sie log. Irmi schloss die Augen. Ließ die Bilder ablaufen. Plötzlich mischte sich Wally darunter mit ihren treuen Augen. Aber da waren noch mehr Knopfaugen. Am Kreuz, auf den Bildern, die Kathi vom Tatort gemacht hatte, hatte ein Plüschpferd sie angesehen. Solche Augen hatten sie auch angeblickt am kleinen Kreuz, wo Ann-Kathrin gestorben war. Plüschtiere, ein Friedhof der Kuscheltiere. Friedhof, Todesengel, Kreuz …

Noch ein Bild stieg auf. Kathi hatte ihr doch eins von Johannes gezeigt. Irmi brüllte auf den Gang hinaus: »Kathi, hast du deine Kamera dabei?«

Kathi kam angetrabt. »Ja, wieso?« Ihr Blick besagte: Drehst du nun total hohl?

»Der Hase soll das in seinem Bus auf den Laptop hochladen. Ich will das Bild von Johannes sehen. Sofort!« Wenig später stand Irmi beim Hasen. Auf seinem Laptop war Johannes zu sehen. Der hübsche junge Mann lachte. Er hatte eine Bierflasche in der Hand und prostete in die Kamera. Er hatte Muskeln an den Armen. Man musste das nicht einmal vergrößern. Was auf seinen Armen zu sehen war, war keine Tätowierung. Das war ein Ausschlag. Riesen-Bärenklau! Das Bild war am Sonntag in München aufgenommen worden, an jenem Sonntag nach besagtem Freitag am Hausberg.

Irmi sprach mit äußerster Beherrschung: »Ich möchte mit Frau Mayr unter vier Augen reden.«

19

Irmi verschwand in die Küche, wo Helga Mayr regungslos saß, und schloss die schwere alte Holztür hinter sich.

»Schöne Geschichte! Und nun bitte die Wahrheit.«

»Das ist die Wahrheit!«

»Frau Mayr, das Aufnahmegerät ist aus.« Irmi schaltete es ab und schob es zudem unter eine Decke, die auf der Küchenbank lag. »Sie können mich durchsuchen, ob ich ein anderes an mir trage. Und selbst wenn, würde das als Beweis nicht zugelassen werden. Sagen Sie mir die Wahrheit. Für mich – und für Sie!« Helga Mayr schwieg.

»Gut, dann fange ich mal an. Ich glaube Ihnen, dass Sie bei Martin den Impuls ausgelöst haben, Fischer die Hütte anzubieten. Ich glaube Ihnen auch, dass Martin vorhatte, Fischer lächerlich zu machen und zu demütigen. Und ich weiß, dass Sie durch ihren erneuten und längeren Kontakt zu Martin Maurer emotional mehr aushalten mussten, als ein Mensch aushalten kann.«

Helga Mayr saß da, als warte sie darauf, wie die Geschichte weiterginge.

»Gut, Frau Mayr, also weiter im Text. Sie waren beim Blumengießen, aber Johannes war schon wach. Sie erwischten ihn, wie er den Schrank aufbrach und stellten ihn zur Rede. An dieser Stelle bin ich auf Ihre Hilfe angewiesen. Warum gerade jetzt, warum am Hausberg, warum das Kreuz?«

Helga Mayr blieb stumm.

Irmi sprach ganz leise weiter: »Ich habe im Laufe meiner Ermittlungen das große Kreuz aus den Augen verloren. Aber jeder Mörder will uns mit dem Fundort des Opfers etwas

sagen. Am Fuße dieses Kreuzes am Speichersee lag ein Pferdchen. Bei meinem Besuch war es dann schon weg, aber am
Fundtag von Fischer war es noch dort. Sie waren am Hausberg, das bezweifle ich nicht. Aber Johannes war auch dort.
Und ich sage Ihnen auch, warum ich das weiß. Die Lösung
heißt Riesen-Bärenklau.« Langsam begann Irmi von all jenen
zu erzählen, die mit diesem aggressiven Kraut in Berührung
gekommen waren.

Eigentlich hatte Irmi gar nicht mehr damit gerechnet, dass
sie noch etwas sagen würde, als Helga Mayr plötzlich zu sprechen begann.

»Martin hatte Fischer an der Angel. Er prahlte damit, dass
er den dummen Bauernschädel nun so richtig auflaufen lasse.
Das war wirklich so. Am Donnerstag am späten Nachmittag
kam Johannes zu mir. Er besucht mich immer mal, wenn er da
ist. Wir wollten beim Westner schnell etwas essen. Und als wir
reinkommen, ist es leer, bis auf zwei Männer. Da sitzen ausgerechnet Martin Maurer und Xaver Fischer über ein paar
Unterlagen, die Hütte betreffend. Johannes war wie vor den
Kopf gestoßen, diese beiden Männer in trauter Zweisamkeit
da sitzen zu sehen. Xaver Fischer hatte wohl schon ein paar
Bierchen zu viel und begrüßte Johannes mit ›Da kimmt der
Mörderinnenbruder. Fahrst du auch so schlecht Auto wie die
Schwester oiwei?‹«

Irmis Herz klopfte unrhythmisch. »Weiter im Text!«

»Johannes war nahe dran, Fischer an die Gurgel zu gehen.
Bemerkenswerterweise kam da von Martin: ›Das muss doch
ein Ende haben. Fischer, es reicht.‹ Ich weiß nicht, ich habe
ihm das in dem Moment abgenommen, dass er wirklich eine
Versöhnung sucht. Ich hab dann vorgeschlagen, ob es uns
nicht allen helfen würde, wenn wir ein Gebet am Kreuz von
Ann-Kathrin sprechen würden. Fischer hat kurz überlegt,

dann gelacht und gesagt: ›Ich stell mich doch nicht an diese Straße, da derfahrens dich doch.‹ Er fand sich wohl auch noch wahnsinnig witzig. Martin war für den Moment sprachlos, und in diese Stille hinein setzte Fischer noch eins drauf. Er schaute mich an mit seinen verschlagenen Äuglein. ›Wenn ihr betn woit, dann gehts doch auf den Hausberg. Da steht neuerdings a Kreiz, des schaugt aus wie eiers. Bloß größer. Da seids dem Himmel näher. Mir san morgen eh dort, oder, Herr Maurer?‹ Dann wandte er sich an Johannes: ›Nix für unguat, Bua, aber ihr störts.‹ Für ihn war das damit erledigt. Fischer ist so ein Typ, der gar nicht merkt, in welche Fettnäpfe er tritt. Johannes ist hinausgerannt, der arme Junge war völlig durch den Wind. Wir sind dann nach Murnau in die Pizzeria, und ich habe die halbe Nacht auf Johannes eingeredet. Dass das dumme Menschen seien, dass er vergeben müsse, weil er die Aggression nur gegen sich selbst richtet. Dass Typen wie Fischer irgendwann ihre Strafe bekämen. Was man halt so redet, um einen Menschen zu beruhigen. Johannes hatte schon ziemlich viel Wein, als ich ihn zu Hause absetzte. Ich habe ihm das Versprechen abgenommen, dass er nicht noch mehr saufen wird, insbesondere keinen Whiskey mehr. Da hat Klaus nämlich eine recht beachtliche Sammlung. Johannes hat's versprochen.«

Irmis taktloses Herz klopfte weiter, in ihren Ohren rauschte es. »Und dann?«

»Ich war natürlich beunruhigt. Ich hätte gerne noch mal mit Martin geredet, aber der war nicht in seinem Haus. Jedenfalls bin ich am anderen Tag vormittags zu Johannes, wollte nach ihm sehen und finde den aufgebrochenen Schrank. Johannes ging nicht an sein Handy, Martin auch nicht. Ich bin den Hausberg hinaufgerannt, so schnell ich konnte. Ich bin ziemlich krank, ich stehe unter starken Medikamenten, so schnell ging das dann eben nicht. Ich hatte immer die Stimme von Fischer im Ohr. Da steht neuerdings a Kreiz …«

Helga Mayr hielt kurz inne und atmete tief durch, ehe sie fortfuhr.

»Als ich vom Bayernhaus hochkam, sah ich dieses Kreuz. Es erschien mir riesig. Vor ihm kniete Xaver Fischer. Johannes stand. Seine Stimme wehte herüber. ›So, nun kannst du beten für Ann-Kathrin und Margit. Los, bete!‹ Ich schrie gegen den Wind und den Regen an. Als ich die beiden fast erreicht hatte, sah ich, dass Johannes ein Plüschpferdchen in der Hand hielt. ›Das legst du nieder für Ann-Kathrin und Margit und sagst hier unter dem Kreuz, dass du auch unter Gottes schützender Hand in die Hölle gehörst. Sag es.‹ Ich hatte den Eindruck, dass Fischer den Johannes nicht so ganz ernst nahm. ›Ja, du Depp, du‹, sagte er eher verwundert. ›Bete!‹, schrie Johannes wieder. Er feuerte das Pferdchen zu Boden. ›Heb es auf und bete!‹ Dann erst wurde mir klar, dass er in der anderen Hand etwas hielt, womit er Fischer bedrohte, und als der sich aufrichten wollte, streckte Johannes ihn mit irgendeinem seltsamen schnellen Griff nieder. Seine Hand fuhr hinab. Und ich schwöre: In dem Moment schlug ein Blitz ins Wasser ein. Fischer lag am Boden, irgendwie verkrümmt und hielt sich den Oberschenkel. Johannes hatte ihn im Schwitzkasten. Er war wie von Sinnen. Ich versuchte ihn von Fischer zu lösen und wurde kurz ohnmächtig. Als ich wieder zu mir gekommen war, stand Johannes wie ein Rachegott an der Kante des Speichersees und blickte hinunter. Dann ging er langsam weiter. Ich folgte ihm, bis wir an die Stelle kamen, wo Fischer lag. Ich weiß nicht, ob Sie das verstehen, aber ich konnte gar nichts tun. Oder doch: Johannes hatte eine Spritze in der Hand, die konnte ich ihm entwinden. Wir starrten nur Fischer an, bis wir eine Stimme hörten. Von oben kam Martin. Heute weiß ich, dass er oben an der Hütte auf Fischer gewartet hatte. Fischer war aber nicht gekommen, und Martin war bis zum See abgestiegen – entweder weil er das Kreuz sehen wollte oder dachte, er würde Fischer entgegengehen.«

»Weiter.« Irmis Stimme erstarb.

»Martin sah uns, stürzte zu Fischer, fühlte den Puls, schüttelte den Kopf. Fischer muss schon tot gewesen sein. Auch Martin war völlig durch den Wind. ›Helga, was ist hier los?‹, fragte er. Ich weiß nicht, wie ich das sagen konnte, aber ich sagte: ›Herzinfarkt, er hat sich mit Johannes gestritten.‹ Martin sah uns beide an, und eigentlich wäre nun alles zu Ende gewesen. Ich hätte erwartet, dass er die Polizei ruft oder einen Notarzt. Aber er starrte uns an und sagte dann: ›Ich hab damit nichts zu tun, ihr Irren. Hat ja keinen Falschen getroffen.‹ Verstehen Sie? Er ist einfach gegangen. Mal wieder. Und ich habe Johannes talwärts dirigiert, wo ich doch auch hätte einen Arzt rufen müssen. Vielleicht hätte man Fischer noch retten können.« Helga Mayr fiel das Reden schwer.

»Aber Sie wollten Johannes schützen?«

»Ich hab ihn mit zu mir genommen. Er kam langsam wieder zu sich und hat mir die restlichen Ampullen gegeben. Ich hab ihm eingeschärft zu schweigen. Alles zu leugnen. Ich hab ihm versprochen, dass alles in Ordnung kommt.«

»Aber Martin?«

»Ich hatte ja die Ampullen. Ich bin in der Nacht noch nach Oberstaufen gefahren. Ich wollte ihn sprechen, doch er war nicht da. Er hatte mir aber erzählt, dass er früh seine Anwendungen nebenan hat. Es war ganz leicht. Die Kellertür stand offen. Als ich in die Kabine kam, lachte er mir ins Gesicht. ›Helga, es ist dir schon klar, dass ich eure Herzinfarktgeschichte nicht glaube, oder?‹, meinte er provozierend. ›Was

278

willst du tun?‹, hab ich ihn gefragt. Er lachte wieder. ›Zur Polizei gehen, Johannes hat mir mein ganzes Spiel verdorben.‹ Da hab ich ihm die Spritze injiziert. Er hat natürlich versucht, sich aus dem Wickel zu befreien. Dann wurde er bewusstlos. Ich bin gegangen.«

Ich bin gegangen. So einfach war das.

Zwei Mörder – Kathis wüstesten Befürchtungen waren wahr geworden. Das Leben schrieb die bizarrsten Drehbücher.

»Ich werde Sie und Johannes festnehmen müssen«, sagte Irmi.

»Falsch, nur mich. Das war die Geschichte für uns beide. Ich werde auch unter Folter an meiner ersten Version festhalten. Das war meine Geschichte über den Tod hinaus. Wissen Sie, Frau Mangold, meine Inhaftierung wird sich nicht allzu lange hinziehen. Mein Darmkrebs ist im Endstadium. Einmal den Krebs zu besiegen ist das eine. Man lebt mit einer Zeitbombe. Nun kommt die zweite Explosion, Frau Mangold. Viel Zeit bleibt mir nicht mehr.«

»Sie wollen also allen Ernstes weiter leugnen, dass Johannes etwas damit zu tun hat?«

»Natürlich, ich habe meine offizielle Version erzählt und werde sie gern wiederholen. Wieder und wieder.«

»Und wenn Johannes sein Gewissen plagt? Wenn er doch aussagt?«

»Das wird er nicht tun. Ich habe ihm das Versprechen abgenommen. Ich will, dass er da ist, wenn es Margit wieder besser geht. Sie wird es schaffen. Ich werde das vielleicht nicht mehr erleben, aber der Gedanke hilft mir.«

Helga Mayr hatte Johannes gerettet, sie hatte sich geopfert. Für Klaus und seinen Sohn. Was sollte sie tun? Frau Mayr weiteren Befragungen aussetzen? Was würde das nützen? In

Irmis Innerem tobte ein Krieg: Recht und Gesetz gegen Gefühl. Sollte der Bessere gewinnen.

Sie dachte an ihren Instinkt, den sie auf dem Laber wiedergefunden hatte. Der sie bis hierher geführt hatte. Bis zur Wahrheit. Dann atmete sie tief durch und ging zur Tür.

Im Raum mit den Medikamentenschränken standen noch immer Klaus und Johannes Geipel, der Anwalt, Kathi, Andrea und Sailer.

»Frau Mayr hat die beiden Morde gestanden. Sailer und Andrea, würden Sie Frau Mayr bitte mitnehmen?« Irmi sah in die Runde. »Sie können gehen. Danke für Ihre Kooperation. Sie, Herr Geipel, muss ich verwarnen. Sie sollten Ihre Medikamente besser aufbewahren, vor allem weil das Haus leer steht.«

Klaus Geipel war völlig konsterniert. Irmi sah Johannes eindringlich an. »Sie können alle gehen.« Der junge Mann war blass wie eine Wand. So blass wie seine Schwester. »Ich wünsche Margit und Ihnen allen viel Glück.«

Innerlich betete Irmi, dass Johannes durchhalten würde. Klaus Geipel spürte sicher auch, dass hier etwas nicht stimmte. Jeder hier im Raum spürte das. Außer Sailer vielleicht.

Kathi folgte Irmi langsam. »Das glaub ich jetzt nicht. Warst du nicht eben noch überzeugt, dass Helga Mayr lügt?«

»Ja, aber sie hat mir einen Parkschein an der Hausbergbahn präsentiert, und sie hat im Allgäu am Niedersonthofener See getankt. Auch davon liegt eine Quittung vor. Wir haben ein volles Geständnis. Und ein Motiv.«

Irmi trat ins Helle hinaus und blinzelte. Es hatte ganz leicht zu schneien begonnen. Sie trat an den Streifenwagen, in dem bereits Helga Mayr saß.

Die lächelte. »Schnee ist gut. Schnee ist Ruhe. Frau Mangold, eine Bitte hätte ich noch.«

»Ja?«

»Könnten Sie sich um meinen Kater kümmern? Um James. Ich möchte nicht, dass er im Tierheim landet.«

»Aber ich habe selber einen älteren Kater. Der wird keine Götter neben sich akzeptieren.«

»Dann finden Sie einen guten Platz für ihn. Bitte!« Ein Flehen lag in ihrer Stimme, das Irmi bis ins Mark erschütterte.

»Versprechen Sie mir das? Hier ist mein Hausschlüssel.«

Irmi zögerte. Dann sagte sie: »Gut, versprochen.«

»Danke! Am liebsten frisst er übrigens Wienerle. Er ist so ein lieber Kerl. Ach, und Frau Mangold, die Katzentransportbox steht in der Speis. Ich hab mit diesem Tag gerechnet. Können Sie ihn gleich mitnehmen?«

»Ja, ich verspreche es.« Irmis Magen krampfte sich zusammen, und das lag nicht daran, dass sie schon wieder nichts gegessen hatte.

»Danke, Frau Mangold. Und alles Gute.«

Das »Ihnen auch« verkniff Irmi sich. Das hätte wie Hohn geklungen.

Epilog

Als der Streifenwagen weg war und Kathi mit einem Kopfschütteln den Bus des Hasen bestiegen hatte, weil ihre Chefin was von »allein sein« gemurmelt hatte, fuhr Irmi zu Helga Mayrs Haus.

Sie sperrte auf. Der Kater schlief auf der Küchenbank. Sie schloss die Tür hinter sich und öffnete die zur Speisekammer. Da stand die Box, ausgelegt mit einem flauschigen Handtuch. Obenauf lag ein Zettel.

Die Welt wäre reicher, wenn es mehr von Ihrer Sorte gäbe,
Frau Mangold. Danke!

Irmi nahm die Box und hockte sich auf den Stuhl. Sie weinte die Tränen vieler Tage, vielleicht auch Jahre. Der rote Kater war auf ihren Schoß gesprungen.

»Hallo, James. Wir beide machen jetzt eine Reise. Das Leben ist leider so.«

James war nicht sonderlich begeistert, in die Box wandern zu müssen. Er verzierte Irmis Unterarm mit einem gewaltigen Kratzer. Und seine beleidigten Protestrufe waren auch nicht zu überhören. Wie konnte ein vergleichsweise kleines Tier nur so wehklagen? Und wohin sollte sie nun mit dem Kerl?

Plötzlich hatte sie eine Idee. Eigentlich war sie total abwegig. Als sie in Ohlstadt vorfuhr, war sie nahe dran umzukehren. Aber sie läutete doch, und Caro öffnete ihr.

»Frau Mangold, grüß Sie. Haben Sie Neuigkeiten?«

»Ja.«

»Kommen Sie herein, Brischitt ist unter der Dusche. Sie wird gleich hier sein.«

In der Stube war es warm. Es vergingen ein paar Minuten, bis Brischitt hereinkam. Ihre langen Haare waren noch feucht, sie trug ein Sweatshirt und eine Trekkinghose. Brischitt setzte sich zu ihnen, und Irmi begann zu erzählen. Sie versuchte kein allzu schlechtes Licht auf Xaver Fischer zu werfen, aber sie warb in ihrer Rede schon für die Beweggründe der Mörderin. Johannes sparte sie aus, sie erzählte lediglich von Margit und deren Pein und dass ihr Vater in ihre Nähe gezogen war. Irmi wusste, dass sie den beiden Frauen da viel zumutete.

Nach einer ganzen Weile bemerkte Caro: »Dann hat sie beide Mädchen gerächt. Nur wird das denen nicht mehr helfen. Es macht keine von beiden lebendig.«

»Nein, aber wissen Sie, Caro, sie musste es tun.«

»Doppelmord? Das gibt lebenslänglich, oder?«, fragte Brischitt leise.

»Ja, aber sie ist sehr krank. Sie hat Darmkrebs.«

Brischitts hellblaue Augen waren geweitet. »Darmkrebs?«

»Ja, im Endstadium.«

»Wie Mama.« Das klang schlicht, sehr ruhig und voller Mitgefühl.

»Brischitt, Sie können mich gerne rausschmeißen oder sagen, mein Vorschlag ist Irrsinn, aber ich versuch es. Bitte nicht böse sein.«

Brischitt hatte die Stirn gerunzelt.

»Die Frau hatte einen Kater, ihr ein und alles. Der ist nun allein. Ich weiß nicht, wo er hinkönnte. Ich dachte … ich dachte, ihr habt doch Platz. Und wo Sie doch nun hier bleiben und …«

Brischitt suchte Irmis Augen. »Sie wollen, dass ich den Kater der Mörderin meines Vaters aufnehme?«

»Es war eine Idee, das Tier kann ja nichts dafür.«

Es war mucksmäuschenstill. Brischitt stand auf und ging zum Fenster. Sie sah hinaus. Lange.

»Nein, das Tier kann nichts dafür«, sagte sie schließlich.

»Wo ist er denn jetzt? Im Tierheim?«

»Äh … nein, in meinem Auto.«

Caro stieß versehentlich ihr Weinglas um und flutete den Tisch. Brischitt meinte lächelnd: »Meine Tante ist der größte Trampel auf Gottes Erdboden. Noch schlimmer als ich. Holen Sie ihn schon rein.«

Als Irmi die Box auf den Boden gestellt und den Deckel geöffnet hatte, sprang der Kater mit einem eleganten Satz heraus. Dann verharrte er. Hier kannte er sich nicht aus. Er blieb mitten im Raum statuengleich sitzen. Als wüsste er, dass dies ein Bewerbungsgespräch war, durchschritt er nachdenklich den Raum. Dann ging er zu Brischitt und strich um ihre Beine.

»Er heißt James«, sagte Irmi. Ihre Stimme zitterte etwas.

»Aha«, sagte Brischitt, ging zum Kühlschrank und zauberte ein Wienerle heraus. Dann setzte sie sich auf die Bank und schnitt die Wurst in kleine Stückchen. James war neben sie gesprungen und blickte sie an. Sie reichte ihm ein Stück, das er sehr höflich nahm. Ihre Blicke trafen sich und versenkten sich ineinander.

Brischitts Augen schwammen in Tränen. »Wir haben ja beide jemanden verloren, nicht wahr, James? Da müssen wir zusammenhalten.«

Als Irmi schließlich ging, saß Brischitt auf der Bank, der Kater hatte seinen Kopf an sie gelehnt und schlief. Irmi schlich hinaus und winkte Brischitt zu.

Caro ging mit hinaus. »Na, Sie sind vielleicht eine Marke! Ich dachte, mich trifft der Schlag, als Sie Ihre Idee präsentiert haben. Ich fand sie so was von vermessen. Aber die Idee war gut.« Sie gab Irmi die Hand. »Danke, danke für alles! Besuchen Sie mich mal in Kanada. Oder haben Polizisten nie Urlaub?«

»Selten, aber vielleicht kann ich das Angebot mal annehmen. Auf Wiedersehen!«

Irmi schickte einen kurzen Brief in die U-Haft:

James hat einen guten Platz. Einen sehr guten sogar.
Eine Lebensstellung, die zwei Leben bereichert.

Sie stand vor dem Spiegel. So schmal war sie schon lange nicht mehr gewesen. Und schön. Sie hatte abgenommen, schätzungsweise zehn Kilo. Ohne Schrothkur und Pillen. Ohne Bauchfett-weg-Rubbler. Nur durch das Leben.

Danksagung

Viele haben einen Anteil an dieser Geschichte: Sepp, der einen klaren und für manche auch unbequemen Blick hat auf die sogenannte Bauwagenkultur und der durch seine Tochter (leider) involviert ist. Natürlich danke ich dem Hüttenwirt auf dem Hausberg samt Familie für Geschichten rund um seine Hütte. Ich danke meiner Freundin Daggi Moder einmal mehr für Einblicke in die Tiermedizin. Danke auch an Stefan und seine Pferde im Bayerwald und an Lutz für viele gute Ideen. Danke an Paula und Silvana in Lienz und Petra und Catharina vom Kranzbach. Danke an die großartige Martina hoch oben auf dem Laber. Danke vor allem aber an Prof. Dr. med. Matthias Graw vom Institut für Rechtsmedizin der LMU, der sich nicht zu schade ist, seltsame Anfragen von Krimiautorinnen zu beantworten!

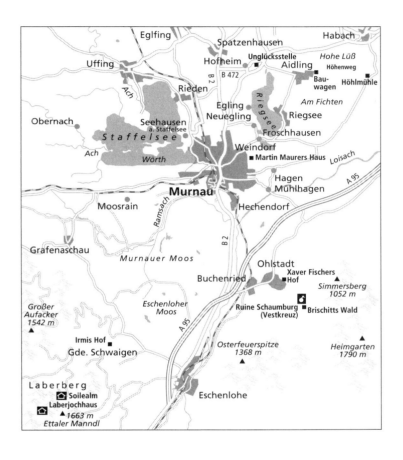